파비안

KB194951

파비안

에리히 케스트너 지음 | 전혜린 옮김

문예출판사

FABIAN

Erich Kästner

1

예언자로서의 다방 급사

그럼에도 불구하고 그는 갔다

정신적 접근을 위한 단체

파비안은 슈팔테홀츠〔장작〕라는 이름의 다방에 앉아서 석간 신문의 제목을 읽었다. 영국 비행선의 보베에서의 폭발, 콩죽 속에 들어 있던 스트리 키니네, 아홉 살 난 소녀가 유리창에서 뛰어내려 자살한 일, 또다시 수포로 돌아간 총리 선거, 라인츠 동물원에서의 살인, 시(市) 조달청의 수회 사건, 조끼 주머니에서 들린 인공음성, 루르 지방의 석탄 생산량 감퇴, 철도부 장관 노이만이 받은 선물, 거리를 걸어다닌 코끼리, 커피 시장의 불안정한 상태, 여배우 클라라 보오를 둘러싼 스캔들, 임박한 14만 철광 노동자의 동맹파업, 시카고에서의 범죄 활극, 모스크바에서의 목재 덤핑에 관한 회담, 스타헴베르크 병정들의 반란 —— 매일매일 일어나는 일들, 특별한 것은 없다.

그는 커피를 한 모금 마시고는 몸을 움츠렸다. 커피에서 설탕 맛이 난 것이다.

10년 전에 오라니엔부르크 문 앞의 멘사〔대학 식당〕에서 사카린을 친 스파게티를 먹어야만 했던 이래 그는 단 것에는 진절머리가 났었다. 그는 빨리 담배를 피워 물고 급사를 불렀다.

"부르셨습니까?"

"하나 물어볼 게 있으니 대답해 줘."

"네, 좋습니다."

"나갈까? 나가지 말까?"

"어디로 말입니까, 선생님?"

"묻지는 말고 대답하란 말이야. 내가 나가야 해? 나가지 말아야 해?"

급사는 눈에 안 보이게 귀 뒤를 긁었다. 그러고는 한쪽 평발을 다른 발 위에 얹으며 낭패한 듯이 말했다.

"손님이 안 가시는 게 아마 제일 좋을 것 같군요. 확실한 게 확실하거든요."

파비안은 고개를 끄덕였다.

"좋아, 그럼 가겠어. 얼마지?"

"그렇지만 저는 말렸지 않습니까?"

"그러니까 가겠다는 거야! 얼마야?"

"제가 가라고 권했더라면 안 가셨겠습니까?"

"그래도 갔을 거야. 얼마지?"

"무슨 말씀인지 모르겠는데요." 급사가 말했다. "그럼 도대체 왜 저한테 물어보신 거지요?"

"나도 모르겠어." 파비안은 말했다.

"커피 한 잔에 버터빵 하나. 모두 90페니히입니다" 하고 급사가 말했다. 파비안은 1마르크를 테이블 위에 놓고 나갔다. 그는 자기가 어디로 가는 것인지 알 수가 없었다. 정말이지 누구라도 비텐베르크 광장에서 1번 버스를 타고 포츠담 광장에서 몇 번인지 보지도 않고 전차로 갈아 타고, 다시 20분 후에 찻간에서 프리드리히 대왕과 비슷하게 생긴 여인을 본 까닭에 차에서 내려버린다면, 그는 자신이 어디로 가고 있는지를 알 수 없을 것이다.

그는 빠른 걸음으로 지나가는 세 명의 노동자를 따라서 나무 판자 위를 넘어지면서 건축용 담벽과 회색빛 시간제 여관을 지나 야노비츠 다리의 정거장으로 갔다. 기차 안에서 그는 사장 베르투흐가 써준 주소 —— '슐뤼터 가 23번지 좀머 부인'을 꺼내었다. 그는 동물원까지 타고 갔다. 요아킴스탈러 가에서 가느다란 다리에 허리를 흔드는 어떤 여인이 그를 따라오면서 의향이 어떠냐고 물었다. 그는 그녀의 제의를 거절하고 손가락으로 위협하며 달아났다.

거리는 야시장 같았다. 집의 정면은 휘황찬란한 불빛으로 칠해져 있어서 하늘의 별도 얼굴을 붉혀야 할 정도였다. 비행기가 지붕 위로 소리를 내고 날아가더니 갑자기 알루미늄 돈이 비처럼 쏟아졌다. 통행인들은 위를 쳐다보고 웃으며 몸을 굽혔다. 파비안은 문득 어린 소녀가 하늘에서 떨어지는 잔돈을 받기 위해 저고리를 쳐들었다는 어느 동화를 생각했다. 그리고 그는 낯선 사람의 모자 차양에서 동전 한 닢을 꺼냈다.

'엑조틱 바를 방문하세요. 놀렌도르프 3번지. 미녀. 나체 플라스틱. 콘돌 여관이 같은 집에 있습니다' 라고 거기에는 씌어 있었다. 파비안은 문득 그가 지금 비행기를 타고 하늘을 날면서, 군중들로 소란한 요아킴스탈러 가의 한복판 가로등이 비치는 곳, 열병처럼 부푼 밤거리의 소란 속에 묻혀 서 있는 한 청년을 내려다보는 것 같은 공상을 했다. 그 청년은 얼마나 작았던가. 그런데 그 자신이 바로 그 남자였던 것이다. 그는 쿠르퓌어스텐담을 건너갔다. 어떤 지붕 위에서 형광체가 움직였다. 그것은 전기 눈을 가진 터키 청년이었다. 그때 누가 심하게 파비안의 구두 뒤꿈치를 걷어찼다. 그는 돌아다보았다. 그것은 전차였다. 차장이 욕을 했다.

"조심해!" 순경이 소리질렀다.

파비안은 모자를 벗고 말했다.

"노력해 보겠습니다."

슐뤼터 가에서는 녹색 옷을 입은 난쟁이가 문을 열었고, 작은 사다리 위에 올라가서 방문객의 외투를 벗겨주고는 사라졌다. 조그마한 녹색이 사라지자마자 틀림없이 좀머 부인같이 보이는 뚱뚱한 여인이 커튼 너머로 인기척을 내면서 말했다.

"사무실로 오시겠어요?"

파비안은 따라갔다.

"베르투흐라는 분이 당신의 클럽을 나에게 추천해 주었습니다."

그 여자는 공책을 뒤적이더니 고개를 끄덕였다.

"베르투흐 프리드리히 게오르크, 사장, 40세, 중간 키, 갈색 머리, 카알 가 9번지, 음악을 좋아하고, 25세 이하의 날씬한 금발 여자를 좋아한다."

"네, 바로 그 사람입니다!"

"베르투흐 씨는 지난 시월부터 우리 집에 왕래하고 있고, 그 동안 다섯 번 다녀갔습니다."

"그것은 이 단체가 훌륭하다는 것을 증명하는군요."

"가입금은 이십 마르크고, 한번 방문할 때마다 십 마르크를 내셔야 합니다."

"여기 삼십 마르크 있습니다." 파비안은 돈을 책상 위에 놓았다. 뚱뚱보 여자는 돈을 서랍에 집어넣고 펜을 들고 물었다.

"인적 사항은?"

"야콥 파비안, 서른두 살, 직업 부정, 현재는 광고 전문가, 주소는 샤퍼 가 17번지, 심장병, 머리카락은 갈색. 더 아셔야 할 것이 있습니까?"

"특히 좋아하는 여자 스타일이 있습니까?"

"고정하고 싶지 않습니다. 내가 원하는 건 금발 여자지만 내 경험은 그 반대이고, 나는 큰 여자를 좋아하지만 큰 여자는 나를 원하지 않고……. 그 난은 비워두십시오."

어디선지 축음기 소리가 났다. 뚱뚱보 여자가 일어나서 말했다.

"들어가기 전에 중요한 규정을 알려드리겠습니다. 회원 상호간의 접촉은 금지되어 있지 않을 뿐만 아니라 오히려 권장되고 있습니다. 여자도 남자와 똑같은 권리를 가집니다. 이 제도의 존재와 주소와 습관은 신용할 수 있는 사람들에게만 알려주어야 하며 이 기업체의 성격은 이상적인 것이지만, 누구나 소비액은 즉석에서 지불하여야 합니다. 클럽 실내에서는 어떤 남녀의 쌍도 존중될 것을 요구할 수가 없으며, 방해되지 않기를 원하는 쌍은 이 클럽에서 나가줄 것을 바랍니다. 이 단체는 남녀 관계의 개척에 봉사하는 거지, 관계 그 자체에 봉사하는 단체는 아니니까요. 일시적으로 상호간에 관계를 가졌던 회원은 그것을 곧 잊어버리기 바랍니다. 그러한 방법으로만 혼란을 피할 수 있기 때문입니다. 알아들었어요, 파비안 씨?"

"네, 잘 알았습니다."

"그럼 나를 따라오십시오."

아마 한 30명이나 40명쯤 있는 것 같았다. 첫번 방에서는 트럼프를 하고 있었고, 그 옆방에서는 춤을 추고 있었다. 좀머 부인은 신회원을 빈 테이블에 안내하고는 필요하면 언제든지 자기를 부르라고 말하고 작별했다. 파비안은 자리를 잡고 코냑 소다를 급사에게 주문하고 사방을 둘러보았다.

그는 생일 파티에 와 있는 것인가?

"사람들은 듣던 것보다 훨씬 무해하게 보인답니다" 하고 조그마한 흑발 여인이 그의 옆에 와서 앉았다. 파비안은 담배를 권했다.

"당신은 인상이 좋아요." 그 여자가 말했다. "십이월에 태어나셨지요?"

"이월에!"

"아, 물고기자리에 물병자리가 섞였군요. 꽤 찬 성격이시네요. 호기심에서 여기로 오신 거지요?"

"원자 물리학자는 말하기를 아주 작은 소입자도 서로 끼고 도는 전기 에네르기 질량으로 구성된다고 말합니다. 이것을 가설로 봅니까, 또는 진실한 사태에 들어맞는 관찰이라고 봅니까?"

"당신은 게다가 또 신경과민이시군요?" 그 여자는 소리질렀다.

"그렇지만 그건 아무렇지도 않아요. 당신은 여기에 부인을 구하러 온 것인가요?"

그는 어깨를 올렸다. "정식으로 결혼 신청을 하시는 건가요?"

"쓸데없는 소리! 나는 두 번 결혼했었지요. 당분간은 그것만으로 충분해요. 결혼은 나에게 있어서는 올바른 표현 형식이 못 되니까요. 그러기에는 남자들에게 관심이 너무 많거든요. 나는 내가 보고 내 맘에 든 남자는 모두 내 남편이라고 가상합니다."

"남편의 가장 특징적 요소로 보아서 그렇단 말이지요?"

그 여자는 마치 딸꾹질을 하는 것같이 웃어대더니, 손을 파비안의 무릎 위에 올려놓았다.

"옳은 말이에요. 사람들이 말하기를 나는 직업을 찾는 환상을 앓고 있다고 합니다. 오늘 밤 사이에 욕망이 있으시거든 나를 집에 바래다 주세요. 내 집과 나는 작지만 견고합니다."

그는 낯설고 불안한 손을 자기 무릎에서 치우고 말했다.

"모든 일이 가능하기는 합니다. 이제 나는 이 집을 좀 구경하렵니다."

그러나 그는 그럴 수 없었다. 그가 일어나서 돌아섰을 때 그의 앞에는 규정대로 훌륭히 성숙한 커다란 여인이 서 있다가 말했다.

"곧 춤출 수 있습니다."

그 여자는 그보다 더 컸고, 게다가 금발이기까지 했다. 조그마한 검은 머리의 수다쟁이는 그녀를 쳐다보고는 어디론지 사라져버렸다. 급사는 축음기를 틀었다. 테이블 주변이 소란해졌다. 춤이 시작되었다. 파비안은 금발을 주의깊게 관찰했다. 그 여자는 창백한 동안(童

顔)이었고, 춤추는 것으로 미루어보아서 그 짐작되는 것보다 얼굴은 수줍어 보였다. 그는 잠자코 있었고, 얼마 후에는 침묵이, 무관한 이야 기를 끄집어내는 것이 불가능한 어떤 정도에까지 도달하리라는 것을 느끼고 있었다. 다행히도 그는 그 여자의 발을 밟았다. 그 여자는 말을 시작했다. 그 여자는 며칠 전에 한 남자 때문에 서로 뺨을 갈기고 옷을 찢었던 두 여자를 그에게 가리켜주었다. 그 여자는 좀머 부인이 녹색 난쟁이와 관계가 있다고 말하면서 그 정사의 광경은 감히 상상해 볼 수도 없다고 말했다. 마지막으로 그 여자는 그에게 여기에 더 있고 싶 으냐고 물었다. 그 여자는 춤을 중단했고, 그는 그 여자를 따랐다.

쿠르퓌어스텐담에서 그 여자는 택시를 부르고, 주소를 말하고 나서 는 그에게 자기 옆에 앉으라고 졸랐다.

"그렇지만 이제 나에겐 이 마르크밖에 없습니다" 하고 그는 말했 다.

"괜찮아요!" 그 여자는 말하고 운전수에게 소리질렀다. "불 꺼 요!"

차 안은 어두워졌다. 차는 소리를 내며 출발했다. 첫 커브에서 벌 써 그 여자는 남자 위에 넘어져서 그의 아랫입술을 깨물었다.

그는 머리를 천장 경첩에 부딪치고 머리를 싸쥐고 말했다.

"아이쿠! 마수가 좋구나."

"신경질 부리지 말아." 그 여자는 그에게 애무를 퍼부었다.

그에게 이 습격은 너무나 갑작스러웠다. 그뿐 아니라 골머리가 아 팠다. 파비안은 그럴 기분이 아니었다.

"당신이 나의 목을 조르기 전에 편지를 한 장 쓰고 싶습니다" 하고 그는 신음했다.

그 여자는 그의 쇄골(鎖骨)을 때리고 웃으면서 태연한 얼굴로 음계를 높였다 낮추었다 하면서 더욱더 그의 목을 졸랐다. 방어하려는 그의 노력을 그 여자는 명백히 달리 해석하였다. 길이 구부러질 때마다 새로운 갈등이 일어났다. 그는 자동차가 더 이상 커브를 돌지 않게 해 달라고 운명에게 빌었다. 운명은 외출중이었다.

마침내 자동차가 멎었을 때 금발은 얼굴에 분칠을 하고, 택시비를 치르고는 집 대문 안에서 말했다.

"첫째, 당신 얼굴은 붉은 얼룩투성이예요. 그리고 둘째, 나와 함께 차 한 잔 마시고 가요."

그는 뺨에 묻은 루주를 문지르면서 말했다.

"초대해 주셔서 대단히 영광입니다만 나는 내일 아침에 늦지 않게 사무실로 나가야 합니다."

"나를 약올리지 말아요. 나와 함께 자야 해요. 내일 하녀가 당신을 깨워줄 거예요."

"그렇더라도 나는 일어나지 못할 것입니다. 안 됩니다. 집에 가서 자야만 합니다. 내일 아침 일곱 시에 급한 전보를 받을 예정이니까요. 그 전보를 하숙집 주인 할머니가 가져와서 내가 깰 때까지 나를 흔들 것입니다."

"어떻게 내일 아침에 전보가 올 것을 벌써부터 알고 있어요?"

"속에 뭐라고 씌어 있는지도 압니다."

"뭐라고 씌어 있어요?"

"거기에는 '침대에서 기어나와라. 너의 친구 파비안'이라고 적혀 있을 것입니다. 파비안이 바로 내 이름입니다."

그는 나뭇잎을 바라보면서 가로등의 누런빛에 마음을 쏟았다. 거리는 완전히 고요했다. 고양이가 소리없이 어둠 속으로 달아났다. 지금 회색 집들을 따라 산책할 수만 있다면 하고 그는 생각했다.

"전보 이야기는 정말이 아니지요?"

"아니. 그건 다만 순전한 우연입니다."

"결과에 마음이 없으면 뭣하러 클럽에 나와요?" 그 여자는 성난 목소리로 물으면서 문을 열었다.

"나는 주소를 얻어 들었고, 또 호기심이 많은 인간이니까요."

"그럼 빨리!" 하고 그 여자는 말했다. "호기심에는 제한이 없으니까요."

문이 그들 뒤에서 잠겼다.

2

매우 끈질긴 여자도 있다

변호사는 반대하지 않았다

구걸은 성격을 망친다

승강기에는 거울이 붙어 있었다. 파비안은 손수건을 꺼내서 얼굴의 붉은 얼룩을 닦았다. 넥타이는 비뚤어졌고, 머리가 쑤셨다.

창백한 금발은 그를 내려다보고 있었다.

"메게레〔복수의 여신〕가 누군지 압니까?" 하고 그가 물었다.

그 여자는 팔을 그에게 둘렀다.

"알아요, 그렇지만 내가 더 이뻐요."

문에는 '몰'이라는 문패가 붙어 있었다. 하녀가 문을 열었다.

"차를 끓여와."

"차는 마님 방에 준비해 놓았어요."

"좋아, 그럼 가서 자!"

하녀는 복도로 사라졌다.

파비안은 여자를 따라갔다. 그 여자는 그를 곧바로 침실로 데려가

서 차를 따르고 코냑과 담배를 꺼내놓고는, 움켜잡는 듯한 몸짓으로
말했다.

"드세요!"

"그런데, 당신 몸은 대단한 스피드를 가졌군요!"

그 여자는 물었다. "어디에?"

그는 못 들은 척했다. "몰이라는 성을 가지셨습니까?"

"이레네 몰이라고 해요. 그래야지 고등학교 교육을 받은 사람이 웃
을 수 있을 테니까. 앉아요. 곧 다시 올게요."

그는 그 여자를 붙잡고 키스를 한번 했다.

"응, 그건 천천히" 하면서 그 여자는 나갔다.

그는 차를 한 모금 마시고 코냑을 한 잔 마셨다. 그러고 나서 방을
둘러보았다. 침대는 낮고 넓었다. 전등은 간접광선으로 비치었다. 벽은
거울로 되어 있었다. 그는 다시 코냑을 한 잔 마시고 창가로 갔다. 창살
은 없었다.

그 여자는 그와 무엇을 하려는 것일까? 파비안은 서른두 살이었고,
밤엔 열심히 돌아다녔다. 오늘 밤에도 그는 들뜨기 시작했다. 그는 세
번째 잔의 코냑을 마시고 손을 비볐다.

그는 오래전부터 교착된 감정을 오락으로 삼았다. 그것을 조사하려
는 사람은 그것을 가져야만 했다. 그것을 갖고 있는 동안에만 그것을
관찰할 수 있었다. 그것은 자기 자신의 영혼을 절개하는 외과 의사와
도 같은 것이었다.

"자, 이제는 어린 소년을 도살해야지." 금발이 말했다.

그 여자는 벌써 검은 레이스 잠옷을 입고 있었다. 그는 한 발 물러

섰다. 그러나 그 여자가 "후라아!" 하고 외치더니 그의 목에 콱 뛰어들어 매달렸기 때문에, 그는 균형을 잃고 넘어지면서 그 여자와 함께 방바닥에 주저앉았다.

"그녀가 끔찍하지 않습니까?" 하고 한 낯선 목소리가 물었다.

파비안은 깜짝 놀라 쳐다보았다. 문간에는 파자마만 입은, 말라빠지고 코가 큰 남자가 서서 하품을 하고 있었다.

"아니, 여기서 뭘 하는 겁니까?" 파비안이 물었다.

"용서하십시오, 선생. 그렇지만 나는 당신이 내 마누라와 함께 방바닥을 기고 있을 줄은 몰랐으니까요."

"당신의 마누라라니요?"

침입자는 고개를 끄덕이고 필사적으로 하품을 하고는 책망하듯이 말했다.

"이레네! 당신은 어떻게 저 분을 저런 부당한 자리에 놓았소? 당신이 새 수확물을 나에게 보이기를 원한다면 좀더 사교적으로 대면시켜야 하지 않겠소? 원 방바닥에서, 그건 저 분의 맘에 들지 않을 것이 틀림없지 않소. 당신이 나를 깨웠을 때 나는 아주 달게 자고 있었소⋯⋯. 나는 몰입니다. 선생, 나는 변호사고 그뿐 아니라⋯⋯" 그는 심장이 찢어질 듯이 하품을 하고는 계속 말했다. "그뿐 아니라 지금 당신 위에 네 활개를 펴고 있는 여자의 남편입니다."

파비안은 금발을 자기 위에서 밀어내고 일어서서 머리의 가르마를 고쳤다.

"당신 부인은 남자 하렘을 차리고 있습니까? 나는 파비안이라고 합니다."

몰은 그에게 와서 손을 내밀었다.

"당신처럼 인상 좋은 청년을 알게 되어서 기쁩니다. 이러한 상태는 보통이기도 하고, 또 이상하기도 합니다. 그건 관점의 문제입니다. 그렇지만 당신을 안심시키기 위해서 말한다면 나는 이것에 익숙해져 버렸습니다. 앉으십시오."

파비안은 앉았다. 이레네 몰은 의자의 팔걸이에 미끄러져 앉아서 파비안을 쓰다듬으면서 남편에게 말했다.

"이 분이 당신 맘에 안 든다면 계약은 취소예요."

"아니, 맘에 드니 안심해요." 변호사가 대답했다.

"당신들은 내가 마치 한 조각의 과자 부스러기나 썰매이거나 한 것처럼 나에 관해서 함부로 이야기하시는군요." 파비안이 말했다.

"당신은 썰매예요!" 그 여자는 소리지르면서, 그의 머리를 검은 청실로 가려져 있는 풍만한 가슴에 눌렀다.

"맙소사!" 파비안은 외쳤다. "나를 제발 건드리지 말아요."

"손님을 성나게 하지 말아요, 이레네." 몰이 말했다.

"나는 그와 함께 서재에 가서 그가 알아야만 할 것을 설명해 드리겠소. 당신은 그가 이 상태를 이상하게 생각할 것이라는 사실을 잊고 있소. 곧 그를 다시 보내리다. 그럼 잘 자요."

변호사는 마누라에게 손을 내밀었다. 그 여자는 낮은 침대에 들어가서 베개 사이에 우울하고 고독하게 누워 말했다.

"그럼 주무세요, 몰. 그렇지만 그이가 피곤해서 지칠 때까지 얘기하지는 마세요. 그가 또 필요하니까."

"알았소. 알았소." 몰은 대답하고 손님을 데리고 나갔다.

그들은 서재에 가서 앉았다. 변호사는 시거를 피워 물고는 추워하면서 낙타 모포를 무릎 위에 얹고, 서류 뭉치를 뒤적이기 시작했다.

"나에게는 상관없는 일이긴 하지만······" 하고 파비안은 말을 꺼냈다.

"그렇지만 당신이 부인한테 허용하고 있는 것은 언어도단의 일입니다. 그래 당신은 그 여자의 애인을 평가하기 위해서 자주 침대에서 끌어내십니까?"

"네, 아주 자주요. 근본적으로 이 평가 행위를 나는 문서로 확정된 내 권리로서 행사하고 있습니다. 우리가 결혼하고 1년이 지난 뒤에 우리는 계약을 체결했는데, 그 제4조에서 규정하기를 '계약 당사자인 여자는 자기가 친밀한 관계에 들어가기를 원하는 어떤 남자도 사전에 남편 펠릭스 몰 박사에게 보여줄 의무를 갖는다. 후자가 해당자를 부당하다고 말할 때는 이례네 몰 여사는 그 계획의 실행을 즉시 단념해야만 한다. 이 조문에 대한 어떤 위반에 대해서도 재정적으로 월급의 반 값으로 처벌된다.' 이 계약은 아주 재미있습니다. 읽어드릴까요!" 하고 몰은 책상 열쇠를 호주머니에서 꺼냈다.

"그러실 필요 없습니다!" 파비안은 거절했다. "내가 알고 싶은 것은 다만 도대체 어째서 당신이 그런 계약을 맺을 생각을 했는가 하는 것뿐입니다."

"내 마누라가 몹쓸 꿈을 꾸었습니다."

"뭐라고요?"

"그 여자는 꿈꿉니다. 무시무시한 것들을 꿈꿉니다. 성적 욕망이 결혼 기간에 비례해서 성장하는 것이 명백하며 그 내용에 관해서는 당신이 다행스럽게도 상상조차도 할 수 없을 것입니다. 나는 물러났고 그 여자는 침실을 중국 사람, 역도 선수, 댄스 걸들로 우글우글하게 했습니다. 나에게 무슨 방도가 남아 있었겠습니까? 우리는 계약을 체결했습니다."

"다른 처방이 더 효과적이고 보다 나은 취미였을 것이라고는 생각하지 않았습니까?"

파비안은 성급하게 물었다.

"예를 들면?" 변호사는 몸을 가누었다.

"예를 들면 잠자기 전에 스물다섯 차례 뒤를 때리는 것은?"

"그것도 해보았는데 그건 너무 아팠습니다."

"이해할 수 있습니다."

"절대로 이해 못합니다!" 변호사가 소리질렀다. "이레네는 힘이 매우 셉니다."

몰은 머리를 숙였다. 파비안은 책상 위에 있는 흰 카네이션을 뽑아서 단추 구멍에 꽂고 일어서서 방 안을 이리저리 걸어다니면서 그림을 바로 고쳤다. 마누라 앞에 무릎을 꿇었을 때는 저 늙은 녀석도 불쾌하지는 않았겠지.

"가겠습니다." 파비안은 말했다. "현관 열쇠를 주십시오."

"정말입니까?" 몰이 근심스럽게 물었다. "그렇지만 이레네가 당신을 기다리고 있지 않습니까? 제발 가지 마십시오! 당신이 가버린 것을 알면 그 여자는 펄펄 뛸 것입니다! 내가 당신을 쫓아보냈다고 생각할 것입니다. 가지 마십시오! 제발. 이레네는 그렇게 기뻐했는데! 그 여자에게서 작은 즐거움을 빼앗지 마십시오!"

그 남자는 뛰어 일어나서 방문객의 조끼를 잡았다.

"머물러 계십시오! 당신은 결코 후회하지 않을 것입니다. 당신은 다시 올 것이고 우리들은 친구가 될 것입니다. 그리고 나는 이레네가 좋은 사람의 손 안에 있는 것을 알게 될 것입니다. 제발 나를 위해서 머물러 계십시오."

"아마 당신은 나에게도 고정 월수를 보장할 작정인 것 같군요."

"그에 관해서는 상의해 봅시다. 나도 돈을 갖고 있습니다."

"집 열쇠를 주십시오. 좀 빨리 달란 말입니다! 나는 그 자리에는 알맞지 않습니다."

몰 박사는 한숨을 쉬고 책상 위를 뒤적뒤적하더니 파비안에게 열쇠 뭉치를 주고 말했다.

"유감천만입니다. 당신은 처음부터 맘에 들었었는데……. 이 열쇠를 며칠 동안 가지고 계십시오. 당신이 다시 고쳐 생각하게 될지도 모르니까. 하여간 당신을 다시 만난다면 아주 기쁘겠습니다."

"안녕히 주무십시오."

파비안은 낮은 목소리로 투덜거리듯이 말하고 복도로 나가서 모자와 외투를 쥐고는 문을 닫고 계단을 뛰어내려갔다. 거리에서 그는 깊이 숨을 몰아쉬고는 고개를 저었다. 여기 길바닥에는 사람들이 산책하면서도, 벽 하나 사이에서 어떤 광적인 일이 일어나고 있는지는 조금도 모르고 있는 것이다! 벽과 커튼을 친 유리창을 꿰뚫고 들여다보는 황당무계한 재능이라도, 사람들이 그곳에서 본 것을 참고 견디는 것에 비한다면 아주 작은 능력일 것이다.

"나는 호기심 많은 인간입니다" 하고 그는 금발 여자한테 말했었지만, 이제 그는 자신의 호기심을 몰 부부에게서 채우는 대신, 여기 이렇게 달아나 나와서 걷고 있는 것이다. 그는 30마르크를 썼다. 아직도 2마르크가 호주머니에 남아 있었다. 저녁은 사먹을 수가 없게 되었다. 그는 휘파람을 불면서 어두운 낯선 거리를 이리저리 걷다가 잘못하여 헤르 가의 전차 정거장에 도달했다. 그는 동물원까지 가서 지하철을 뛰어타고 비텐베르크 광장에서 다시 바꾸어 탔다가 슈피헤른 가에서 지상으로 올라와 푸른 하늘 밑에 나왔다.

그는 단골 다방에 갔다. 라부데 박사는 벌써 갔다고 급사가 전했다. 그는 11시까지 기다렸다. 파비안은 의자에 앉아 커피를 주문하고는 담배를 피웠다.

코발스키라는 주인이 와서 안녕하신지를 물었다. 어젯밤에는 매우 이상한 일이 일어났었다고 한다. 코발스키는 틀니를 번쩍거리면서 웃었다. 보이 니이텐퓌어가 처음에 그것을 관찰하였다고 한다.

"저편 둥근 테이블에 젊은 한 쌍이 앉아서 아주 재미있게 얘기하고 있었습니다. 여자는 남자의 손을 끊임없이 쓰다듬었고, 웃으면서 담배에 불을 붙여줬고, 아무튼 흔히 볼 수 없을 정도로 친절하게 굴었지요."

"그건 조금도 우습지 않은데."

"좀 기다리십시오. 파비안 선생. 그 여자는 —— 예쁘게 생겼다는 것만은 부정할 수 없습니다 —— 그러다가 옆 테이블에 앉은 남자와 장난하기 시작했는데, 그것도 어떻게 대담하게 하던지! 니이텐퓌어가 나를 살며시 끌고 왔는데 그 광경은 굉장했지요. 그 녀석은 마침내 그 여자에게 쪽지를 주었습니다. 그 여자는 그걸 읽고 나서 고개를 끄덕이고, 자기도 아무렇게나 끄적거려서 옆 테이블에 던졌습니다. 그러는 동안에도 그 여자는 끊임없이 자기 애인하고 이야기를 했고, 애인은 그 여자의 이야기에 몹시 즐거워하고 있었습니다."

"어떻게 그 남자가 그걸 내버려두었을까?"

"잠깐만, 파비안 선생! 요점은 인제 곧 드러납니다. 그래서 우리도 물론 그가 왜 그걸 내버려두는지를 이상히 여겼지요. 그는 만족스럽게 그 여자 옆에 앉아서 바보같이 웃으면서 그 여자의 어깨에 팔을 얹고 있고, 그 동안에 그 여자는 옆 테이블의 남자한테 고개를 끄덕여 보였습니다. 그 남자도 고개를 끄덕 했고, 손짓을 했습니다. 우리는 그만 어안이 벙벙했지요. 이윽고 그들이 돈을 지불하려고 했기 때문에 니이텐퓌어가 그들의 테이블로 갔지요."

코발스키는 묵직한 머리를 높이 쳐들고 천장을 쳐다보고 웃었다.

"그래 어떻게 됐단 말이오?"

"그 여자와 같이 앉아 있던 남자는 장님이었어요!" 주인은 소리 높이 웃으면서 가버렸다. 파비안은 놀라서 뒤돌아보았다. 인간성의 진보는 명백하였다.

문간에서는 한창 일이 벌어지고 있었다. 니이텐퓌어와 심부름하는 아이가 마침 어떤 누추한 옷차림의 남자를 내쫓고 있는 중이었다.

"당장에 꺼지지 못해! 하루 종일 거지떼들이니, 참 구역질이 나서!" 니이텐퓌어는 혀를 차면서 말했다. 심부름하는 아이도 아무 말도 않는 창백한 남자를 이리저리 밀쳤다. 파비안은 재빨리 일어나 그들에게로 뛰어가 급사들에게 소리쳤다.

"이 손님을 건드리지 마!"

두 급사는 반대하면서도 그의 말에 복종했다.

"당신이군요." 파비안은 그에게 손을 내밀었다. "당신한테 사람들이 불쾌하게 굴어서 몹시 죄송합니다. 부디 용서하시고 제 자리로 오십시오."

그는 무슨 영문인지 모르고 있는 그 사람을 자기 자리로 인도하고, 의자를 권하고 나서 물었다.

"뭘 드시겠습니까? 맥주나 한잔 하실까요?"

"당신은 매우 친절하십니다." 거지가 말했다. "당신께 폐를 끼치게 돼서 미안합니다."

"여기 메뉴가 있습니다. 무엇이든지 골라 주문하십시오."

"그건 안 됩니다! 사람들이 나를 테이블에서 끌어내어 내쫓을 것입니다."

"그렇게 못합니다! 정신을 차리십시오! 단지 당신의 웃옷이 기운 것이라고 해서, 또 당신의 위가 꿀꿀거린다고 해서 당신은 의자에 바로 앉아 있을 수도 없단 말입니까? 사람들이 당신을 문간에 들여놓지 않는 것에는 당신도 책임이 있습니다."

"이 년 동안이나 실직하고 있는 사람은 달리 생각하게 됩니다." 그 남자가 말했다.

"나는 엥겔루퍼 강기슭에 있는 피난민 숙사에서 잡니다. 구빈소(救貧所)에서는 한 달에 십 마르크를 줍니다. 내 위는 캐비어를 너무 먹어서 병이 났습니다."

"직업이 뭐였죠?"

"내 기억이 틀림없다면 은행원이었습니다. 감옥에 간 일도 있습니다. 사람들은 방랑을 하게 되는 것입니다. 내가 아직까지 경험해 보지 않은 것은 자살뿐입니다. 그렇지만 그건 앞으로 할 수 있을 것입니다."

그 남자는 의자 위에 앉아서 더러운 와이셔츠를 가리느라고 벌벌 떨리는 손으로 조끼 앞섶을 모았다.

파비안은 뭐라고 말해야 좋을지 몰랐다. 그는 머릿속에서 여러 가지 문장을 생각해 보았으나 아무것도 들어맞지를 않았다. 그는 일어나서 말했다.

"잠깐만 기다리십시오. 급사는 대리 명령을 받기를 기다리고 있는 모양이지요."

그는 식기 선반으로 가서 급사장을 불러 야단을 치고는 그의 팔을 붙들고 다방 안으로 끌고 와 먼저 자리로 왔다.

그러나 걸인은 파비안이 없는 틈을 타 어디론가 사라져버리고 없었다.

"내일 돈을 치르겠어." 파비안은 다방에서 뛰어나와 주위를 돌아보았으나 걸인은 사라져버리고 없었다.

"도대체 누굴 찾으십니까?" 누군가가 물었다. 그것은 신문기자 뮌처였다. 그는 외투의 단추를 채우고 담배에 불을 붙였다.

"이런 기막힌 일이 어디 있습니까. 내가 이 판은 틀림없이 이기는 건데! 슈말나우어는 바보같이 두었거든요. 그런데 나는 야근하러 가야 하다니! 독일 민족은 내일 아침에 그들이 잠자는 동안에 몇 번 불이 났는지를 알고 싶어 합니다" 하고 그는 말했다.

"당신은 정치부 기자 아닙니까?" 파비안이 물었다.

"지붕의 불은 어떤 부분에서도 일어날 수 있습니다." 뮌처가 대답했다. "특히 밤에는! 아마 그건 구조 문제겠지요. 이봐요, 나를 따라가지 않으렵니까? 우리들의 서커스를 한번 보십시오!"

뮌처는 작은 자가용 차를 탔다. 파비안은 그 기자 옆에 앉았다.

"언제부터 자동차를 갖고 계셨습니까?" 파비안이 물었다.

"경제부 기자한테 샀죠. 그는 그걸 갖고 있을 수 없게 됐으니까요." 뮌처가 대답했다.

"내가 옛날에 자기 것이었던 호화로운 차에 타는 것을 볼 때마다 그는 언제나 성이 나서 펄펄 뜁니다. 그것만 해도 차를 산 가치는 있지요. 그렇지만 당신은 죽을 각오하에 타고 있다는 걸 아십니까? 만약 당신 목이 부러진다면 그건 당신 책임입니다."

그리고, 그들은 출발했다.

3

캘커타에 14명의 사망자

잘못된 행위를 하는 것이 정당하다

달팽이는 원을 그리며 기어간다

복도는 텅 비어 있었다. 경제부 편집실에는 불이 켜져 있었으나, 사람은 한 명도 없었다. 문은 열려 있었다.

"말미가 벌써 집에 간 건 유감이군요." 뮌처가 기분이 상해서 말했다. "그는 또 자기 차를 보지 못했군. 잠깐 기다리십시오. 어디 세계에 뭐가 일어나고 있는지 좀 엿들어보십시다."

그는 문을 활짝 열었다. 타자기 소리가 요란하게 울렸고 사무실의 벽에 즐비한 전화통에서는 속기 타자수들의 목소리가 마치 멀리에서처럼 들려왔다.

"뭐 중요한 게 있소?" 뮌처가 소음 속에다 대고 외쳤다.

"내각 수상의 연설" 하고 한 여자가 대답했다.

"옳아." 기자가 말했다.

"그 자식이 수다를 떨어서 제1면을 홀딱 뒤집어버렸어. 전문(全文)

이 있어?"

"제2통에서 삼분의 이 부분을 받고 있습니다!"

"그걸 곧 윤전기에 가져가도록 해. 그리고 나한테 와!"

뮌처는 명령하고 문을 쾅 닫았다. 그는 파비안을 정치부 사무실로 데려갔다. 그들이 외투를 벗는 동안에 뮌처는 책상 위를 손가락질했다.

"이 선물을 구경하십시오! 종이로 된 지진(地震)을!"

그는 새로 도착한 기사 뭉치를 손으로 헤치더니, 마치 재단사처럼 한두 개를 가위로 베어서 옆으로 밀었다. 그 나머지는 쓰레기통 속으로 던져넣었다.

"쓰레기통 속으로 갓!" 하고 그는 말했다. 그러고는 벨을 누르고 제복을 입은 심부름꾼한테 모젤 술 한 병과 두 개의 유리잔을 주문하고 돈을 주었다. 심부름꾼은 문간에서 마침 들어오려고 하던 흥분한 젊은이와 부딪쳤다.

"편집부장이 방금 전화했습니다." 그 젊은이는 숨도 안 쉬고 말했다.

"사설 속에서 다섯 줄을 지워버려야 했습니다. 새 기사에 의해서 내용이 번복되고 말았으니까요. 지금 방금 조판부에 가서 다섯 줄을 빼도록 이르고 오는 길입니다."

"자네는 만능 재주꾼이로군." 뮌처가 말했다.

"소개합니다. 앞날이 크게 기대되는 이르강 박사입니다. 이르강(미로)은 필명입니다. 이 분은 파비안 씨고."

둘은 악수했다.

"그렇지만" 이르강이 근심스럽게 말했다. "다섯 줄이 그 난에 비어 있어요, 지금."

"그러한 특수한 경우엔 어떻게 해야 옳지?" 뮌처가 물었다.

"채워야 하지요." 견습 기자가 대답했다. 뮌처는 고개를 끄덕였다.

"게라〔採字函〕 속에 아무것도 없어?" 그는 시쇄(試刷) 속을 헤쳤다.

"다 나갔군. 불경기 시대니까." 그리고 그는 방금 옆에 밀어놓았던 기사를 다시 검토해 보더니 고개를 흔들었다.

"쓸 만한 게 또 왔으면 좋으련만." 젊은이가 말했다.

"자네는 도 닦는 사람이 되었어야 했어" 하고 뮌처가 말했다.

"또는 미결수든지. 아무튼 시간이 많은 사람이 됐어야 해. 기사가 필요한데 아무것도 없을 때에는 그것을 발명하면 되지 않나. 주의하게!"

그는 앉아서 별로 생각하지도 않고 재빨리 한두 줄을 쓰더니 젊은이에게 그 종이를 주었다.

"자, 이젠 가봐, 공간 메우는 친구. 이걸로도 모자라거든 간격을 크게 띄워."

이르강은 뮌처가 쓴 것을 읽더니 아주 작은 목소리로 말했다.

"하느님 맙소사!"

그러고는 갑자기 어지러운 것처럼 소파 위의 버스럭거리는 외국 신문의 한복판에 몸을 굽힌 채 주저앉았다.

파비안은 이르강의 손 안에서 떨리고 있는 종이를 읽어보았다.

"캘커타에서는 마호메트교도와 힌두교도 사이에 노상 전투가 있었다. 경찰이 곧 진압하기는 했으나, 열네 명의 사망자와 스물두 명의 부상자가 생겼다. 질서는 다시 완전히 확보되었다."

실내화를 신은 늙은이가 살며시 들어와서 몇 장의 타이프된 종이를 뮌처 앞에 갖다놓았다.

"수상 연설의 뒷부분입니다." 그는 중얼거렸다. "십 분 이내에 마지막 부분이 옵니다."

그리고 그는 다시 사라졌다. 뮌처는 연설을 임시로 옮겨놓고 있는 여섯 장의 종이를, 마치 중세기의 금언을 쓴 판자처럼 더덕더덕 붙이고 교정하기 시작했다.

"빨리 해라, 예니!" 그는 이르강을 곁눈질하면서 말했다.

"그렇지만 캘커타에서는 소동이 일어나지 않았습니다." 이르강이 반대하면서 대꾸했다. 그리고 그는 머리를 숙이고 정신없이 말했다. "사망자 열네 명."

"별 소동은 없었다고?"

뮌처가 격분해서 말했다.

"한번 증명해 보여주지. 캘커타에서는 언제나 소동이 일어나고 있어. 자네는 그럼 태평양에 다시 바다뱀이 나왔다는 것을 쓰고 싶은가? 이걸 하나 알아두라구. 허위라는 것이 증명될 수 없거나 또는 몇 주일 후에야 비로소 증명되는 기사는 모두 진실한 기사인 거야. 자, 이제는 빨리 꺼져버려. 그렇지 않으면 나는 자네를 도시판 신문의 부록으로 붙여버릴 테니까."

젊은이는 갔다.

"저런 자가 기자가 되고 싶어 하니……." 뮌처는 신음했다.

그는 한숨을 쉬면서 푸른 연필로 수상의 연설에 이리저리 줄을 쳤다.

"저애는 시사 뉴스의 민간 비평가가 제격이지만, 유감스럽게도 그런 건 없단 말야."

"당신은 아주 간단하게 열네 명의 인도 사람을 죽이고 스물두 명을 캘커타의 시립병원에 집어넣으시는군요?" 파비안이 말했다.

"어떻게 하란 말입니까?"

뮌처는 수상 연설을 교정하고 있었다.

"그리고, 참 뭣 때문에 그 사람들을 동정합니까? 그들은 다 살아 있어요. 서른여섯 명이 모두 아주 튼튼하게 살고 있어요. 내 말을 들어봐요. 우리가 날조하는 기사는 우리가 은닉해야 하는 기사처럼 나쁘지는 않습니다."

그러면서 그는 수상의 연설 텍스트로부터 또 반 페이지를 지워버렸다.

"우리는 사실에 의해서보다는 기사에 의해서 민심을 보다 효과있게 움직일 수가 있지만 가장 효과적인 것은 아무것도 쓰지 않는 것입니다. 가장 편리한 민의의 표시는 아직까지도 침묵인 것입니다."

"그렇다면 신문의 간행을 중지하십시오." 파비안이 말했다.

"우리는 그럼 뭘 먹고 살란 말입니까?" 뮌처가 물었다. "그뿐 아니라 이 대신에 무엇을 해야 한단 말입니까?"

그때 제복 입은 심부름꾼이 술과 유리잔을 가지고 왔다. 뮌처는 술을 따르고 자기 잔을 쳐들었다.

"죽은 인도인 열네 명이여, 살지어다." 이렇게 외치고 그는 술을 마셨다. 그러고는 다시 수상을 공격하기 시작했다.

"우리의 위대한 수상께서는 또 바보 같은 수작을 주워모으셨군."

"이건 '독일의 미래가 침몰하지 않고 실려 있는 물'이라는 제목으로 쓴 학교 숙제 같아. 바로⋯⋯ 고등학교 이학년급에서 칠십 점쯤을 맞을 만한⋯⋯."

그는 파비안에게 몸을 돌리고 물었다.

"이 장난 기사의 표지를 어떻게 칠해야 할지?"

"그 밑을 어떻게 칠하시는지를 더 알고 싶습니다." 파비안은 성난 목소리로 말했다.

뮌처는 다시 술을 입 속에 넣고 굴리다가 삼키고는 대답했다.

"한마디도 않습니다, 한 글자도요. 우리는 정부의 배후를 공격하지 말라는 지시를 받고 있어요. 만일 우리가 반대해서 쓴다면 우리들에게 해가 돌아오고, 만약 찬성해서 쓴다면 정부의 이익이 될 뿐이니까요."

"내가 제안하겠는데, 정부에 찬성해서 쓰십시오!"

"천만에요! 우리는 올바른 사람입니다. 어서 와요, 말미."

문간에 우아하게 차려입은 호리호리한 신사가 서서 고개를 끄덕여 보였다.

"그를 나쁘게 생각하시면 안 됩니다." 그 신사는 파비안을 보고 말했다. "그는 벌써 이십 년 간이나 기자 노릇을 해서 자기가 한 거짓말을 믿을 정도입니다. 그의 양심 위에는 열 개의 부드러운 침대가 놓여 있고, 그 위에서 뮌처 씨는 부정한 자의 잠을 자고 있습니다."

늙은 심부름꾼이 또 타이프 친 종이를 가져왔다. 뮌처는 풀통을 갖고 수상의 격언풍 연설을 보충하고는 계속 교정했다.

"당신 동료의 무관심을 비난하십니까? 그러면 그 이외엔 무엇을 하십니까?"

경제부 기자는 미소를 지었다. 물론 다만 입가에서만 ──.

"나도 거짓말은 합니다." 그는 대답했다. "그러나 나는 알고 있습니다. 나는 체계가 잘못되어 있다는 것을 압니다. 우리들 경제계에 있는 사람은 장님이라도 그것을 볼 수 있으니까요. 그러나 나는 이 거짓 체계에 헌신적으로 봉사하고 있습니다. 왜냐하면 내가 보잘것없는 재능을 바치고 있는 거짓 체계의 테두리 속에서는 자연히 거짓 방도가 옳고, 옳은 방도는 따라서 거짓이 되는 까닭입니다. 나는 냉철한 철저함의 신봉자이며, 또한……."

"냉소가지." 뮌처가 고개를 들지도 않고 말했다.

말미는 어깨를 추켰다.

"나는 비겁한 놈이라고 말하고 싶었어요. 그 편이 더 들어맞습니다. 내 품성은 아직도 내 이성을 쫓아오지 못하고 있습니다. 그것이 나는 몹시 유감입니다만, 이제는 그것을 고치려고 하지 않습니다."

이르강 박사라는 젊은 친구가 방에 들어와서, 우편물을 손에 들고 어떤 기사를 삭제하고 어떤 기사를 도시판에 넣어야 할까를 뮌처와 의논했다. 사실상 지붕의 화재 사건이 두 건 있었고, 제네바에서는 폴란드에 있는 소수 독일인에게 해당되는 몇 마디의 애매한 말이 얘기되었다. 농림장관은 동부 엘베 강가의 대지주들의 세금을 올릴 것을 제의했다. 시(市) 조달청 관리에 대한 조사는 일대 변동이 있었다.

"그런데 수상 연설에 어떤 제목을 붙여야 하나?" 뮌처가 말했다. "자 여러분, 좋은 제목을 생각해 내면 십 페니히 드립니다. 당장에 조판되어야 하니까요. 자형이 너무 늦게 가면 식자 감독과 싸워야 합니다."

젊은이는 어찌나 긴장해서 생각했던지 이마에서 땀이 났을 정도였다.

"수상은 신뢰를 요구한다." 이윽고 그는 제안했다.

"평범해." 뮌처가 평했다.

"물그릇에다 술을 한 모금 따라 마시지!"

젊은이는 마치 그것이 명령이기나 한 것처럼 그 충고를 당장에 따랐다.

"독일, 또는 감정의 늘어짐" 하고 말미가 말했다.

"싱거운 소리 마시오!" 정치부 기자가 말했다. 그리고 그는 원고 위에 푸른 연필로 크게 한 줄을 쓰고는 말했다. "그 돈은 내 것이다."

"뭐라고 쓰셨습니까, 그래?" 파비안이 물었다.

뮌처는 벨을 누르고, 비장한 어조로 설명했다.

" '낙관주의는 의무다'라고 수상은 말한다!"

심부름꾼이 원고를 가져갔다. 경제부 기자는 주머니를 뒤적이더니 말없이 10페니히짜리 동전을 하나 책상 위에 놓았다.

그의 동료는 감탄하는 얼굴로 쳐다보았다.

"이로써 나는 상호간에 거래를 끝냈습니다." 말미가 주장했다.

"무슨 거래를 끝냈지요?"

"바로 당신의 빚을 돌려드릴 작정입니다." 말미가 말했다.

정치부 견습 기자 이르강은 적당히 웃었다. 그리고 그는 전화로 달려갔다. 전화가 울린 것이다.

"어떤 구독자가 물어볼 것이 있답니다."

그는 잠시 후 이렇게 말하고 수화기를 손으로 덮었다. "그들은 단골 음식점에 앉아서 '문'이 맞는가 '문들'이 맞는가에 돈을 걸고 있습니다."

민처는 수화기를 그의 손에서 빼앗았다.

"잠깐만 기다리십시오" 하고 그는 말했다. "여러분, 곧 정확히 대답해 드리겠습니다."

그러고는 그는 이르강에게 손짓하고는 속삭였다. "잡문란."

젊은이는 뛰어갔다가 다시 돌아와서는 어깨를 추켜 보였다.

"나는 방금 문이 맞는다는 보고를 받았습니다. 네, 천만에요. 안녕히 계십시오."

민처는 수화기를 내려놓고, 고개를 흔들면서 책상 위의 동전을 주머니에 넣었다.

나중에 그들은 신문사 근처에 있는 작은 술집으로 갔다. 민처는 모든 것이 맞게 되었는가를 조사해 보기 위해, 집에 가는 식자공을 시켜 신문을 한 장 가져오게 했다. 그는 몇 개의 오식에 화를 냈고, 1면의 대활자로 쓰인 제목에는 만족해했다. 그러고 났을 때, 연극 비평가 슈트롬이 그들의 테이블에 왔다.

그들은 부지런히 마셨다. 이르강 청년은 이미 제정신이 아니었다. 비평가 슈트롬은 몇 명의 유명한 감독들을 쇼윈도 장식가와 비슷하다고 말했고, 현대의 극장은 자본주의 몰락의 징후를 나타내고 있다고 말했다. 누가 현대에는 극작가가 없다고 말하자, 그는 있다고 주장했다.

"전혀 안 취하지는 않으신 것 같군요." 민처가 잘 돌아가지 않는 혀로 말했고, 슈트롬은 아무 이유도 없이 웃었다.

그 동안 파비안은 별로 본의 아니게, 말미에게 단기 채금에 관해서 계몽당하고 있었다.

"첫째로 제국과 경제의 소원의 도수가 점차 증가됩니다." 그 기자
는 주장했다.

"둘째로 작은 틈만 있어도 그 전체가 쓰러져버리기에 충분합니다.
거대한 지위층에서 돈을 가져가버리면 은행, 도시, 상회, 국가의 전부
가 쓰러져버립니다."

"기사에는 그것에 관해서는 안 쓰셨지 않습니까." 이르강이 말했
다.

"나는 잘못된 것을 앞뒤가 맞도록 도와주고 있습니다. 거대한 형태
를 가진 온갖 것은, 어리석음까지도 사람에게 영향을 주고 감복시킵니
다."

말미는 젊은이를 훑어보았다.

"빨리 밖으로 나가게나. 자네 속에서 저기압이 일어나고 있으
니……."

이르강은 머리를 책상 위에 놓았다.

"스포츠 기자가 되게." 말미가 충고했다.

"그 분야는 자네의 연약한 감수성에 그렇게 벅찬 요구를 하지는 않
을 테니."

견습 기자는 일어서서 손님 방을 지나 뒷문으로 비틀거리며 사라져
버렸다.

뮌처는 소파에 앉아서 돌연 울기 시작했다.

"나는 나쁜 놈이야." 그는 중얼거렸다.

"완전히 러시아적 분위기군" 하고 슈트롬은 확인했다.

"알코올과 자책과 성장한 남자의 눈물과……." 그는 감동받아 정치부 기자의 대머리를 쓰다듬었다.

"나는 나쁜 놈이야." 그는 또 말했다. 그는 그 의견을 고집했다.

말미는 파비안을 보고 미소지었다.

"국가는 수지가 안 맞는 대지주업을 지지합니다. 중공업을 지지하지요. 중공업은 자기 제품을 밑지는 값으로 외국에 보내고 있으면서도 국내에서는 세계 시장의 정가보다 비싸게 팔고 있습니다. 원료는 너무 비싸고, 공장주는 임금을 낮추죠. 국가는 대중구매력의 감소를 세금에 의해서 촉진시키고, 자본 소유자들에게는 감히 과세하지를 못해요. 자본은 그렇지 않아도 몇십 억씩 국경 밖으로 달아나고 있구요. 이것을 앞뒤가 맞는다고 보지 않습니까? 광란상태에는 어떤 방법이 없을까요? 어느 미식가의 입에서도 침이 줄줄 흐릅니다."

"나는 악한이야." 뮌처는 중얼거리고, 앞으로 내밀어진 아랫입술로 눈물이 떨어졌다.

"당신은 자신을 과대평가하고 계시는군."

경제부 기자가 말했다. 뮌처는 계속해 울면서 화난 얼굴을 했다. 비록 취한 상태에서라도 자신이 그러한 생각을 하면서 자기를 돌아보고 있는 것을 남이 방해하는 것에 그는 몹시 모욕감을 느낀 것이다.

말미는 즐거운 어조로 상황의 해설을 계속했다.

"기술이 생산을 늘립니다. 기술이 노동자 수를 줄입니다. 대중의 구매력은 감퇴증에 걸려 있습니다. 미국에서는 커피와 곡식이 너무 싸질까 봐 태워 없앱니다. 프랑스에서는 양조용 포도를 재배하는 농부들이 풍년이 들면 울상을 짓습니다. 이걸 좀 생각해 보십시오! 인간들은 절망하고 있습니다. 토지가 풍요한 것을! 너무 많은 곡물이 한편에선 남아돌고 다른 한편에선 먹을 것조차 없습니다! 이런 세계에 벼락이 안 떨어진다면 기상 상태의 역사는 매장되어도 옳습니다."

말미는 일어섰다. 그는 좀 비틀거리면서 유리잔을 부딪쳤다. 주위에 앉은 사람들이 그를 보았다.

"여러분" 하고 그는 외쳤다. "나는 이야기를 하겠습니다. 그것에 반대하시는 분은 일어나십시오."

뮌처는 힘들게 일어났다.

"식당에서 나가!" 말미가 소리쳤다. 그러자 뮌처는 다시 앉았다.

슈트롬은 웃었다. 이제 말미는 연설을 시작했다.

"우리의 존경할 만한 지구가 오늘날 앓고 있는 병을, 한 인간만이 걸렸다면 우리는 그것을 마비라고 말할 것입니다. 그리고 이 극히 불유쾌한 상태 및 그 결과는 다만 생사를 건 치료에 의해서만 치료될 수가 있다는 것을 여러분도 아실 것입니다. 우리의 지구를 어떻게 치료해야 합니까? 우리는 카밀레차〔카밀레꽃을 말려서 만든 차의 일종〕로 치료합니다. 이 차는 다만 잘 흡수될 뿐이지, 전혀 효력이 없다는 것은 누구나 다 알고 있습니다. 그러나 그건 아프게 만들지는 않습니다. 기다리면서 차를 마시자, 라고 우리는 생각합니다. 그리하여 공중적 뇌완화증은 점점 증세가 심해져서 조금도 기쁜 현상이 아니게 됩니다."

"구역질나는 의학적 비교는 집어치우시오!" 슈트롬이 외쳤다. "나는 위가 좋지 않아요!"

"의학적 비교는 그만둡시다." 말미도 말했다.

"몇 명의 동시대인이 특별히 비열하다는 것 때문에 우리가 죽지는 않을 것이고, 또한 그들과 일치한 사람들이 지구를 다스린다는 것 때문에 우리가 비관 자살하지는 않을 것입니다. 우리는 온갖 참가자들의 정신적 편의주의에 의해서 망하는 것입니다. 우리는 이 사태가 변하기를 원하나, 우리가 변하기를 원하지는 않습니다. 모두들 뭐하고 있는 거야, 하고 누구나가 생각하고 흔들의자에 앉아서 쉽니다. 그러는 사이에 돈은 돈이 많은 곳에서 돈이 귀한 곳으로 밀수됩니다. 돈의 밀수와 이자의 액수는 끝없이 늘고, 혁신은 시작되지 않고 있습니다."

"나는 나쁜 놈이다." 뮌처는 외치고, 그의 술잔을 입에 대었으나 마시지는 않았다. 그런 채로 그는 앉아 있었다.

"혈관이 중독되어 있는 것입니다." 말미가 외쳤다.

"우리는 지구의 표면의 염증난 곳마다 반창고를 붙여놓는 것으로 만족합니다. 패혈증을 그렇게 해서 고칠 수가 있는 것입니까? 아닙니다. 환자는 언젠가는 전신에 반창고투성이가 된 채 죽고 맙니다!"

연극 비평가는 이마에서 땀을 닦고, 연설하고 있는 말미를 애원하듯 바라보았다.

"의학적 비교는 집어치웁시다." 말미가 말했다.

"우리는 심장의 게으름에 의해서 죽게 됩니다. 나는 경제 전문가로서 말하겠는데, 현재의 위기를 정신의 혁신이라는 전제 없이 경제적으로만 해결하려는 것은 가짜 의술입니다!"

"육체를 구성하는 것은 정신입니다." 뮌처는 주장하면서 술잔을 던졌다. 그리고 그는 크게 흐느껴 울기 시작했다. 그는 이제 맹렬하고도 비참한 울음의 충동을 받은 것이다. 그리고 말미는 그의 울음소리 때문에 들리지 않게 되나 않을까 해서 더 큰 목소리로 말해야만 했다.

"여러분은 아마 두 개의 커다란 대중 운동이 있지 않느냐고 이론을 제기하고 싶으실 겁니다. 이 분들 —— 좌로 또는 우로 행진해 가는 이 분들은 환자의 머리를 도끼로 내리침으로써 패혈증을 치료하려고 합니다. 그러면 패혈증은 없어질 것입니다. 그러나 동시에 환자도 존재를 그칠 것이고, 그러면 그것은 의술을 지나치게 사용한 것이 됩니다."

슈트롬 씨는 병의 증상을 설명 듣는 것에 진저리가 나 달아나버렸다.

구석 테이블에서 뚱뚱한 남자가 겨우 일어나서, 말하고 있는 사람 쪽으로 고개를 돌리려고 했으나 목이 너무 굵었기 때문에 그러지 못한 채, 반대 방향으로 고개를 돌리고 말했다.

"당신은 의사가 되어야 했습니다."

그러고는 그는 다시 의자에 주저앉았다. 그때 갑자기 무서운 분노가 그를 엄습했다.

"우리는 돈이 필요해, 돈이, 돈, 돈, 또 돈이!" 그는 울부짖었다.

뮌처는 고개를 끄덕이고는 속삭였다.

"몬테쿠쿨리도 또한 악한이었어요."

그는 계속해 울었다.

구석 테이블의 뚱뚱보는 진정하지를 못했다.

"참 우스워서!" 하고 그는 투덜거렸다.

"정신적 혁신, 심장의 게으름 —— 우스워서! 돈을 내라, 그러면 우리는 건강해진다. 이건 웃어야만 한다. 웃어줘야만 한다!"

그와 마주 앉아 있던, 그와 마찬가지로 뚱뚱한 여자가 물었다.

"그렇지만 어디서 돈을 받지요, 아르투르?"

"내가 너한테 물었어?" 새로 분노가 폭발한 그는 소리질렀다.

그러고 나서 그는 드디어 진정하고는 마침 지나가던 급사의 웃옷을 잡아당기며 말했다.

"커틀렛을 또 하나 가져와, 그리고 기름과 초도!"

말미는 그 뚱뚱보를 손짓하며 말했다.

"내 말이 안 맞아? 저런 바보를 위해서 고개를 똑바로 쳐들어야 한단 말이야? 나는 싫어. 거짓말을 계속하겠다. 잘못을 행하는 것이 옳다."

뮌처는 편안하게 소파에 앉아서 잠들기도 전에 벌써 코를 골았다.

"당신의 자동차를 내가 갖고 있지요." 그는 말미 쪽으로 눈을 돌렸다.

그후 곧 슈트롬과 이르강이 돌아왔다. 그들은 팔을 끼고 마치 황달에 걸린 사람들 같은 얼굴을 하고 들어왔다.

"나는 술을 마실 줄 모릅니다." 이르강이 용서를 빌 듯이 말했다. 그들은 자리에 앉았다.

"전쟁의 부산물"이라고 슈트롬이 말했다.

"유감스러운 세대."

이 연극 비평가는 가장 당연하고 가장 이론의 여지가 없는 것을 말할 수 있었으나 그 말이 그의 입가에서 나오자마자 믿기지 않게 들리는가 하면, 반대하고 싶은 욕망을 남에게 일으켰다. 그가 기성 목직인 파토스를 가지고 2 곱하기 2는 4 하고 설명했다면 파비안은 돌연 그 계산의 정확성에 회의가 생겨났을 것이었다. 파비안은 슈트롬에게서 시선을 떼고 말미를 바라보았다. 그는 의자 위에 뻣뻣하게 앉아서 시선은 어딘지 딴 곳에 가 있었다. 그러나 그는 파비안이 자기를 관찰하고 있는 것을 느끼고 파비안을 보고 말했다.

"좀더 조심해야 합니다. 알코올은 입마개를 헐어 없애버리니까요."

뮌처는 이제는 정상적으로 코를 골았다. 그는 잠든 것이다.

파비안은 일어나서 기자들과 악수를 했다. 끝으로 경제부 기자와 악수했다.

"그렇지만 당신이 옳을지도 모릅니다." 말미는 말하고 슬프게 미소지었다.

"지금 나는 전혀 취하지 않은 것은 아니다." 파비안은 문간에 서서 밖을 향해 말했다.

그는 지구의 회전을 감각할 수 있는 것처럼 느끼게 하는 취기의 첫 단계를 사랑했다.

나무와 집은 아직도 그 자리에 서 있었고, 가로등은 아직 이중으로 보이지는 않았으나 지구는 회전하였다.

드디어 그것이 느껴졌다! 그러나 오늘은 그것까지도 그의 맘에 들지 않았다. 그는 자기의 취기와 나란히 걸어가고, 서로가 모르는 것처럼 행동했다. 회전하건 않건 간에 이 얼마나 우스운 공(球)인가! 지구란! 그는 도미에의 '진보'라는 그림을 연상하지 않을 수 없었다. 도미에는 그 그림에서 차례차례로 기어나오는 달팽이를 그렸었다. 그것이 인간의 발전의 속도라는 것이다. 그러나 달팽이는 원을 그리며 기어가는 것이었다! 그것이 가장 나쁜 일인 것이다.

4

쾰른 성당만 한 담배
홀펠트 부인은 호기심이 많다
하숙하고 있는 신사가 데카르트를 읽는다

다음날 아침에 파비안은 피로한 몸으로 사무실에 나왔다.

그는 아직도 좀 취해 있었다.

동료인 피셔는 우선 아침을 먹는 것으로 일을 시작했다.

"어떻게 그렇게 식욕이 끝없이 생겨납니까?" 파비안이 물었다.

"당신은 나보다 월급이 적고 또 가족도 있습니다. 당신은 저금통장을 갖고 있습니다. 그런데도 당신은 어찌나 많이 먹는지 나는 보기만 해도 배가 부를 정도니 말입니다."

피셔는 씹어 삼켰다.

"그건 우리 가족의 내력이랍니다. 피셔 집안은 식욕으로 이름나 있습니다."

"당신 집안에 기념탑을 세워드릴 만한데요." 파비안이 감동해서 말했다.

피셔는 불안스럽게 의자 위에서 미끄럼을 탔다.

"잊기 전에 얘기해 드리겠습니다. 다름아니라 쿤체가 광고 삽화 몇 개를 그렸는데, 거기다가 우리가 운율이 맞는 문구를 써야 합니다. 당신이 해주실 줄 믿습니다."

"당신의 신뢰는 영광입니다만 나에겐 아직도 사진을 붙인 광고판을 위한 표어를 써야 할 일이 남아 있습니다. 맘대로 하나 지으십시오. 운율이 안 맞는다고 해서 당신과 당신의 존경할 만한 가족의 아침 식사에 무슨 방해가 되겠습니까?"

그는 유리창 너머로 저편의 담배 공장을 바라보고 하품을 했다. 하늘은 자전거 경기장의 아스팔트처럼 잿빛이었다. 피셔는 왔다갔다 걸어다니면서, 자기도 모르게 주름살을 잔뜩 만들면서 운율을 찾았다.

파비안은 한 장의 포스터를 펴고, 그것을 압정으로 벽에 붙이고는 방구석에 가서 그것을 응시했다. 그것은 쾰른 성당 탑의 사진과, 탑의 크기 못지않게 큰 담배로 덮여 있는 이 포스터 제작자의 사진으로 구성되어 있었다.

그는 썼다.

'이것보다 나은 것은 없고…… 온갖 것의 위에 탑처럼 높이…… 따를 수가 결코 없는…….'

그는 무엇 때문인지는 알 수 없었으나 자기의 의무를 다했다.

피셔는 운율도 찾을 수 없었고, 진정할 수도 없었다.

그는 이야기를 시작했다.

"베르투흐가 그러는데 또 몇 명이 해고될 것이라는군요."

"그렇겠죠." 파비안이 말했다.

"만약 해고당하시면 무엇을 하시렵니까?" 피셔가 물었다.

"여보시오, 내가 견신례를 받았을 때부터 여태까지 나쁜 담배를 위해서 좋은 선전문을 쓰는 것으로 날을 보낸 줄 아십니까? 내가 여기를 쫓겨난다면 새 직업을 찾지요. 한 직업 더 해보건 덜 하건 나에게는 별로 문제가 안 되니까요."

"당신의 지내온 얘기를 좀 해주세요"라고 피셔가 졸랐다.

"인플레 때에 나는 어떤 주식회사에서 유가증권을 관리했습니다. 나는 매일 두 번씩 유가증권의 실가를 계산해야만 했습니다. 그들이 자기의 자본의 크기를 알도록 하기 위해서죠."

"그러고는?"

"그러고는 약간의 돈으로 야채가게를 샀지요."

"왜 하필 야채가게를?"

"우리는 모두 배가 고팠었거든요! 쇼윈도 위에는 파비안 박사의 고급 식료품점이라고 씌어 있었습니다. 새벽에, 아직 어두울 때 우리는 덜그럭거리는 차를 끌고 시장으로 나갔습니다."

피셔는 일어났다.

"뭐라고요? 당신은 박사 학위까지 있습니까?"

"박사 시험은 내가 큰 장날에 주소를 적는 서기로 채용되었던 해에 치렀습니다."

"당신의 학위 논문 제목은 무엇입니까?"

"〈하인리히 폰 클라이스트는 말을 더듬었던가?〉라는 것입니다. 처음에 나는 문제를 조사하여 한스 작스가 납작한 발을 가졌다는 것을 증명하려고 했습니다만, 조사하기에 너무 많은 시간이 걸려서 그만두었지요. 이젠 더 말하고 싶지 않습니다. 어서 시작(詩作)이나 계속하십시오!"

그는 말을 중지하고 포스터 앞을 거닐었다. 피셔는 호기심에 찬 얼굴로 그를 흘겨보았다. 그러나 그는 감히 이야기를 다시 계속하지는 못했다. 그는 한숨을 쉬면서 의자 위에서 빙빙 돌며 표어를 적어놓은 공책을 응시했다. 그는 아무렇게나 닥치는 대로 운율을 맞추기로 결심하고 그의 앞에 놓여 있는 타이프지를 펴놓고 영감을 신뢰하면서 눈을 감았다.

그러나 그때 전화가 울렸다.

그는 수화기를 들고 말했다.

"네, 여기 있습니다. 잠깐만 기다리십시오. 파비안 박사를 곧 바꾸어드리겠습니다."

그러고는 파비안에게 말했다.

"당신 친구 라부데입니다."

파비안이 수화기를 받아들었다.

"잘 있었어, 라부데? 웬일이야?"

"언제부터 담배 쪽지가 너를 명령하게 만들었니?" 하고 그가 물었다.

"학교 때 배운 것을 지껄인 것뿐이야."

"너에게 알맞는구나. 오늘 나한테 올 수 없니?"

"가겠어."

"두 번째 집으로 와. 그럼 이따 만나자."

"그럼 이따가, 라부데."

그는 전화를 끊었다. 피셔가 그의 팔소매를 잡았다.

"라부데 씨는 당신 친구가 아닙니까. 그런데 당신은 왜 그의 이름을 안 부르고 성을 부르십니까?"

"그는 이름이 없습니다." 파비안이 말했다. "부모가 이름 붙이는 것을 잊었거든요."

"그는 도대체 이름이 없단 말입니까?"

"없어요! 생각 좀 해보십시오! 그는 근래에 이름을 늦게나마 만들어보려고 해보았지만 경찰이 허가를 안 하거든요."

"나를 놀리시는군요." 피셔가 화를 내면서 소리질렀다.

파비안은 그의 말을 인정하듯이 그의 어깨를 두드리면서 말했다.

"당신은 온갖 것을 다 알아채시는군요."

그리고 그는 다시 정신을 퀼른 성당에 집중하고, 한두 줄의 표제글을 써놓고는 브라이트코프 전무에게 가져갔다.

"자그마하고 아담한 현상 논문을 한번 써보는 것이 어떨까요?" 전무가 말했다.

"소매상을 위한 당신의 카탈로그는 아주 마음에 들었습니다."

파비안은 고개를 약간 숙이고 인사했다.

"우리는 새로운 것을 필요로 하고 있습니다." 전무가 계속해서 말했다.

"어떤 현상 논문이라든지, 뭐 그 비슷한 것이 필요합니다. 그렇지만 돈을 들여서는 안 되지요. 아시겠습니까? 감사관은 이미 절반은 수정해야겠다고 최근에 말한 일이 있으니까요. 그 말이 당신에게 무엇을 뜻하게 되는지를 당신은 아시겠지요? 자, 그럼 일을 하세요, 젊은이!

뭐 새 걸 좀 가져오세요, 어서! 그렇지만 반복해 말하겠는데, 될 수 있는 대로 싸게 해야 합니다. 그럼, 이만."

파비안은 물러났다.

그가 그날 오후 하숙방(한 달 80마르크 —— 전기료 제외, 아침 식사 포함)에 들어가자 어머니의 편지가 기다리고 있었다. 그는 목욕을 할 수가 없었다. 따뜻해야 할 물이 차가웠던 것이다. 그는 대충 몸을 씻고 내의를 갈아입은 후 회색 옷을 입고는 어머니의 편지를 들고 창가에 앉았다. 거리의 소음이 마치 유리창에 떨어지는 빗줄기같이 북을 때리는 소리처럼 들려왔다. 3층에서 누가 피아노를 치고 있었다. 옆방에서는 회계원이 마누라에게 소리를 지르고 있었다. 파비안은 봉투를 열고 읽었다.

사랑하는 내 아들아!

우선 너를 안심시키기 위해서 말해 두는데, 별로 큰 병은 아니란다. 의사 선생이 그러는데, 그것은 임파선 때문이고, 늙은이에게는 흔히 있는 병이래. 그러니 나 때문에 염려하지는 말아다오. 처음에는 걱정이 되었는데, 지금은 다시 잘될 것을 믿고 있다. 나는 어제 잠깐 동안 궁전 정원에 갔었다. 백조가 새끼를 낳았더라. 정원의 다방에서는 커피 한 잔에 무려 70페니히를 요구하더구나. 얼마나 뻔뻔스러우냐!

큰 빨래를 끝마쳐서 다행이다. 하제 부인은 막판에 와서는 거절하는구나. 그렇지만 그게 더 나았었다. 내일 아침에 상자를 우체국에 가져가겠다. 잘 보관해 두고 지난번보다 더 꼭 묶어두어

라. 속에 든 것이 도중에 빠지기가 얼마나 쉬우냐! 우리 집 고양이가 내 무릎 위에 앉아서 머리를 박으면서 글을 쓰지 못하게 하는구나. 전 주일처럼 네가 편지 속에 또다시 돈을 넣는다면 네 귀를 잘라버릴 테니 그리 알거라. 우리는 잘 지내고 있다. 또 너는 돈이 필요할 거야.

담배의 선전 광고문을 쓰는 것이 정말로 재미가 있니? 네가 우리에게 보내준 인쇄물은 내 맘에 들었다. 토마스 부인은 네가 그런 걸 쓰다니 애석하다고 말하더라. 나는 그건 네 탓이 아니라고 말했어. 요즈음 같은 때 굶기를 원하지 않는 사람은 —— 그리고 그래 누가 그걸 원하겠니? —— 올바른 직업이 굴뚝에서 떨어질 때까지 기다릴 수가 없으니까. 그리고 나는, 이건 다만 임시적인 것이라고도 말해 주었다. 아버지는 더러 일거리가 있단다. 그런데 척추가 좋지 않으신 것 같다. 등이 꽤 구부러지셨어. 마르타 이모가 어제 자기 집에서 낳은 달걀을 열두 개 가져오셨단다. 닭들이 부지런히 낳는다면서 말이야. 마르타는 내 착한 동생이야. 남편이 그렇게 말썽을 부리지만 않는다면 좋으련만.

내 아들아, 네가 집에 한번 다녀갈 수 있다면 얼마나 좋겠니. 부활절에 네가 왔었지? 시간은 유수 같구나. 아들이 하나 있지만 없는 것과 같구나. 일 년 내내 우리가 만나는 건 하루나 이틀뿐이니! 내 맘대로 할 수 있다면 당장에 기차에 올라앉아서 너에게 가고 싶다. 전에는 행복했다. 매일 밤 잠자기 전에 사진과 그림엽서를 보곤 했지. 우리가 배낭을 메고 소풍 갔던 일을 아직도 기억하니? 한번은 1페니히만 남기고는 다 쓰고 돌아온 일도 있었지. 생각하기만 해도 웃음이 나온다.

자, 그럼 잘 있거라, 착한 아이야. 성탄절이 오기 전엔 아마 못 만나겠지. 아직도 늦게 자곤 하니? 라부데에게 안부 전해 다오. 너를 보살펴달라고 부탁해라. 여자들과는 어떻게 지내니? 조심하거라. 아버지도 안부 물으신다.

많은 축복과 키스를 보내며
엄마가

파비안은 편지를 집어넣고 거리를 내려다보았다. 왜 그는 여기에, 전에는 셋방을 빌려줄 필요가 없었다는 홀펠트 부인의 낯설고 쓸쓸한 방에 앉아 있는가? 왜 그는 집에, 어머니 곁에 있지 않는가? 여기에, 이 도시 속에서 이 미쳐버린 돌궤짝 속에서 그는 무엇을 찾는 것인가? 인류가 지금까지보다 더 많은 담배를 피우게 하기 위해서? 꽃무늬 그린 헛소리를 쓰기 위해서? 유럽의 몰락은 그가 출생한 곳에 가서도 기다릴 수 있는 일이었다. 지구가 다만 자기가 바라보는 동안에만 회전하는 것같이 상상하는 그의 자만에서 그 모든 것이 나온 것이다. 참석해 있고 싶다는 이 우스꽝스러운 욕망! 다른 사람들은 직업을 가졌고, 승진했고, 결혼했고, 마누라에게 애를 낳게 했고, 그것이 테마에 속하는 것으로 알고 있었다. 그런데 그는 담장 밖에 서서 방관하고, 조금씩 조금씩 절망해야만 했다. 그것도 자발적으로! 유럽은 대휴식을 취하는 중이었다. 선생들은 없어졌고, 시간표는 사라졌다. 낡은 대륙은 계급의 목표에 도달하지 못할 것이다. 아무의 것도 아닌 계급의 목표!

그때 홀펠트 과부가 방에 들어와서 말했다.

"실례했어요. 난 또 아직 안 들어오셨는 줄 알고."

그 여자는 가까이 왔다.

"어젯밤에 트뢰거 씨가 떠드는 소리 들으셨지요? 그이는 또 계집을 데리고 왔었지 뭐예요. 소파가 망가졌어요. 한번만 더 그런 일이 있으면 그이를 내쫓겠어요. 다른 방에 사는 새 하숙인들이 뭐라고 생각했겠어요?"

"그들이 아직도 아이를 가져온다는 새를 믿고 있다면 더 할 말이 없지요."

"아이 파비안 씨도! 내 집은 매음 장소가 아니에요."

"존경하는 부인, 특정 연령에 도달하면 인간은 하숙집 주인들의 도덕관과 일치할 수 없는 욕망을 갖게 된다는 것은 널리 알려져 있습니다."

주인 할머니는 더 참을 수가 없었다.

"그렇지만 그는 적어도 두 여자와 같이 있었어요, 어제."

"트뢰거 씨는 탕아입니다, 부인! 그에게 하룻밤에 한 여인만을 집으로 데려오라고 말하시는 것이 상책입니다. 그러고도 그가 말을 안 듣거든 단속 경찰을 시켜서 그를 쫓아버립시다."

"사람은 시대와 함께 삽니다." 홀펠트 부인이 꽤 자랑스럽게 말하면서 더 가까이 왔다.

"상황은 바뀌었고, 우리는 그것에 적응합니다. 나는 이해심이 많아요. 결국 나는 과히 늙지는 않았으니까요."

그 여자는 그의 바로 뒤에 서 있었다. 그는 그 여자를 볼 수는 없었지만 아마 그 여자의 이해받지 못한 가슴이 파동하는 것 같았다. 매일이 꼴이었고, 그것은 점점 더 심해 가는 것이었다. 그 여자를 위해서는 그래 정말로 아무도 없단 말인가? 추측건대 밤마다 그 여자는 외판 사원인 트뢰거의 옆방에 맨발로 서서 열쇠 구멍을 통해서 그의 향연을 열병했다. 그 여자는 점점 미쳐갔다. 때때로 그 여자는 마치 바지를 벗기고 싶다는 듯한 시선으로 그를 바라보았다. 전 같으면 이런 종류의 부인네들은 신자가 되었었다. 그는 일어서서 말했다.

"아이가 없으셔서 안됐군요."

"가겠어요." 홀펠트 부인은 용기를 잃고 방에서 나갔다.

그는 시계를 보았다. 라부데는 아직 도서관에 있을 것이었다. 파비안은 책상 앞으로 갔다. 그 위에는 책과 노트가 산더미같이 쌓여 있었다. 또 그 위의 벽에는 '다만 15분만'이라고 수놓은 헝겊이 걸려 있었다. 그가 이 방에 이사해 왔을 때, 그 금언을 소파 쪽의 벽에서 떼어 책상 위의 벽에 옮겨 걸었던 것이다. 그는 아직도 때때로 아무 책이나 한두 페이지 읽었다. 그것이 그에게 해를 끼친 일은 거의 없었다.

그는 책을 들었다. 그것은 데카르트였다. 《철학의 기초에 관한 고찰》이라는 것이 그 작은 책의 제목이었다. 그가 이 책을 만진 것은 6년 전이었다. 드리쉬 교수가 구두시험에서 그런 것을 묻고 싶어 했던 것이다. 6년이란 꽤 긴 시간이다. 전찻길 건너에는 '채임 파인스. 짐승털 매매'라는 간판이 붙어 있었다.

이것이 그때에 관해서 그가 기억하고 있는 것의 전부일까? 그는 시험관에게 불려 들어가기 전에 다른 응시자의 모자를 쓰고 복도를 산보해서 페델을 놀래주었다. 폭트라는 응시자는 낙방하여 미국으로 갔다.

그는 앉아서 책을 폈다. 데카르트가 그에게 말한 것은 무엇인가?

'이미 수 년 전에 나는 어렸을 때부터 내가 얼마나 많은 거짓된 것을 참된 것으로서 받아들였고, 따라서 내가 후에 그 위에 세웠던 생각이 얼마나 의심스러운 것이었는가를 알았다. 따라서 나는 만약 내가 무슨 확고하고 영속적인 것을 세우기를 원한다면 언젠가 한번은 모든 것을 근본적으로 전복시키고 아주 시초부터 다시 시작해야 한다고 생각했다. 그러나 이것은 나에게는 무시무시한 과제로 보였기에 나는 학문적 연구에 적합한 저 성숙한 연령을 기다렸다. 그래서 나는 지금까지 주저했었고, 만일 아직도 나에게 행동의 여지를 주는 시간을, 내가 주저함으로써 보내버린다면 나 자신에게 죄를 짓는 것이 된다. 지금은, 그러나 유리하게 되었다. 내 정신은 온갖 근심으로부터 자유롭고 나는 조용한 틈을 만들었다. 그래서 나는 고독 속에 은퇴해서 신중하고도 자유스럽게 내 의사의 이 일반적인 전복을 감행하려고 한다.'

파비안은 거리를 내려다보았다. 그는 마치 롤러 스케이트를 타는 코끼리같이 보이는 버스가 카이저알레를 따라서 달려가는 것을 보고 잠깐 눈을 감았다. 그는 다시 그 책을 뒤적거리다가 서문을 넘겼다. 데카르트가 혁명을 선고했을 때는 마흔다섯이었다. 30년 전쟁에 그는 잠시 참가했었다. 커다란 두개골을 가진 작은 남자 —— '온갖 근심에서부터 자유로운.' 고독 속의 혁명. 폴란드에서. 집 앞에는 튤립 꽃밭이 있고. 파비안은 웃었다. 그리고 그 철학자를 치워놓고 외투를 입었다.

복도에서 그는 트뢰거 씨 —— 저 지독한 여인 소비자인 외판 사원을 만났다. 그들은 서로 모자를 벗었다.

라부데의 두 번째 집은 도심지에 있었다. 그것을 아는 사람은 몇 안 되었다. 그는 서쪽〔서베를린은 상류 계급의 거주지〕과 고상한 일가친척과 상류의 귀부인들과 전화에 더 견딜 수가 없게 되었을 때에는 이곳으로 왔다. 그리고 여기서 그는 학문적인, 또는 사회적인 그의 흥미에 전념했다.

"요전 주일에는 어디에 숨어 있었어?" 파비안이 물었다.

"나중에 말하지."

"약혼자께서는 안녕하시지?"

"잘 있어, 고맙네." 그러고는 라부데는 앞에 놓인 코냑을 마셨다. "나는 함부르크에 갔었어. 레다가 안부 전하라더군."

"고문관께서는 소식 없어? ── 너의 논문은 읽었대?"

"아니, 그는 시간이 없대, 학위 시험 때문에. 구두시험, 강의, 세미나, 그러고는 위원회…… 등 그가 내 교수 자격 시험 논문을 읽을 때까지는 내 수염은 무릎 밑에까지 자라 있을 거야." 라부데는 술을 따라 마셨다.

"너무 초조하게 굴지 말아. 그놈들은 네가 레싱 작품에서 그동안 다만 자유로운 과정을 달린 로고스로만 해석되고 전혀 이해되지 않았던 레싱의 두뇌와 사고 과정을 재구성했다는 사실에 놀랄 거다."

"내가 걱정하는 것은 그들이 너무 놀라지 않을까 하는 점이야. 죽은 작가의 신성화된 논리를 심리학적으로 분석해 낸다는 것, 또 사고의 결함을 발견하여 그것을 개성적이고 의의 있는 사고 과정으로 취급하는 것, 또 두 시대 사이를 동요하고 있는 천재를 이미 오래전부터 기성품화되어 있는 고전철학자에 의거해서 실증하는 것, 이런 일들은 다만 그들을 화나게 하는 일들이거든. 기다려보지. 레싱은 가만 놓아두자. 오 년 간이나 나는 이 자식을 해부하고 분석하고 종합했단 말이야. 십팔세기 속을 마치 쓰레기통 속을 뒤적거리듯 했지만 이 뒤적거리는 것도 또한 성장한 인간의 한 일거리니까. 잔을 하나 가져와!"

파비안은 찬장에서 술잔을 꺼내다가 술을 따랐다. 라부데는 허공을 바라보았다.

"도서관에서 오늘 아침에 어떤 교수가 붙잡히는 것을 보았어. 어떤 중국 학자였지. 그는 일 년 전부터 희귀한 인쇄나 그림을 도서관에서 훔쳐내다가 팔았다고 하더라. 붙잡혔을 때는 벽같이 창백해지다가 계단에 주저앉았어. 그래서 사람들이 찬물을 마시게 해줬지. 그런 후에 끌려가더군."

"그 남자는 직업을 잘못 택했군." 파비안이 말했다. "마지막에 도둑질로 생활할 바에야 뭣 때문에 처음에 중국 말을 배웠느냐 말이야. 한심스럽군. 이제는 언어학자들까지도 도둑질을 하게끔 됐으니 말이야."

"따라 마시고 나가자!" 라부데가 소리질렀다.

그들은 수천 개의 추악한 냄새 속을 지나서 시장 속을 걸어 버스 정류장까지 걸어갔다.

"하우프트에 가자." 라부데가 말했다.

5

댄스 홀에서의 진지한 대화

파울라 양은 남모르게 면도했다

몰 부인은 술잔을 던졌다

하우프트는 매일 밤마다 방방이 해변 축제였다. 10시 정각에 두 다스나 되는 매춘부들이 오리걸음으로 내려왔다. 그들은 색색의 수영복을 입고, 광택 나는 긴 양말과 하이힐을 신고 있었다. 그런 복장을 한 여인들은 입장료도 무료였고, 술 한 잔도 무료로 받았다. 이러한 무료 봉사는 그것에 부수하는 영업과 함께 생각하면 결코 무시할 수 없는 것이었다. 여자들은 처음에는 자기들끼리 춤추었다. 그래야지 남자들이 좀 구경할 수 있을 테니까. 음악이 깔린 여자들 육체의 둥근 파노라마는 무대 앞에 달려와 있는 점원들, 장부 서기들과 소매상인들을 자극했다. 매니저가 여자들에게 달려들라고 외쳤고 사람들은 그 명령을 따랐다. 제일 풍만하고 제일 건방진 여자들이 우선적으로 뽑혔다. 술 좌석은 곧 점령되었고, 바 여급들은 루주를 발랐다. 광연(狂宴)은 시작되려고 했다.

라부데와 파비안은 무대 앞에 앉아 있었다. 그들은 이 홀을 사랑했다. 그들은 이곳에 속해 있지 않았기 때문이었다. 그들의 테이블 위, 전화의 다이얼은 끊임없이 빛났다. 전화가 울렸다. 누가 그들과 얘기하기를 원한 것이다. 라부데는 수화기를 들어서 테이블 밑에 놓았다. 그들은 숨을 쉴 수가 있었다.

전화 이외의 소음 —— 음악과 웃음소리와 노래는 그들을 향한 것이 아니어서 그들을 어떻게 할 수는 없었으니까. 파비안은 야간 편집과 담배 공장과 대식 가족 피셔 가와 쾰른 성당에 관해서 이야기했다. 라부데는 친구의 얼굴을 보고 말했다.

"너도 이제는 좀 앞으로 나아가야 할 텐데."

"나는 아무것도 못해."

"너는 많은 것을 할 수 있어."

"그건 마찬가지 말이야." 파비안이 말했다. "나는 많은 것을 할 수 있지만 아무것도 하고 싶지 않아. 무엇 때문에 앞으로 가야 한단 말이야? 무엇을 위해서, 그리고 어디를 향해서? 내가 어떤 기능의 담당자라고 어디 한번 상상해 보자. 내가 그 속에서 기능을 발휘할 수 있는 체제가 어디에 있어? 그런 체제는 없어. 그리고 모두가 다 무의미해."

"왜? 돈을 벌 수는 있잖아."

"나는 자본주의자가 아니야!"

"그러니까 말이야" 하고 라부데는 약간 웃었다.

"내가 자본주의자가 아니라고 말하는 것은 나는 금전적 기관을 몸속에 갖지 않았다는 말이야. 무엇 때문에 내가 돈을 벌어야 해? 그리고 그 돈을 가지고 무엇을 한단 말이야? 배부르기 위해서는 앞으로 나갈 필요가 없어. 주소를 쓰건, 광고지를 쓰건, 붉은 호배추를 팔건, 도대체 모든 것이 나에게는 마찬가지란 말이야. 도대체 그게 성장한 인간이 할 일이야? 붉은 호배추를 도매로 팔건 소매로 팔건 뭐가 다르단 말이야? 반복해서 말하는데 나는 자본주의자가 아니야! 나는 이자를 바라지도 않고 잉여가치를 바라지도 않아."

라부데는 고개를 흔들었다.

"그건 무감각한 거야. 돈을 벌고도 돈을 사랑하지 않는 자는 돈을 힘과 바꿀 수도 있지 않아?"

"힘을 가지고 뭘 한단 말이야?" 파비안이 물었다. "네가 힘을 찾고 있는 것은 나도 알아. 그렇지만 나는 권력가가 되기를 원하지 않는데 힘을 가지고 뭘 하란 말이야. 권력욕과 금전욕은 형제지만 나하고는 친척이 아니야."

"우리는 권력을 다른 이익을 위해서 쓸 수도 있지."

"누가 그렇게 하고 있어? 어떤 자는 자신을 위해서 쓰고, 또 어떤 자는 자기 가족을 위해서 쓰지. 또 어떤 자는 자기의 납세 계급을 위해서 쓰고, 또 어떤 자는 금발의 여자를 위해서 쓰고, 또 어떤 자는 이 미터가 넘는 사람들을 위해서 쓰고, 또 어떤 자는 인류의 수학 공식을 실험해 보기 위해서 쓰지. 나는 돈과 권력을 무시해!"

파비안은 주먹으로 벽을 쳤다. 그러나 벽에는 쿠션이 들어 있었고, 헝겊으로 폭신하게 덮여 있었기 때문에 아무 소리도 안 났다.

"내가 원하는 바와 같이 해줄 수 있는 정원사가 있다면! 너의 팔과 다리를 묶어 데리고 가서 생의 목표를 너에게 심어주련만!"

라부데는 진심으로 걱정하면서 친구의 팔을 잡았다.

"나는 인정해. 그건 아무것도 아니지 않아?"

"누구를 도울 수 있지, 그걸로?"

"누가 도움을 받아야 해?" 파비안이 물었다. "너는 권력을 원해. 너는 소시민 사회를 모아 지도하기를 원하고 꿈꾸고 있어. 너는 자본을 컨트롤하고 무산 계급을 소시민화하려고 하지. 그러고 나서 너는 천국하고 지긋지긋하게도 비슷하게 생긴 문화국을 건설하는 것을 도울 것을 원하지. 내가 말해 두겠는데 그들은 너의 천국에서까지도 주둥이를 칠 거야. 도대체 그 천국이 올 리도 없지만……. 나는 하나의 목표를 가졌어. 유감스럽게도 아무 목표도 없다는 목표를. 나는 인간을 이성적이고 도덕적으로 만들도록 하는 것을 돕고 싶어. 그러나 당분간 나는 인류를 이에 관한 적응성의 면에서 관찰하는 일을 할 작정이야."

라부데는 잔을 들고 소리질렀다.

"재미 많이 보기를!"

그는 술을 마시고 잠시 후 말했다.

"우선 우리는 체제를 이성적으로 형성해야 해. 그러면 인간이 그것에 적응할 것이니까."

파비안은 술을 마시고 침묵했다. 라부데는 흥분해서 말을 계속했다.

"그건 너도 인정하지? 물론 너도 그것을 인정할 거야. 그러나 너는, 불완전하기는 하지만 실현될 수 있는 목표를 향해서 노력하는 대신에 도달 불가능한 완전한 목표를 공상하고 있어. 그게 너에게는 더 편리하니까. 너는 야망을 갖고 있지 않아. 그게 나쁘단 말이야."

"그게 다행이지. 우리의 오백만 명의 실직자들이 보조의 요구로만 만족하지 않는 것을 상상해 보아! 가령 그들이 야망을 가진다고 상상해 보란 말이야!"

그때 두 명의 수영복 천사가 담벽에 기대 섰다. 한 여자는 뚱뚱하고 금발이었는데 젖가슴이 마치 맞춘 것처럼 가슴의 폭신한 헝겊에 놓여 있었다. 또 한 명은 말랐고 마치 구부러진 다리 같은 얼굴을 하고 있었다.

"담배 하나 기부해." 금발이 말했다.

파비안은 담배를 내밀었고, 라부데는 불을 켜주었다. 여자들은 담배를 피우면서 기다리듯이 두 청년을 바라보다가 마른 여자가 잠시 후에 녹슨 목소리로 확인했다.

"그래 그렇지 뭐."

"누가 술을 살 테야?" 뚱뚱보가 물었다.

그들은 넷이서 바로 갔다. 포도잎과 거대한 포도송이 —— 전부 종이로 만든 —— 가 길을 장식하고 있었다. 그들은 구석에 앉았다. 벽에는 팔츠 가방이 그려져 있었다. 파비안은 블뤼허를 생각했다. 라부데가 술을 주문했다. 여자들이 작은 목소리로 속삭였다. 아마 두 손님을 서로 분배하고 있는 것 같았다. 과연 곧 뚱뚱한 금발이 팔을 파비안에게 돌리더니, 손을 그의 다리 위에 놓고 마치 자기 집에서처럼 굴었다. 다른 여자는 술잔을 한 모금에 비우더니, 라부데의 코를 잡고 바보같이 킥킥 웃었다.

"이층에 방이 있어" 하고 말하면서, 그 여자는 파란 바지의 넓적다리를 잡아당기며 눈을 꿈벅거렸다.

"왜 그렇게 손이 거칠어졌지?" 라부데가 물었다.

그 여자는 손가락으로 위협했다.

"당신이 상상하는 것과는 달라" 하고 그 여자는 외치며 너무 까부는 통에 딸꾹질이 났다.

"파울라는 전에 깡통 공장에서 일했어." 금발이 말하면서 파비안의 손을 쥐고 젖꼭지가 크고 딱딱해질 때까지 가슴을 쓰다듬게 했다.

"그럼 호텔로 갈까?" 그 여자가 물었다.

"나는 온몸을 면도해." 마른 여자가 말하면서 그 증거를 보일 용의가 충분히 있는 것을 보였기에 라부데는 그 여자의 극단에 이르려는 행위를 겨우 막았다.

"그 다음에는 잘 잘 수 있어." 금발이 다리를 뻗으면서 말했다.

바 여급 로트헨이 술을 따랐다. 여자들은 마치 한 주일이나 굶은 사람들같이 술을 마셨다. 음악소리가 약하게 흘러나왔다. 바에는 거대한 남자가 앉아서 셰리 블랜디로 양치질을 하고 있었다. 가르마가 등에까지 내려와 있는 남자였다. 팔츠 그림 뒤에는 전등이 한 개 켜져 있었고, 뒤에서지만 라인 강을 비추고 있었다.

"이층에는 방이 있어." 마른 여자가 다시 말했고, 넷은 이층으로 갔다. 라부데가 접시냉육을 주문했다. 고기와 소시지 등이 담긴 접시가 여자들 앞에 오자 여자들은 모든 것을 완전히 잊고 맹렬히 씹어먹기 시작했다. 밑의 홀에서는 가장 아름다운 몸매를 선발하고 있었다. 여자들은 짧은 수영복을 입고 원을 그리며 돌았고, 팔과 손가락을 펴고 유혹적으로 웃었다. 남자들은 마치 우시장에서와 같은 표정으로 서 있었다.

"일등상은 큰 과자상자인데," 음식을 씹고 있던 파울라가 말했다. "그걸 얻은 여자는 나중에 매니저한테 그걸 다시 돌려줘야 해."

"나는 먹는 편이 더 나아. 그리고 또 사람들은 내 다리를 늘 너무 굵다고 말해." 금발이 말했다.

"그렇지만 이 세상에 굵은 다리보다 더 좋은 것이 어디 있담? 나는 한번 러시아 공작과 같이 있었는데, 그는 요즘도 엽서를 보내주거든."

"듣기 싫어!" 파울라가 투덜거렸다.

"어떤 남자든지 다 색다른 걸 요구하더라. 나는 어떤 기사 양반을 알았는데 그는 폐병쟁이만 좋아하더라 얘. 빅토리아의 애인은 꼽춘데, 그 여자는 살기 위해서는 그 등의 혹이 꼭 필요하다고 말하거든. 암만 반대해 봐, 들나. 요는 장사를 할 줄 아는 것이 제일 중요하다고 생각해."

"배운 지랄은 배운 지랄이니까." 뚱뚱보가 말하면서, 마지막 한 조각 남은 고기를 포크로 찍었다. 밑의 홀에서는 마침 제일 아름다운 몸의 이름이 불렸다. 악단이 나팔을 불었다. 매니저가 승리자에게 커다란 과자상자를 주었다. 그 여자는 행복하다는 듯 인사하고 손뼉을 치면서 짖어대는 손님들에게 절을 하고 상품을 들고 사라졌다. 아마 그 것을 다시 사무실로 갖다 주러……

"왜 당신은 깡통 공장에서 더 일하지 않았지?" 라부데가 물었다. 그의 질문은 상당히 비난조로 들렸다. 파울라는 빈 접시를 밀더니 배를 쓰다듬으면서 말했다.

"첫째로 그건 내 공장이 아니었고, 둘째로 나는 몸을 망쳤어. 다행히도 나는 공장 지배인에 관해서 뭘 알고 있었단 말이야. 그는 열네 살

난 소녀를 유혹했거든. 유혹이란 말은 좀 과하지만 아무튼 그는 내가 뭘 알고 있다고 믿었단 말이야. 그래서 나는 이 주일마다 전화를 걸었지. 오십 마르크가 필요하다고…… 만약 주지 않으면 그 사건을 소문내겠다고……. 전화를 건 다음날에는 언제나 회계과에 가서 돈을 찾아갔지."

"그건 협박 아냐?" 라부데가 외쳤다.

"지배인이 나한테 보냈던 변호사도 그렇게 말하더군. 나는 서약서에 서명해야 했고, 백 마르크를 받았어. 연금의 꿈은 깨졌지 뭐야. 그래, 그래서 나는 지금 여기서 이렇게 배로 벌어서 입으로 먹으면서 살고 있어."

"무서운 일이야." 라부데가 파비안에게 말했다.

"얼마나 많은 지배인들이 고용 관계를 악용하고 있는가는 생각만 해도 끔찍한 일이야."

뚱뚱보가 외쳤다.

"아이 사람들두! 무슨 소리를 하고 있어? 내가 남자라면 그리고 거기다가 공장 지배인이라면 끊임없이 고용인과 관계할 거야."

그러고 나서 그 여자는 파비안의 머리를 쓰다듬고 키스하더니, 그의 손을 잡고 꽉 찬 위(胃)에다 납작하게 대었다.

라부데와 파울라는 춤을 추었다. 그 여자는 정말로 구부러진 다리를 가지고 있었다.

옆방에서는 어떤 여자가 술취한 목소리로 노래하고 있었다.

사랑은 시간을 소비하는 수단이요,

사랑을 하는 데는 하반신을 사용한다.

"옆의 여자는 굉장해. 그 여자는 여기 있는 여자가 아니야. 늘 아주 비싼 털외투를 입고 여기 오는데, 밑에는 아주 투명한 것을 입고 있어. 서베를린에 사는 부자 마누라래. 결혼까지 했다나 봐. 저 여자는 젊은 아이들을 방에 끌고 가서는 주위의 벽이 빨개지게 굴어." 뚱뚱보가 말했다.

파비안은 몸을 일으켜 칸을 막고 있는 벽 너머로 옆방을 들여다보았다.

마침 그곳에는 녹색 비단으로 만든 수영복을 입은 커다랗고 좋은 체격을 가진 여인이 노래를 부르면서 몹시 저항하고 있는 한 제국 방위병의 옷을 벗기고 있는 중이었다.

"자식아!" 그 여자는 외쳤다. "기운 없이 굴지 말아! 자, 어서! 네 신분증을 보이라니까!"

그러나 그 얌전한 보병은 그 여자를 밀쳤다. 파비안은 문득 아브라함의 유능한 후손인 가엾은 요셉에게 그처럼 파렴치하게 굴었던 이집트의 유명한 장관 부인이 생각났다. 그때 녹색 옷을 입은 여인이 일어나서 샴페인 잔을 들고 벽 쪽으로 비틀거리며 갔다.

그것은 포티파 부인이 아니라 몰 부인이었다. 그 여자의 집 열쇠를 파비안이 외투 주머니에 가지고 있는 몰 부인이었던 것이다.

그 여자는 비틀거리면서 난간에 가서 가늘고 긴 술잔을 높이 쳐들고 홀로 내던졌다. 술잔은 방바닥에 떨어져 깨졌다. 악대가 음악을 중지했다. 모두 몰 부인의 방 쪽을 보았다. 몰 부인은 손을 내밀고 소리쳤다.

"이런 게 다 남자라고 불리니 말이야! 손을 붙잡으면 없어지는 게! 대단히 존경하는 부인들이여, 나는 남자 도당을 가둘 것을 제안합니다. 대단히 존경하는 부인들이여, 우리에게는 남창(男娼)이 필요합니다! 찬성하는 사람은 손을 드십시오!"

그 여자가 힘차게 가슴을 쳐서 딸꾹질이 일어났다. 홀에서는 사람들이 웃었다. 매니저가 벌써 이리로 오는 중이었다. 이레네 몰은 울기 시작했다. 속눈썹에 칠한 마스카라가 녹아 흘러 얼굴에 줄을 그었다. "노래하자!" 그 여자는 울며 딸꾹질하면서 말했다.

"피아노 곡에 맞추어 아름다운 노래를 부르자!"

그 여자는 두 팔을 벌리고 고함을 질렀다.

인간도 또한 짐승이다.
언제나, 그리고 둘이서는 더구나.
이리 와서 내 위에서 피아노 치거라!
이리 와서 내 위에서 쳐라.
숙련을 가르치는 학교를 위해서
나는 있다……

매니저는 그 여자의 입을 막았다. 그 여자는 그 동작을 오해하고 매니저의 목을 끌어안았다. 그때 그 여자는 파비안을 보고는 그를 놓고 소리질렀다. "나는 너를 알고 있어!"

그 여자는 그에게 달려오려고 했다. 그러다가 그 동안에 정신이 회복된 제국 방위병과 매니저가 그 여자를 붙잡고 밖으로 끌고 나갔다. 홀에서는 다시 음악이 시작되었고 춤이 시작되었다.

라부데는 그 연극이 있는 동안에 술값을 지불하고, 파울라와 뚱뚱보에게 조금씩 돈을 주고 파비안을 붙들고 밖으로 끌어냈다.

옷을 맡기는 곳에서 그는 물었다.

"그 여자가 너를 정말 알고 있어?"

"그래." 파비안은 말했다. "그 여자 성은 몰으고 남편은 변호사인데, 자기 마누라하고 자는 남자에게는 돈을 지불하지. 이 이상한 가정의 열쇠를 아직도 주머니 속에 가지고 있어. 여기 있어."

라부데는 열쇠를 뺏더니 소리질렀다. "곧 다시 오겠어" 하고 그는 모자와 외투를 입은 채 다시 뛰어들어갔다.

6

마르크 박물관에서의 결투

다음 전쟁은 언제 있을 것인가

진단을 내릴 줄 아는 의사

그들이 거리에 나섰을 때 라부데는 성난 목소리로 물었다.

"저 미친 여자하고 네가 무슨 관계가 있었던 것은 아니겠지?"

"아니. 나는 다만 그 여자의 침실에 들어갔었고 그 여자는 옷을 벗었어. 그때 갑자기 한 남자가 나타나서 자신이 그 여자의 남편이라면서 그렇지만 조금도 개의치 말라고 말하더니, 둘이서 체결했다는 계약을 얘기해 주더군. 그래서 나는 돌아왔지."

"그럼 열쇠는 왜 가지고 왔지?"

"대문이 잠겨 있었으니까."

"소름끼치는 여자다." 라부데는 말했다. "술이 잔뜩 취해서 테이블 위에 엎드리고 있기에 열쇠를 재빠르게 핸드백 속에 넣었지."

"그 여자가 맘에 들지 않았어?" 파비안은 물었다. "그 여자의 체격은 이상적이었지만, 그 위의 좀 몰염치스러워 보이는 어린애 같은 얼굴은 그렇게 감탄할 만하게 어울리지는 않아……"

"그 여자가 싫었다면 너는 이미 열쇠를 문지기한테 갖다 맡겼어야 했어" 하면서 라부데는 파비안을 앞으로 끌고 갔다. 그들은 천천히 옆 길로 구부러져 들어가서 슐체 델리취 씨가 서 있는 기념비 앞에 왔고, 마르크 박물관을 지나갔다. 롤랑 석상이 침울하게 녹색 등 속에 기대 어 서 있었고, 슈프레 강 위에서 증기선이 울고 있었다. 다리 위에 서 서 그들은 어두운 강물과 유리창 없는 창고들을 바라보았다. 프리드리 히슈타트 위에서 하늘이 불타고 있었다.

"사랑하는 슈테판!" 파비안이 낮은 목소리로 말했다.

"네가 나를 걱정해 주는 것에는 감동하고 있어. 그렇지만 나는 우 리의 시대보다도 더 불행하지는 않아. 너는 나를 우리 시대보다 더 행 복하게 만들고 싶은 거야? 그렇다면, 네가 나에게 관리자라는 지위든 지, 백만 불이든지, 또는 내가 사랑할 수 있는 점잖은 여자든지, 또는 그 셋을 다 한꺼번에 만들어서 갖다주더라도 너는 실패할 거야."

붉은 등불을 단 작고 검은 보트가 강물을 따라 내려갔다. 파비안은 친구의 어깨에 팔을 얹었다.

"이 세상이 올바르게 될 가능성을 가졌는가를 바라보기 위해 시간 을 보내고 있다고 내가 아까 말한 것은 다만 절반만 진실이었어. 내가 이렇게 헤매고 있는 것에는 또 하나의 이유가 있어. 나는 돌아다니면 서 또다시 기다려. 마치 그때, 전쟁 때 우리가 이제는 소집당할 것이 다, 하고 생각했던 것처럼 —— 아직도 기억해? 우리는 논문을 썼고, 부르는 것을 받아서 썼고 외관상으로는 배우고 있었지만, 우리가 공부 를 하건 않건 사실은 마찬가지였지. 우리는 전쟁터에 나가야 했었으니까. 우리는 마치 천천히, 그러나 끊임없이 공기를 뽑아내고 있는 유리병 속에 앉아 있는 기분이었지. 우리는 발버둥질치기 시작했어. 우리가 발버둥질을 친 것은 기운이 넘쳐서가 아니라 공기가 모자라서였지. 기억하고 있어? 우리는 아무것도 놓치고 싶지 않았어. 우리는 그것을 사형 직전의 마지막 성찬이라고 믿었기 때문에 위험한 생의 의욕을 갖고 있었어."

라부데는 난간에 기대어 슈프레 강을 내려다보았다. 파비안은 흥분하여 마치 자기 방에서 왔다갔다하듯이 이리저리 거닐었다.

"기억하고 있어?" 그는 물었다.

"반 년 후에 우리는 떠나야만 했어. 나는 일주일 휴가를 받고 그랄로 갔지. 그곳엔 어릴 때 간 일이 있어서 가보고 싶었던 곳이야. 내가 그곳에 갔을 때는 가을이었어. 나는 적양나무 숲의 흔들리는 땅 위를 우울하게 거닐었지. 동해는 터무니없는 곳이었고 온천 손님은 셀 수 있을 정도밖에 없었어. 괜찮은 여자가 열 명 있기에 그 중의 여섯 명과 잤지. 가까운 장래가 나를 순대로 만들려는 결정을 했는데, 나는 그때까지 무엇을 해야 한다는 거야? 책을 읽어? 내 성품을 닦아? 돈을 벌어? 나는 유럽이라고 불리는 큰 대합실에 앉아 있었어. 일주일 후에 기차가 떠난다는 것은 알고 있었어. 그러나 기차가 어디로 갈 것이며, 내가 어떻게 될 것인가는 아무도 몰랐지. 지금 우리는 또다시 대합실에 앉아 있고 그 이름은 또다시 유럽이야. 우리는 무엇이 일어날지를 또다시 모르고 있어. 우리는 늘 임시로 살고 있고, 위기에는 끝이 없어!"

"기가 막힌다!" 라부데가 소리질렀다.

"누구나가 다 너처럼 생각한다면 결코 안정되지는 않을 것이야! 나는 뭐 이 시대의 임시적 성격을 느끼지 않은 줄 알아? 이 불만이 뭐 너의 특권이냐? 나는 방관하지 않고 이성적으로 행동하려고 노력을 하는 것이야."

"이성적인 사람들은 권력을 잡지 못해." 파비안이 말했다. "그리고 올바른 사람은 더구나……."

"그래?" 하면서 라부데는 친구 앞에 바싹 가서 두 손으로 외투 깃을 잡았다. "그렇지만 힘써 볼 수는 있지 않을까?"

그 순간에 두 사람은 한 발의 총소리와 고함소리를 들었고 그에 이어서 다른 방향에서 울리는 세 발의 총소리를 들었다. 라부데는 다리를 따라 어둠 속을 달려 박물관 쪽으로 갔다. 또다시 총소리가 들렸다.

"재미 많이 보기를!" 파비안은 자기 자신에게 말하면서 뛰었다.

그리고 심장이 아픈데도 불구하고 라부데를 따르려고 애썼다.

마르크 박물관의 롤랑 석상 발 밑에 한 남자가 쭈그리고 앉아서 권총을 흔들며 짖었다.

"기다려라, 이 개자식아!"

그리고 그는 또다시 도로 너머로 눈에 안 보이는 적을 향해서 한 발을 쏘았다. 가로등이 하나 깨졌다. 유리가 보도 위로 떨어졌다. 라부데는 그 남자의 손에서 권총을 빼앗고, 파비안은 물었다.

"당신은 왜 앉은 채 쏩니까?"

"다리에 총을 맞았으니까요." 그 남자는 투덜거렸다. 그는 젊고 건장한 남자였고, 모자를 쓰고 있었다.

"개새끼!" 그는 욕했다.

"그렇지만 나는 네 이름을 알고 있어" 하고 그는 어둠을 향해 위협했다.

"종아리 관통상"이라고 라부데는 확신하고 무릎을 꿇고 외투에서 손수건을 꺼내어 임시 붕대로 사용했다.

"저편 술집에서 시작했죠." 부상병이 탄식했다.

"그가 못십자가(나치의 상징)를 테이블 위에 그리기에 내가 뭐라고 했더니 그가 또 뭐라고 했고, 그래서 내가 뺨을 때려줬죠. 그랬더니 주인이 우리를 밖으로 내쫓았어요. 그 자식이 나를 쫓아오면서 국제 공산당을 욕하기에 내가 돌아다보았더니 벌써 한 발 쏘지 않았겠어요?"

"확신할 수 있습니까?" 파비안이 묻고 그 남자를 내려다보았다.

라부데가 상처를 만지고 있어서 그는 이를 악물고 있었다.

"총알은 빠져나갔다." 라부데가 말했다.

"여기에는 도대체 자동차도 없어요? 마치 시골 같군!"

"경관도 한 명 없군." 파비안이 유감스럽게 확인했다.

"없기가 천만다행이죠!" 하면서 부상자가 일어서려고 애썼다.

"있었더라면 나치의 총에 뼈를 맞을 만큼 뻔뻔스러웠던 프롤레타리아를 또 한 명 잡아갈 텐데요."

라부데는 그 남자를 붙잡아 땅에 앉히고, 파비안에게 택시를 잡으라고 부탁했다. 파비안은 거리를 건너 다음 강변의 길을 따라서 달렸다.

다음 골목에는 자동차가 여러 대 서 있었다. 그는 운전수에게 롤랑 옆에 손님이 있으니 마르크 박물관으로 가라고 말했다. 자동차는 사라졌다. 파비안은 걸어서 따라갔다. 그는 깊게 서서히 호흡했다. 심장이 미친 듯이 뛰었다. 심장은 웃옷 밑에서 방망이질을 했다. 심장은 목구멍에서 뛰었다. 심장은 두개골 밑에서도 뛰었다. 그는 걸음을 멈추고 이마의 땀을 닦았다. 이 저주받은 전쟁! 이 저주받은 전쟁! 아픈 심장을 그 때문에 다친 것은 하나의 일이었지만, 파비안에게는 그 기억만으로도 족했다. 시골에는 여기저기에 아직도 부상병들이 그대로 놓여 있는 외딴 건물이 있다고 한다. 사지가 없는 남자들, 무시무시한 얼굴을 가진 남자들, 코도 없고 입도 없는 남자들이 있었고, 아무것도 무서워하지 않는 간호사들이 이 무서운 피조물들에게 엷은 유리관을 통해서, 옛날에는 입이 있었던 곳인데 지금은 자꾸 커지는 상처난 구멍에 불과한 곳으로 양분을 집어넣고 있었다. 전에는 웃고 얘기하고 소리를 지를 수 있었던 입에.

파비안은 모퉁이를 돌았다. 저쪽에 박물관이 있었다. 자동차가 그 앞에 멈춰 서 있었다. 파비안은 눈을 감고 그가 한번 본 일이 있고, 때때로 꿈에 나와서 그를 놀라게 하던 무시무시한 사진을 생각했다. 이 가련한 신의 상사형들이여! 그들은 아직도 이 세상과 격리된 집에 놓여 있었고, 음식을 얻어먹어야 했고 계속해서 살아야만 했다. 그들을 죽이는 것은 죄악이었으나, 그들의 얼굴을 불로 태우는 것은 올바른 일이었던 것이다.

가족은 이 남편과 아버지와 오빠에 관해서 알지를 못했다. 다만 행방불명이라는 통지를 받았을 뿐이었다. 그런 지가 벌써 15년이나 되었다. 여자들은 다시 결혼을 했다. 그리고 마르크 부란덴부르크〔프로이센의 한 지방〕의 어디서인지 유리관을 통해서 밥을 먹고 있는 '고인' 들은

73

집에서는 소파 위의 벽에 걸린 아름다운 사진으로서만 살고 있었고, 한 묶음 꽃이 총집 속에 꽂혀 있었고, 그 밑에 후계자들이 앉아서 맛있게 식사를 하고 있었다. 언제 또 전쟁이 있을 것인가? 그때는 이 정도로 일이 끝날 것인가?

갑자기 누가 "할로!" 하고 불렀다. 파비안은 눈을 뜨고 누가 부르는가를 찾아보았다. 그 사람은 땅 위에 누워서 팔꿈치를 괴고 손을 허리에 대고 있었다.

"웬일이십니까?"

"나는 또 다른 한 명입니다." 그 남자는 말했다. "나도 역시 총을 맞았습니다."

그러자 파비안은 발을 넓게 벌리고 서서 웃었다. 다른 방향인 폐허에서 산울림이 따라 웃었다.

"용서하십시오." 파비안이 큰소리로 말했다.

"나의 명랑은 과히 예의 있는 행동은 못 되었습니다."

그 남자는 무릎을 세우고 얼굴을 찡그리면서, 피투성이가 된 손을 바라보며 불쾌한 듯이 말했다.

"좋을 대로 하십시오. 그러나 당신의 웃음이 사라질 날이 오고야 말 것입니다."

"왜 거기서 우물거리는 거야?" 라부데가 소리지르면서 성이 나 달려왔다.

"아, 슈테판!" 파비안이 말했다.

"결투의 또 한 명이 여기 가장 중요한 곳에 총알을 맞고 앉아 계시다."

그들은 운전수를 부르고 이 국민사회당원〔나치〕을 자동차 속으로 운반해서 공산당원 친구 옆에 앉혔다. 라부데와 파비안은 이어서 차에 타고 가장 가까운 병원으로 가자고 말했다. 자동차는 달렸다.

　　"많이 아픕니까?" 라부데가 물었다.

　　"그저 그렇습니다." 두 부상자는 동시에 대답하고는 서로를 어두운 표정으로 응시했다.

　　"민족 반역자!" 나치가 말했다.

　　그는 그 노동자보다 키가 컸고, 옷도 좀 낫게 입었고, 견습 상인같이 보였다.

　　"노동 반역자!" 공산주의자가 말했다.

　　"비인간!" 나치가 외쳤다.

　　"원숭이!" 노동자가 외쳤다.

　　견습 상인은 주머니에 손을 넣었다. 라부데가 그의 팔꿈치를 잡았다.

　　"권총을 이리 내놓아요!" 하고 그는 명령했다. 견습 상인은 반항했다. 파비안은 무기를 빼앗아 주머니에 넣었다.

　　"여러분!" 파비안은 말을 시작했다.

　　"이런 상태로 독일이 계속될 수 없다는 점에는 여러분의 의견이 일치할 것입니다. 냉혹한 독재의 힘을 빌려서 우리가 지금 이 지속 불가능한 현상을 영원화하려는 것은 오래지 않아 벌받을 죄악인 것입니다. 그럼에도 불구하고, 당신들이 서로 권총 구멍을 몸의 심장에서 가장 먼 부분에 뚫는다는 것은 무의미한 일입니다. 또 만약에 당신네들이 좀더 정확하게 맞추어 두 분이 병원 대신에 시체 열람실에 놓이게 되셨다 해도 별로 뾰족한 수도 없습니다. 당신의 정당은……."

파비안은 파시스트를 향했다.

"무엇에 대해서 싸울 것인가만 알고 있습니다. 그것을 아주 잘 알고 있습니다. 그리고 당신의 정당은……" 하고 파비안은 노동자를 향했다.

"당신의 정당은……."

"우리는 무산 계급의 착취자와 싸웁니다" 하고 노동자는 설명했다. "그리고 당신은 부르주아입니다."

"물론이지요." 파비안이 대답했다. "나는 한 사람의 소시민입니다. 그것은 오늘날 큰 욕망이 되어 있습니다만……."

견습 상인은 고통이 심해서 옆으로 몸을 기울이고, 상처 안 난 곳을 대고 앉아서, 적에게 머리를 부딪치지 않도록 애를 썼다.

"프롤레타리아는 이익조합입니다." 파비안이 말했다.

"가장 큰 이익조합입니다. 당신들이 권리를 원하는 것은 당신들의 의무입니다. 그리고 나는 당신들의 친구입니다. 왜냐하면 우리는 공동의 적을 가졌고, 나는 정의를 사랑하기 때문입니다. 당신들은 무시하시지만 나는 당신의 친구입니다. 그렇지만 이봐요, 당신네가 권력을 잡더라도 인류의 이상은 역시 숨겨진 곳에서 계속 그렇게 있을 것입니다. 인간은 다만 가난하다는 이유만으로는 선량하지도, 현명하지도 않은 것입니다."

"우리의 지도자(히틀러)는……" 하고 나치는 시작했다.

"그에 관해서는 말하지 않는 것이 좋을 것입니다." 라부데가 막았다.

자동차가 멈췄다. 파비안은 병원 문간에서 벨을 눌렀다. 문지기가 문을 열었다.

간호원이 부상자를 실어갔다. 야간 당번 의사가 라부데와 파비안에게 악수를 청했다.

"두 정치가를 갖다 주시는군요?" 그는 웃으면서 말했다.

"오늘 밤에는 한꺼번에 아홉 명이 입원했습니다. 한 명은 복부에 중상을 입었습니다. 노동자와 점원들뿐입니다. 이들이 대개 서로 안면이 있는 교외에 사는 친구들인 것이 눈에 띄더군요. 이 정치적인 총질은 댄스 홀에서의 싸움과 너무 비슷해서 혼동할 정도입니다. 모두 다가 독일 조합생활의 하나의 기형 현상이니까요. 그리고 그들이 서로를 쏘아 죽임으로써 실업자 수효를 줄이려고 한다는 인상도 받게 되는군요. 이상한 자구(自救) 방법이지요."

"국민이 흥분해 있다는 것을 이해할 수는 있습니다." 파비안이 말했다.

"네, 물론이지요." 의사가 고개를 끄덕였다. "유럽 대륙은 발진티푸스에 걸려 있습니다. 환자는 이미 고열 때문에 환각이 일어나기 시작해서 몸부림을 치고 있습니다. 안녕히 가십시오!" 문이 닫혔다.

라부데는 운전수에게 돈을 주고 차를 돌려보냈다. 그들은 잠자코 나란히 걸어갔다. 갑자기 라부데가 걸음을 멈추고 말했다.

"나는 아직 집에 들어가고 싶지 않은데. 자, '무명인의 카바레'로 가자."

"그게 뭐야?"

"나도 아직 몰라. 어떤 약은 놈이 반미치광이들을 주워모아다가 노래를 시키고 춤을 추게 하고는 몇 푼 돈을 주고 있네. 그 돈을 받고 그들은 관중에게 욕을 먹고 조소받고 있지. 아마 욕먹는 것조차 그들은 의식하지 않고 있을 것이야. 그 음식점은 매우 성황이네."

"그건 이해할 수 있지 않아? 거기에는 자기보다도 더 미친 사람이 있다는 것을 보고 기뻐할 사람들이 갈 테니까."

파비안은 동의했다. 그는 또 한번 병원을 돌아다보았다. 병원 위에서는 큰곰자리가 반짝이고 있었다.

"우리는 위대한 시대에 살고 있다." 그는 말했다. "그리고 그것은 나날이 더 커진다."

7

무대 위의 광인들

파울 뮐러의 죽음의 여행

목욕탕 속의 공장주

카바레 앞에는 많은 자가용들이 서 있었다. 붉은 수염을 단 남자가
모자를 쓰고 창을 들고 문간에 기대 서서 외쳤다.

"고무 감방에 어서 어서 들어가십시오!"

라부데와 파비안은 들어가서 옷 맡기는 곳에 모자와 외투를 주고,
연기가 꽉 차고 입추의 여지도 없이 대만원인 식당 구석 자리를 오랫
동안 찾아서야 겨우 앉을 수가 있었다. 흔들리는 무대 위에서는 아무
목적도 없이 그저 혼자서 웃고 있는 소녀가 뜀뛰기를 하고 있었다. 그
녀는 무회 같았다. 그 여자는 자기가 손수 만든 녹색 옷을 입고 한 줄
기의 인조 꽃을 들고는 규칙적인 간격을 두고 꽃과 자기 몸을 공중에
띄워올렸다. 무대 왼편에는 이빨이 없는 늙은이가 피아노에 앉아서 음
률이 틀린 '헝가리 광상곡'을 치고 있었다.

춤과 피아노 연주 사이에 무슨 관련이 있는지 없는지는 잘 알 수가

없었다. 단 한 명의 예외도 없이 멋지게 옷을 입은 관중들은 술을 마시면서 큰소리로 이야기하고 웃었다.

"색시, 전화 왔소" 하고 적어도 총재쯤은 되어 보이는 대머리가 소리질렀다. 관중은 아까보다 더 크게 웃었다. 무희는 조금도 놀라지 않고 미소와 뜀뛰기를 계속했다. 그때 피아노가 멎었다. 광상곡이 끝난 것이다. 무대 위의 소녀는 피아노 치는 노인에게 성난 눈초리를 던지고 계속해서 뛰었다. 춤은 아직 끝나지 않았던 것이다.

"아주머니, 당신 아이가 찾고 있어요!" 하고 외알 안경을 낀 부인이 소리쳤다.

"당신 아이도 또한!"이라고 먼 테이블에 있는 누가 말했다.

부인은 몸을 돌리면서 말했다. "나는 애가 없어요."

"우습기도 하군!" 누군가 뒤쪽에서 소리쳤다.

"시끄러워!" 누군가 짖어댔다. 말싸움이 중단되었다. 소녀는 벌써부터 다리가 아플 것임에 틀림없는데도 계속해서 뛰었다. 이윽고 그 여자는 자기 자신도 이제는 지긋지긋하다고 생각했는지 서투르게 무릎을 꺾고 인사하더니 전보다 더 바보같이 미소지으면서 팔을 벌렸다. 프록코트를 입은 신사가 일어서서 외쳤다.

"좋다! 당신은 내일 우리 집의 카펫을 두들기러 와도 좋다!"

관중은 떠들고 박수를 쳤다. 그 소녀는 몇 번이나 몇 번이나 절을 했다. 그때 한 남자가 무대 뒤에서 나와 그 여자가 반항하는데도 불구하고 끌어내더니, 자기 자신이 조명 가운데로 나타났다.

"브라보! 칼리굴라(로마의 폭군)!" 맨 앞줄에 앉은 부인이 소리질렀다.

뿔테 안경을 낀 뚱뚱한 청년 칼리굴라는 지금 소리지른 여인의 곁에 앉아 있는 남자를 향해서 물었다. "이게 당신 여편넵니까?"

그 신사는 고개를 끄덕였다.

"그렇다면 부인께 제발 주둥이를 닥치라고 말해 주십시오!" 칼리굴라가 말했다.

관중들은 박수를 쳤다. 첫째 줄 테이블에 앉은 남자는 얼굴을 붉혔다. 그의 아내는 득의만면했다.

"조용해라, 너희들 촉새들이여!" 하고 칼리굴라가 소리지르면서 팔을 올리니 조용해졌다.

"아까 그 무용 공연은 아주 큰 체험이 아니었습니까?"

"맞아요!" 모두가 부르짖었다.

"그런데 이젠 더 재미있어집니다. 내가 파울 뮐러라는 작자를 무대에 내보낼 테니까. 그는 작센에 있는 톨케비츠 출신이죠. 파울 뮐러는 작센 사투리를 쓰면서도 시 낭송자로 자처하고 있답니다. 그는 여러분께 발라드를 낭송할 텐데, 여러분, 굉장한 각오를 하고 계셔야 합니다. 톨케비츠 출신의 파울 뮐러는 내가 잘못 본 것이 아니라면 미치광이이기 때문이지요. 나는 이 가치있는 자본을 내 카바레에 들여오기 위해서 어떤 비용도 아끼지 않았습니다. 왜냐하면 나는 관중석에만 미치광이가 있다는 것으로는 만족할 수가 없었기 때문이죠."

"그건 너무 지나친 말이다!" 먹으로 얼굴에 가득 상처를 그린 어떤 방청객이 소리질렀다. 그리고 그는 뛰어 일어나서 웃옷을 걷어올렸다.

"앉아!" 칼리굴라가 소리지르고 입을 삐죽거렸다. "당신이 뭔지 아십니까? 당신은 백치입니다."

그 학자는 너무 분해서 숨도 못 쉴 정도였다.

"그런데……" 카바레 지배인은 말을 계속했다.

"그런데 나는 백치라는 말을 모욕적인 의미에서가 아니라 성격을 규정하는 의미에서 쓰는 것입니다."

사람들은 웃고 박수쳤다. 상처와 분노에 찬 신사는 동료에 의해서 의자에 끌려 앉혀지고 진정시켜졌다. 칼리굴라는 종을 들고 마치 야경(夜警)같이 그것을 흔들면서 소리질렀다. "파울 뮐러, 나타나거라!"

그리고 그는 사라졌다.

무대 뒤에서 키가 크고 몹시 창백한 사람이 찢어진 옷을 입고 나왔다.

"잘 있었니, 뮐러!" 하고 관중들이 중얼댔다.

"그는 너무 빨리 자랐군." 누가 말했다.

파울 뮐러는 절을 하고는 도전적인 심각한 얼굴을 하고 머리를 긁더니 두 손으로 눈을 덮었다. 정신을 집중하는 것이었다. 갑자기 그는 손을 얼굴에서 떼고 쫙 벌리더니 손가락을 펴고 눈을 부릅뜨고 말했다.

"〈죽음의 여행〉── 파울 뮐러 지음." 그리고 그는 한 발 앞으로 다가섰다.

"떨어지지 말아!" 하고 칼리굴라로부터 주둥이를 닥칠 것을 명령받았던 여인이 소리질렀다.

파울 뮐러는 그 말에도 불구하고 몇 발 더 나와서, 밑에 있는 관중을 경멸적으로 바라보면서 다시 시작했다.

〈죽음의 여행〉── 파울 뮐러 지음.

그것은 호엔슈타인 백작이었다.
딸을 감금한 것은.
딸은 한 장교를 사랑했고
아버지는 말했다. "내 곁에 있거라!"

이 순간에 관중석에서 누가 각설탕을 한 개 무대에 던졌다. 파울 뮐러는 몸을 굽히고 사탕을 받아서 집어넣고 불을 뿜는 음성으로 계속해서 낭독했다.

그런 때는 도망밖에 있을 수 없으니
백작의 영양은 10마일 시속으로 달아났도다.
그 여자는 곤란 속에서 밤중에 노를 저었다.
그러나 냉각기(엔진) 위에는 죽음이 앉아 있었다.

사람들은 또다시 각설탕을 무대에 던졌다. 아마 홀에는 이 시인의 습성을 알고 있는 단골들이 앉아 있는 것 같았다. 다른 손님들도 흉내를 냈고 점점 장내는 각설탕 전투장이 되었다. 뮐러는 끊임없이 몸을 굽힘으로써 그것에 대항했다.

따라서 무릎을 굽히고 하는 발라드 낭독이 생겨났다. 입을 벌리고 뮐러는 그에게 던져지는 설탕을 받아먹으려고도 했다. 그의 얼굴은 점점 험악해졌다. 그의 음성은 점점 어두워갔다. 사람들은 그의 낭독 가운데서, 그 무시무시한 밤에 호엔슈타인 백작의 영양만이 자기의 장교를 만나려고 자동차로 달린 것이 아니라, 그 장교도 또한 자기 차로 성을 향해서 영양을 찾아 달려왔다는 것을 알았다. 영양은 이미 성을 떠나서 애인 쪽으로 달려가고 있었는데도 불구하고……. 두 애인이 같은 도로를 사용했고 그날 밤은 비가 올 것같이 흐리고 안개가 자욱한 밤이었고 시의 제목이 〈죽음의 여행〉이었으므로 아마 거의 틀림없이 두 자동차가 충돌할 것 같았다. 파울 뮐러는 그것이 사실이라고 증명해 주었다.

"입을 닥쳐라. 아니면 네 두개골에서 톱밥이 떨어질 거니까!" 누가 중얼댔다.

그러나 자동차 사고는 이미 더 막을 수가 없었다.

그 장관의 자동차는
왼쪽에서 왔고 그 여자의 차는
오른쪽에서 왔으니
무시무시하게 짙은 안개 속에서
숙명은 성취되었다.
왼쪽에서 한 외침,
오른쪽에서 한 외침 ──

"그건 아담 리제〔산술의 대가로 알려져 있는 전설적 인물〕에 의하면 둘이 된다"라고 누가 소리질렀다. 사람들은 박수치고 고함쳤다. 그들은 파울 뮐러에 지긋지긋했었고, 비극의 결말에 이미 호기심이 없었던 것이다.

그는 계속해서 낭독했다. 그러나 사람들은 다만 그의 입이 움직이는 것을 볼 수 있을 뿐이었다. 아무것도 들을 수는 없었다. 죽음의 여행은 살아남은 사람들의 소음 속에 가라앉아버렸다. 그러자 그 말라빠진 발라드 시인은 갑자기 분노가 북받쳤다. 그가 무대에서 뛰어내려서 한 부인을 어찌나 세게 흔들었던지 담배가 입에서 떨어져 파란 비단에 싸인 무릎 위에 떨어졌다. 그 여자는 비명을 지르며 뛰어 일어났다. 그 여자의 동반자도 같이 일어나 욕했다. 그것은 마치 개가 짖는 것같이 들렸다. 파울 뮐러가 그 기사마저 밀쳤기 때문에 그는 의자에 넘어져 앉았다.

그때 칼리굴라가 나타났다. 그는 성이 나 있었고 마치 짐승을 다루는 사람같이 보였다.

그는 톨케비츠에서 온 사나이의 넥타이를 붙들고 예술가의 방으로 끌고 갔다.

"피. 더럽다! 밑에는 사디스트들이고 위에는 미치광이니!" 라부데가 말했다.

"파리에도 이와 같은 게 있어. 거기서는 청중들이 '그를 죽여라 (Tue-le)!' 하고 외치네. 그러면 무대 뒤에서 커다란 나무로 된 삽이 나와서 그 불쌍한 놈을 담아 내버리고 말지. 그는 처리되는 것이야."

"저 자식은 칼리굴라라고 자칭하고 있어. 그는 모든 것에 통하고 있군. 로마사에까지도!"

라부데는 일어서서 나갔다. 파비안도 일어섰다. 그때 누가 어깨를 쳤다. 얼굴에 가득 상처를 그린 남자가 그의 앞에 서 있었다. 그는 회색이 만면해서 즐거운 목소리로 소리질렀다.

"친구, 잘 있었나?"

"그래. 고맙군요."

"옛 친구 자네를 다시 보니 정말 기쁘네!" 그 학자는 기쁨에 넘쳐 파비안의 가슴팍을, 바로 와이셔츠 단추 위를 때렸다.

"나갑시다." 파비안이 말했다. "밖에 나가 계속합시다!"

그리고 그는 의자 사이를 뚫고 밖으로 나갔다.

"친구!" 파비안은 외투를 입고 있는 라부데에게 말했다. "빨리 나가자. 지금 방금 누군지 모를 사람이 나를 보고 끊임없이 반말을 했어."

그들은 모자를 쥐었다. 그러나 이미 늦었다.

얼굴에 잔뜩 칠한 남자는 주근깨가 있는 여인을 마치 혼자서는 걸을 수 없다는 듯이 밀고 데려와서는 그 여자에게 말했다. "좀 보아, 메타! 이 사람이 페날 학교에서 급장이었어."

그러고는 파비안을 향해서 말했다.

"이 사람은 내 아내요, 내 좋은 반려자지. 우리는 렘샤이트에 살고 있어. 나는 시보 직업을 내던지고 장인의 사업을 돕고 있지. 우리는 욕조를 만들고 있어. 하나 필요하거든 도매금으로 가져가! 하하, 나는 잘 지내고 있어. 고맙지. 행복한 결혼, 두 가정만이 사는 집, 뒤에는 큰 정원이 있고, 현금도 다소 있고 아이도 하나 있어. 아직 얼마 안 됐지만."

"아직도 요만큼밖에 크지 않아요" 하고 메타가 변명하면서 손으로 그 아이의 크기를 가리켰다.

"이제 커지겠지요." 라부데가 위안의 말을 했다. 부인은 감사의 눈

86

초리로 라부데를 바라보고는 남편에게 매달렸다.

"자, 자네도 얘기하게. 그 동안 뭘 하고 지냈는지." 학자가 또 얘기를 시작했다.

"별일 없었습니다." 파비안이 말했다. "현재 나는 우주 로켓을 만들고 있는 중입니다. 달나라에 한번 가볼 작정입니다."

"그거 훌륭하네!" 욕조 만드는 집으로 장가 간 남자가 소리질렀다.

"독일이 어느 나라보다도 앞서야지! 그런데 자네 동생은 잘 있나?"

"당신은 새로운 기쁜 사실을 나에게 막 뒤집어씌우려 하십니다."

파비안은 말을 이었다.

"작은 동생이 하나 있었으면 하는 것은 내 오랜 소원입니다. 그런데 잠깐 질문을 좀 하겠는데 고등학교는 어디에 있었지요?"

"마르부르크지 어디야?"

파비안은 유감이라는 듯이 어깨를 추켰다.

"마르부르크는 매우 좋은 도시라는 말은 들었습니다만 유감스럽게도 나는 가보지 못했습니다."

"용서하십시오." 학자가 말했다.

"작은 혼동이니……. 놀랍게도 비슷하군요. 나쁜 일은 아니니까 용서하세요."

그는 발을 모아 서서 명령했다. "이리 와, 메타." 그리고 그는 사라졌다. 메타는 무안한 듯이 파비안을 바라보고 라부데에게 고개를 끄덕여 보이고는 남편을 따라갔다.

"저런 바보 같은 원숭이!" 파비안은 성을 냈다.

"알지도 못하는 사람에게 얘기를 걸고 친한 척하다니! 나는 이 모욕이 칼리굴라의 카바레 프로그램에 속해 있을 것이라는 의심이 나는군."

"그건 안 믿기는데." 라부데가 말했다.

"욕조는 진짜였고 그 무시무시한 작은 아이도 역시 진짜였어."

그들은 집을 향해서 갔다. 라부데는 우울하게 아스팔트를 바라보았다.

"이건 수치다." 그는 잠시 후에 말했다.

"이 왕년의 판사는 집과, 마당과, 직업과, 주근깨 있는 마누라와 또 뭐도 뭐도 다 갖고 있는데, 우리 같은 놈들은 마치 살 장소가 없는 방랑자처럼 굴러다녀야 하다니! 우리는 고정 직업도, 고정 수입도 없고, 고정된 목적도, 고정된 애인도 없다."

"너에게는 레다가 있지 않아?"

"그리고 내가 특별히 분개하는 것은……" 라부데는 계속해서 말했다. "저런 자식이 자기 자신의, 자기가 만든 아이를 가지고 있다는 것이야."

"질투하지 말아." 파비안이 말했다.

"이 법률 공부를 했던 욕조 제조자는 하나의 예외야. 오늘날 서른 살 난 남자 치고 누가 장가들 수가 있단 말이야? 한 사람은 일거리가 없고 또 다른 사람은 곧 직장을 잃게 되지. 또 다른 사람은 한번도 직장을 가진 일이 없어. 우리나라는 지금 현재로서는 세대가 이어지도록 만들어져 있지 않아. 잘살지 못하는 사람은 마누라와 아이를 그 생활에 균등하게 참가시키는 대신에 독신으로 있는 것이 제일이야. 그럼에도 불구하고 다른 사람을 끌어넣는 자는 적어도 부주의하게 행동하는 것 이외엔 아무것도 아니. '나누어진 괴로움은 절반의 괴로움'이라는 말을 누가 시작했는지 알 수 없지만 만약 그 바보가 살아 있다면, 나는 그에게 이백 마르크의 월급과 여덟 식구를 주고 싶어. 그러면 그는 눈앞이 새까맣게 될 때까지 괴로움을 여덟과 나누고 있을 테니까."

파비안은 친구를 옆에서부터 보았다.

"그런데 왜 네가 그런 걱정을 하니? 네 아버지가 너한테 돈을 주지 않아? 그리고 네가 교수 자격을 따면 네 돈도 얼마간 벌 수 있지 않겠니? 그러면 너는 레다와 결혼할 것이고 네가 아버지가 되는 것을 아무도 막지 않을 것인데."

"이 세상엔 경제적인 것 이외의 다른 문제도 있어" 하고 라부데는 말하고, 택시를 불렀다.

"내가 지금 혼자 있고 싶어진 것을 화내지 말아. 내일 내 부모의 집으로 나를 찾아올 수 없어? 너에게 여러 가지 할 말이 있는데."

그는 친구의 손에 무엇을 쥐어주고는 기다리고 있는 자동차에 탔다.

"레다에 관한 이야기야?" 파비안이 열린 차창을 통해서 물었다. 라부데는 고개를 끄덕이더니 머리를 숙였다. 차는 떠났다.

파비안은 차를 바라보았다.

"나도 가겠어!" 하고 그는 소리질렀다. 그러나 자동차는 이미 멀리 가버렸고, 붉은 후미등만이 반딧불만하게 보였다. 그때 그는 생각이 나서 손을 펴보았다. 그것은 50마르크짜리 지폐였다.

8

학생이 정치를 한다
라부데의 아버지는 인생을 사랑한다
아우센알스터에서의 뺨 때리기

라부데의 부모는 그루네발트에 있는 커다란 그리스풍 성에서 살았다. 물론 그것은 성이 아니라 별장이었다. 그러나 이 별장에서는 거의 생활하지 않았다. 어머니는 늘 여행을 했고, 대개 남쪽 루가노 호숫가에 있는 별장에서 지냈다. 첫째로 라부데의 어머니는 그루네발트보다 루가노 호를 좋아했고, 둘째로 라부데의 아버지는 어머니의 연약한 체질에는 남쪽의 기후가 맞는다고 생각했다.

라부데의 아버지는 유명한 변호사였다. 그의 사건 의뢰인들이 많은 소송과 많은 돈을 갖고 있었으므로 그도 또한 많은 소송과 많은 돈을 가지고 있었다. 그가 사랑하는, 그의 직업에 따르는 흥분만으로 그는 만족하지 않았다. 거의 매일 밤 그는 도박 클럽에 앉아 있었다. 그의 집 안에 퍼져 있는 정적은 그에게는 몹시 거슬리는 것이었다. 그리고 아내의 비난에 찬 눈초리는 그를 절망에 빠지게 했다. 그들은 서로가 만나기를 꺼려서 이 별장에 오는 것을 되도록 피했다. 그래서 아들 슈테판은 부모를 만나려면 그들이 겨울에 베푸는 파티에 나가야만 했다. 이 파티가 해마다 더 그의 비위에 거슬리게 됐으므로 그는 이윽고 그곳에 나가지 않기로 했다. 따라서 그는 이제는 다만 우연하게밖에 부모를 만나지 못했다.

그가 아버지에 관해서 가장 많이 알게 된 것은 그가 어떤 젊은 여배우에게 들은 이야기에서였다. 그것은 어떤 가면 무도회에서였다. 그 여자는 그에게 그 당시 그 여자에게 돈을 대어주고 있는 남자를 자세히 묘사해서 말했다. 경박한 여자들은 때때로 먼젓번 소유자의 친밀한 습성과 성벽을 자세히 이야기함으로써 애인을 낚으려고 하는 경우가 있다. 그런데 이야기가 진행됨에 따라서 그것이 법률 고문관 라부데에 관한 이야기인 것이 드러나서 라부데는 그 연회를 달아나듯이 나와버렸었다.

파비안은 그루네발트 별장에 오는 것을 좋아하지 않았다. 그러한 집들이 소비하고 있는 사치를 그는 쑥스럽게 느꼈다. 그는 그와 같은 사치 속에서 사람이 잠깐 방문 온 기분에서 벗어날 수 있으리라는 것은 상상도 할 수 없었다. 따라서 그는 온갖 다른 이유와는 상관없이 우선 다만 그 이유 때문에만도 라부데가 이 부모의 주택 박물관을 멀리하는 것을 이해했다.

"무시무시하군." 그는 벗에게 말했다.

"이 집에 올 때마다 나는 너의 하인이 나에게 펠트 실내화를 신겨주고 성 안내를 시작할 것을 기대하게 돼. 네가 만일 나한테 대선제후 (大選帝侯)가 이 의자를 타고 페르벨린 대전에 나갔었다고 설명한다면 나는 믿을 용의가 있어. 그리고 돈 고마워."

라부데는 손짓을 하고 막았다.

"너도 아다시피 필요 이상으로 나는 그놈을 가지고 있으니 그 말은 말자. 나는 함부르크에서 있었던 일을 이야기하려고 너를 부른 것이야."

파비안은 일어나 소파로 가 앉았다. 파비안은 라부데의 등뒤에 있었다. 따라서 그는 이야기하는 동안에 파비안을 보지 않아도 좋았다.

그들은 둘 다 창 밖을 내다보았다. 푸른 나무와 붉은 별장 지붕을 바라보았다. 유리창은 열려 있었다. 때때로 새가 창가로 산보해 와서 고개를 갸우뚱하고 방 안을 응시하다가는 다시 정원으로 날아갔다. 그 이외에도 갈퀴로 자갈길을 쓸어오는 소리가 들려왔다.

라부데는 가까이 있는 나뭇가지를 응시하며 말했다.

"라소우가 함부르크 대학의 대강당에서 전 대학생 앞에 나가 '전통과 사회주의'라는 제목으로 이야기하겠다고 편지해 왔어. 그가 나더러 자기의 조수로서, 또는 토론의 형식으로 나의 정치적 계획을 이야기하라고 제안하기에 나는 함부르크로 갔지. 강연이 시작되었어. 라소우는 그의 소련 여행담과 소련 예술가와 학자들과의 대담을 학생들에게 말했어. 그의 강연은 사회주의 학생 단체의 대표자들에 의해서 몇 번이나 중단되었었지. 그에 이어서 어떤 공산주의자가 이야기를 했고, 그는 또한 시민적인 측에 의해서 반박되었지.

그리고 내 차례가 되었어. 나는 유럽의 자본주의적 상황을 묘사하고, 시민적인 청년들은 온갖 방향으로 적극 또는 소극적으로 준비되고 있는 대륙적인 폐허를 단호하게 막아야 한다고 요구했지. 이 젊은이들은 멀지 않아 정치, 산업, 농업, 상업의 지도권을 잡으려 하고 있으며 그들의 아버지들은 이미 모두 물러설 때가 온 것이니까 국제 협정에 의해서, 개인 이익의 자발적인 축소에 의해서, 또 자본주의와 기술의 나사못을 이성적인 한도 내로 다시 돌려감음으로써, 또 사회적 활동의 증가와 교육을 문화적으로 더욱 깊게 함으로써, 이 대륙을 개척하는 것은 우리의 과제라고 나는 말했어. 이 새 건설과 모든 계급 간의 횡적인 결합은 청년들이 —— 적어도 그 가운데 엘리트들이 절도 없는 이기주의를 혐오하고 또 체계의 불가피한 파괴보다는 기구적 상태의 환원을 택할 만큼 현명하기 때문에 가능할 것이라고 나는 말했어. 계급 독재 없이는 안 된다면 우리들 연령의 계급 정부를 지지해야 할 것이라고 말했어. 내 강연은 극단적인 그룹의 대표 사이에서 논란을 일으켰지만, 라소우가 과격 시민파적인 선두대를 양성할 것을 제안했을 때는 박수를 받았지. 그 선두대는 형성되었어. 우리는 전 유럽의 대학에다 보낼 격문을 초안했거든. 라소우와 나와 또 다른 몇 사람은 독일의 각 대학을 방문하고 강연을 하고 유사 단체를 만들기도 했지. 우리는 사회주의 학생들과는 일종의 협약을 맺기를 원하고 있어. 우리가 전 대학에 이 단체를 만들고 나면, 그 단체에 다른 지적인 단체가 합류할 거야. 그러면 일은 시작되지. 나는 너의 회의를 너무나 잘 알기 때문에 어제는 그것에 관해서는 아무 말 않은 거야."

"기쁘구나." 파비안이 말했다.

"네가 계획을 실천하게 돼서 기뻐. '독립적 민주주의자 그룹'과도 연락을 취했어? 코펜하겐에는 유럽클럽이라는 것이 생겼어. 기록해 둬. 그리고 청년들의 선의에 관한 나의 회의에 너무 화내지 말아. 그리고 이성과 권력이 결코 결혼할 수 없으리라는 나의 신념에도 너무 화 내지 말아. 나는 모순을 말하고 있으니까. 나는 현재대로의 인류에게 는 두 가지 가능성밖에는 없다고 봐. 즉 자기 운명에 만족하지 않고 서 로를 때려 죽이거나, 또는 순전히 이론적인 말인데, 그와 반대로 자기 자신과 이 세상에 만족해서 권태로운 나머지 자살하는 수밖에는 없다 고 봐. 결과는 마찬가지야. 인간이 짐승으로 있는 한 천국과 같은 체계 가 무슨 소용이 있느냐 말이야! 그런데 레다의 의견은 어때?"

"레다는 아무 의견도 없었어. 그 여자는 거기에 나오지 않았으니 까."

"그건 또 무슨 말이야?"

"그 여자는 내가 함부르크에 온 것을 모르고 있었어."

파비안은 놀라서 일어섰다가 다시 앉았다.

라부데는 팔을 벌리고 책상 모퉁이를 꽉 붙들었다.

"나는 레다를 불시에 방문하고 싶었지. 나는 그 여자를 몰래 관찰 하고 싶었던 거야. 왜냐하면 나는 의심이 생겼었어. 매달 하룻밤만 같 이 지내는 관계란 싫증나는 것이고 또 우리의 경우처럼 이 관계가 몇 년이나 계속되는 경우에는 파란이 생기는 법이지. 그것은 당사자의 수 준과는 아무 관련이 없고, 이 과정은 강제적인 것이야. 몇 달 전에 내 가 너에게 레다가 변한 것 같다고 암시한 일이 있지 않았어? 그 여자 는 연기를 하기 시작했어. 가장하기 시작한 것이지. 역에서의 인사, 이 야기할 때의 다정함, 침대에서의 정열…… 이 모든 것이 다만 연극이 었어."

라부데는 고개를 똑바로 세우고 매우 낮은 목소리로 얘기했다.

"물론 사람들은 서로 소원해지는 법이지. 서로가 상대방이 어떤 근심을 가졌는지를 모르게 되고 어떤 친구와 사귀는지를 알 수가 없게 되지. 자기 자신이 변했다는 것, 그리고 왜 변했는지를 사람들은 알려고 하지 않았어. 편지란 무의미해. 그리고 사람들은 만나서 키스를 하고, 극장에 같이 가고, 무슨 일이 있었느냐고 묻고, 같이 하룻밤을 보내곤 헤어지지. 한 달 후에 똑같은 짓이 반복돼. 정신적인 접근과 그에 이어서 손에 시계를 들고 달력에 따라서 행해지는 성행위, 그것은 불가능한 것이야. 사랑은 지리(地理)에 지고 마는 것이야."

파비안은 담배를 한 개비 꺼내 물고 성냥을 마치 어린애 다루듯 조심스럽게 그었다.

"나는 최근 수개월 간 늘 우리의 재회를 두려워해 왔어. 나는 레다가 눈을 감고 내 곁에 떨면서 누워 나를 끌어안을 때면 그 여자 얼굴의 가면을 벗기고 싶었어. 그 여자는 거짓말을 하고 있었어. 그런데 그 여자가 속이려는 것이 누구인가, 나인가 아니면 그 여자 자신인가가 문제였어. 내가 몇 번이나 편지로 요구했는데도 그녀가 설명을 회피했기 때문에 나는 그 짓을 해야만 했어. 우리가 선두대를 조직한 날 밤에 나는 라소우와 또 다른 사람들과 매우 일찍 헤어져서 레다가 사는 집으로 갔지. 집은 어두웠어. 아마 그 여자는 이미 잠들었을지도 모르는 일이었지. 그렇지만 나는 논리적인 사고를 할 기분이 안 났어. 나는 기다렸지."

라부데의 목소리는 동요했다. 그는 책상에서 연필을 몇 개 집어서 손에 쥐고 초조한 듯이 굴렸다. 딸깍거리는 소리가 다음의 이야기를 반주했다.

"거리는 넓었고 한 군데만 집이 서 있었어. 다른 편은 화단과 잔디밭과 나무숲과 골목에 인접해 있었고, 그 뒤에 아우센알스터가 있었지. 그 집 맞은편에는 벤치가 한 개 있었어. 나는 거기에 앉아서 수없이 많은 담배를 피우면서 기다렸지. 누가 그 길을 올 때마다 나는 그것이 레다가 아닌가 하고 보았어. 나는 밤 열두 시부터 새벽 세 시까지 그렇게 앉아서 맹렬한 말과 불길한 환상을 생각해 냈어. 시간은 흘러갔지. 세 시가 조금 지나서 택시가 하나 그 길로 들어와서 그 집 앞에 멎었어. 키가 크고 호리호리한 남자가 차에서 내려서 운전수에게 돈을 지불하더군. 그러고는 한 여자가 뛰어내리더니 대문으로 달려가 집으로 들어가서 문을 열고 그 남자가 따라 들어올 때까지 서 있다가 문을 안에서부터 잠갔어. 자동차는 시내로 다시 돌아가더군."

라부데는 일어섰다. 그는 손에 쥐었던 연필을 내던지고 방 안을 빠른 걸음으로 왔다갔다하더니 방의 맨 구석에 가서 벽 앞에 서 있었다. 그는 벽지의 무늬를 바라보고 그것을 손가락으로 그렸다.

"그것은 레다였어. 그 여자의 창에는 불이 켜졌어. 나는 커튼 뒤에서 움직이는 두 그림자를 보았지. 안방의 불은 꺼지고 침실이 밝아졌어. 발코니의 문이 반쯤 열려 있었어. 나는 때때로 레다의 웃음소리를 들었지. 너도 아다시피 레다는 유난히 높은 목소리로 웃곤 하잖아. 때때로는 아주 조용해졌고, 나는 내 심장이 뛰는 소리밖에는 들을 수가 없었지."

그때 마침 문이 열렸다. 법률 고문관 라부데 씨가 외투도 모자도 없이 들어왔다.

"잘 있었니, 슈테판?" 하면서 그는 아들에게 가까이 와서 악수를 했다.

"오래간만이구나! 며칠 동안 여행중이었지. 또 좀 쉬어야겠다. 신경이 피곤해서. 방금 오는 길이다. 잘 지냈니? 안색이 좋지 않은데 걱정거리라도 있니? 교수 자격 시험 논문의 결과에 대해서 무슨 말을 들었니? 권태로운 도당들이군. 어머니가 편지했고? 몇 주일 더 거기 있으라고 해. 이름부터 파라다이스라는 곳 아니냐? 어머니는 잘 지낼 거다. 잘 있었나, 파비안? 심각한 대화를 하는 중인가? 죽음 뒤에도 생이 있을까? 자네에게만 말해 두겠는데 아무것도 없어. 모든 일은 죽기 전에 해버려야 해. 할 일이 많아, 낮이나 밤이나."

"프리츠, 어서 와요!" 밑에서 여자 목소리가 들렸다.

법률 고문관은 어깨를 추켰다.

"들었지? 큰 재능을 가진 아무 직업도 없는 어린 가수야. 온갖 오페라곡을 다 외우고 있지. 오래 사귀기에는 좀 시끄러워. 자, 그럼 또 만나자구. 인류를 구제하기 전에 즐기기나 해. 인생은 죽기 전에 처치되어야 하니까. 아까도 말했지만……. 자세한 설명을 원한다면 기꺼이 해주지. 너무 심각하지 말아, 슈테판!"

그는 두 사람과 악수를 하고는 문을 쾅 닫고 나갔다. 라부데는 새삼스럽게 귀를 막고 책상 앞에 와서 잠시 생각하더니 이야기를 다시 계속했다.

"아침 다섯 시경에 비가 오기 시작하더니 여섯 시가 지나 멎더군. 하늘은 밝아지고 하루가 시작되었어. 침실에는 아직도 불이 켜져 있었지. 그것이 새벽에는 이상하게 보이더군. 일곱 시에 그 인간이 집에서 나왔어. 그는 휘파람을 불면서 문을 나서더니 위를 쳐다보았어. 레다는 일본 옷같이 생긴 잠옷을 입고 발코니에 서서 손짓을 했어. 그도 손을 흔들더군. 레다는 그가 자기의 몸을 다시 한번 볼 수 있도록 잠옷을 잠깐 동안 벌렸어. 그는 키스를 던졌어. 구역질이 날 정도였지. 그는 휘파람을 불면서 그 길을 내려갔어. 나는 머리를 숙였지. 위에서는 발코니 문이 닫히는 소리가 나더군."

파비안은 뭐라고 말해야 좋을지 알 수 없어서 그저 앉아 있었다. 라부데는 갑자기 팔을 들고 주먹으로 책상을 쳤다.

"그 망할 년!" 하고 그는 소리쳤다. 파비안은 소파에서 뛰어 일어났다. 그러나 라부데는 손으로 저지하면서 아주 조용하게 말했다.

"괜찮아, 더 들어봐. 점심 때 나는 전화를 걸었지. 그 여자는 내가 또 왔다고 기뻐했어. 왜 편지를 안 했느냐고 묻고 다섯 시에 자기 집에 오라고 말했어. 몇 주일 전부터 학자들은 회의를 일찍 끝냈기 때문에 나는 시간이 될 때까지 항구를 배회했지. 그러고는 그 여자에게로 갔어. 여자는 차와 과자를 준비해 놓고 다정하게 인사했어. 나는 차를 한 잔 마시고 무난한 이야기를 했지. 그리고 그 여자는 자동적으로 옷을 벗기 시작했고, 일본 옷을 입더니 소파에 누웠지. 그때 나는 그 여자에게 우리의 관계를 끊는 것이 어떠냐고 물었어. 그 여자는 그게 무슨 소리냐고 묻더군. 내가 교수 자격 시험에 통과되면 즉시 결혼하기로 이미 결정된 것이 아니냐고, 자기를 이제는 사랑하지 않느냐고 그 여자는 묻더군. 나는 지금은 그것이 문제가 아니라고 말했지. 그리고 그 여자에게 죄가 있는, 더욱더 심해지는 거리감이 우리의 이별을 권한다고 나는 말했지.

그 여자는 잠옷이 옆으로 미끄러지게 하면서 어린애 같은 목소리로 내가 쌀쌀하다고 말하더군. 그리고 이 뚜렷한 상황이 분명히 말하고 있듯이 거리감의 원인은 자기가 아니고 나에게 있다고 그 여자는 말했어. 함부르크와 베를린 사이의 거리를 정신적으로 초극하는 것은 쉬운 일이 아니라는 것을 그 여자도 자인했어. 그리고 성적 관계에 있어서도 갈등이 있다고 말했어. 그 여자가 나를 원할 때는 내가 없고, 내가 왔을 때는 사랑이 마치 점심처럼, 배가 고프건 말건 처리되어야 하니까. 그러나 우리가 결혼하고 나면 모든 것이 달라질 거라고 말하면서 수 주일 전에 낙태를 시켰다고 말하며 화내지 말라고 했어. 그 여자는 아이를 나의 부인으로서 낳고 싶었던 것이라고 말하더군. 이 작은 사고를 나에게 얘기하지 않았던 것은 내가 너무 근심할까 봐서였다고 말하면서 이제는 다시 완전히 회복됐으니까 어서 곁에 앉으라고 말했어. 그녀는 내가 그리웠다고 말하더군.

'낙태시킨 아이는 누구 아이였지?' 하고 나는 물었지.

그 여자는 일어나 앉아서 성난 표정을 짓더군.

'그리고 어젯밤에 너하고 잔 남자는 누구였지?' 나는 계속해서 물었어.

'유령을 봤나보죠' 하고 그 여자는 말했어. '질투하세요? 옹졸하군요!'

그때 나는 뺨을 한 대 갈기고 밖으로 나왔지. 그 여자는 내 뒤를 따라서 계단을 내려오고 문 앞까지 나왔어. 그곳에서 그 여자는 발가벗은 채 잠옷을 나부끼며 서서 가지 말라고 불렀어. 오후 여섯 시에…….그러나 나는 뛰고 또 뛰어 역으로 갔지."

파비안은 라부데의 뒤로 가서 어깨에 손을 얹었다.

"왜 어제 그 얘기를 안 해주었어?"

"뭘. 나는 곧 극복할 거야." 라부데는 말했다. "나를 그렇게 속이다니!"

"그렇지만 그녀가 어떻게 할 수 있었겠어? 진실을 말할 수 있었겠어?"

"그것에 관해서는 더 생각할 수가 없어. 나는 마치 큰 병을 앓고 난 기분이야."

"너는 아직도 앓고 있는 중이야." 파비안이 말했다. "너는 아직도 그녀를 사랑하고 있어."

"그건 맞는 말이야." 라부데가 말했다. "그렇지만 나는 전혀 다른 놈들도 나 자신과 마찬가지로 맘대로 처리할 수가 있었어."

"그 여자가 너에게 편지를 쓴다면?"

"이 사건은 끝났어. 나는 오 년 동안이나 거짓 전제 밑에서 살았어. 그것만으로도 충분해. 이 사건 중에서 가장 나쁜 것을 나는 아직 말하지 않았어. 그 여자는 나를 사랑하지 않고 있어. 그리고 그 여자는 한 번도 나를 사랑하지 않았던 거야! 이제서야, 금을 긋고 나서야 계산이 뚜렷해졌어. 그 여자가 내 옆에 누워서 냉철하게 거짓말을 했을 때, 그제서야 나는 지나간 시간들을 이해할 수 있었어. 오 분 동안에 모든 것을 이해했어. 이젠 끝이야!" 하면서 라부데는 친구를 문으로 밀었다.

"이제는 나가자. 루트 라이터가 우리를 초대했어. 자, 가자. 나는 소홀히했던 여러 가지를 다시 찾아야 해."

"루트 라이터가 누구니?"

"나도 오늘 사귀었어. 아틀리에를 가지고 있고 조각을 한다는 여자야. 정말인지는 모르겠지만……."

"모델이 되어보는 것은 전부터 내 소원이었지."

파비안은 말하면서 외투를 입었다.

9

괴상한 젊은 여자들

죽음의 후보자가 다시 살아나다

그 술집의 이름은 '사촌 언니'였다

"드디어 남자가 한 쌍 생겼군!" 라이터 여사가 소리질렀다.

"어디 편히들 앉아. 쿨프 여사가 방금 이래서는 더 못 살겠다고 신음했어. 그녀는 이틀이나 남자를 안 가졌었거든. 마지막으로 가진 남자는 거의 교통 사고였어. 그녀는 패션 디자인을 하는데, 그 남자가 그 작은 대가 없이는 아무 일거리도 주지 않으려고 했대. 그건 거의 성불능인 호색한이었다고 그 여자는 말하더군."

"그건 가장 나쁜 놈이군." 라부데가 말했다.

"그들은 병이 그 동안에 나았는가를 알아보기 위해서 끊임없이 시험을 해보는 자들이니까."

그는 쿨프라는 이름의 여자를 돌아다보았다. 그 여자는 다리를 높이 올리고 소파에 앉아서 그에게 손짓했다.

라부데는 쿨프 곁에 앉았다. 파비안은 어떻게 해야 할지 결정을 못한 채 기다리고 있었다. 아틀리에는 컸다. 방 한복판의 전등 밑 책상 위에 검은 머리의 나체 여인이 앉아 있었다. 라이터 여사는 작은 의자에 앉아서 스케치북을 손에 들고 그렸다.

"저녁의 나체" 하고 그 여자는 뒤를 돌아다보지 않고 설명했다.

"이름은 셸로우야. 새로운 자세를 취할 것, 귀염둥아! 선 채로 다리를 벌리고 상반신을 오른편으로 돌릴 것, 그래, 그리고 팔을 목 뒤에 돌릴 것. 움직이지 마!"

셸로우라고 불리운 나체 여인은 책상 위에 다리를 벌리고 섰다. 그 여자의 육체는 균형잡혀 있었고 우수에 찬 눈으로 냉담하게 허공을 바라보고 있었다.

"남작, 마실 것 좀 줘. 추워." 갑자기 그 여자가 말했다.

"정말로 셸로우 양은 전신에 소름이 돋아 있네요." 파비안도 찬동했다. 그는 모델 가까이 가서 마치 예술 감식가가 브론즈 여인상 앞에서 있듯이 서 있었다.

"접촉 금지!" 여류 조각가의 음성은 지극히 퉁명스러웠다.

라부데의 팔 속에서 마치 따뜻한 목욕탕 속에서처럼 전신을 펴고 있는 쿨프가 파비안에게 소리쳤다.

"버터를 만지지 말아. 남작은 질투심이 강해. 그 여자는 저녁의 나체와 괜찮은 관계를 가지고 있으니까."

"입 닥쳐!" 라이터가 중얼거렸다.

"라부데, 쿨프와 뭐 급한 일을 처리할 게 있거든 조금도 주저하지 마시기를. 나는 이 방 하나밖에 없지만, 이 방에선 그런 것쯤은 아무렇게도 생각하지 않아."

라부데는 도덕적으로 다소 고려할 점이 있다고 대답했다.

"세상엔 별일이 다 있어" 하고 쿨프가 슬픈 표정으로 말했다.

라이터 여사는 잠깐 동안 스케치북에서 고개를 들고 파비안을 보았다.

"당신도 쿨프와 함께 있고 싶거든 주저하지 말아요. 동전 한 개밖엔 필요하지 않으니까. 라부데는 그림을 택하고 당신은 숫자를 택하고 쿨프가 동전을 높이 던집니다. 그것은 당신들의 양기를 자극할 것입니다. 위에 놓인 편이 우선권을 갖습니다."

"참 좋은 말이다!" 쿨프가 소리쳤다.

"그렇지만 동전 한 개라니? 재수없는 값인데!"

파비안은 공손하게 도박에는 흥미가 없다고 말했다.

나체의 여인은 발을 굴렀다. "마실 것을 좀 줘!"

"바텐베르크! 네 의자 옆의 탁자 위에 진이 놓여 있어. 좀 가져와!"

"그래" 하고 한 목소리가 대답했다. 조각 뒤에서 짜르릉 소리가 났다. 그리고 한 낯선 여자가 램프의 불빛 속으로 들어와서 저녁의 나체에게 술이 든 유리잔을 내밀었다.

파비안은 의외였다.

"도대체 여기에는 여자가 몇 명이나 있습니까?" 그는 물었다.

"나밖에 없어요" 하고 바텐베르크 양이 대답하고 웃었다. 파비안은 그 여자의 얼굴을 보고 그녀는 이곳에 맞지 않는다고 생각했다. 그녀는 조각 뒤를 다시 산보했다. 파비안은 그 여자를 쫓아갔다. 그녀는 안락의자에 앉았다. 파비안은 석고로 만든 다이애나 조각 옆에 앉아서 스포츠로 다듬은 여신의 허리에 팔을 얹고 아틀리에 창 너머로 유겐트 양식의 아치와 풍경화를 보았다. 남작이 명령하는 소리가 들렸다.

"마지막 자세다. 귀염둥이야. 등을 앞으로 내밀고 무릎을 꺾고 엉덩이를 내밀고 손을 무릎 위에 놓아, 움직이지 마라!"

그리고 아틀리에의 앞쪽에서는 날카롭고 작은 외침소리가 들려왔다. 쿨프 양은 임시로 숨을 가빠하고 있었다.

"어떻게 이 돼지우리에 오게 됐습니까?" 파비안이 물었다.

"루트 라이터와 나는 같은 도시 출신이고, 같은 학교에 다녔어요. 최근에 우리는 우연히 길에서 만났어요. 내가 베를린에 온 지 얼마 되지 않으니까 그 여자가 나에게 여러 가지 정보를 주겠다고 하면서 초대했어요. 이것은 내 마지막 방문입니다. 이 정보만으로도 나에게는 충분했으니까."

"그건 반가운 말씀입니다." 파비안이 말했다.

"나는 결코 지독한 도덕 수호자는 아닙니다만, 그래도 한 여자가 자기 수준 아래 사는 것을 보는 것은 나를 슬프게 하니까요."

그 여자는 그를 놀란 듯이 바라보았다.

"나는 천사가 아닙니다. 우리의 시대는 천사와는 사이가 나쁘니까요. 무엇을 시작하시려는 거죠? 우리가 한 남자를 사랑하면 우리는 전부를 그에게 내던집니다. 우리는 전에 있던 모든 것과 헤어지고 그에게로 갑니다. '자, 왔어요' 하고 우리는 다정하게 웃으면서 말합니다. '그래' 하고 그는 말합니다. '왔어' 하면서 그는 귀 뒤를 긁습니다. '맙소사' 하고 그는 생각합니다. '이제는 이 여자가 나에게 매달렸구나.' 우리가 갖고 있는 것을 우리가 가벼운 마음으로 그에게 선사하면,

그는 저주합니다. 선물은 그를 귀찮게 합니다. 처음에 그는 낮은 목소리로 저주하고 후에는 크게 저주합니다. 그러면 우리는 전의 어떤 때보다도 더 고독해집니다. 나는 스물다섯 살이고 두 남자에게 버림받았습니다. 사람들이 일부러 어디에 잊어버리고 놓아두는 우산처럼 버림받았습니다. 너무 솔직해서 부담스럽나요?"

"많은 여자들이 그렇게 됩니다. 우리들 청년들에겐 근심거리가 많습니다. 그리고 나머지 시간은 오락에는 충분하지만 사랑에는 모자랍니다. 가족제도는 없어져 가고 있습니다. 책임감을 보일 수 있는 가능성이 두 가지 있습니다. 한 경우에는 한 남자가 한 여자의 장래를 책임집니다. 그리고 만약 그가 다음 주일에 직장을 잃는다면 그는 자기가 무책임하게 행동한 것을 자인해야 합니다. 다른 경우에는 그 남자가 책임감에서 또 한 사람의 미래까지 망치지는 않기로 결심하는 것입니다. 그리고 만약 그 여자가 그 때문에 불행해진다면, 그는 이 결정도 또한 무책임했었다는 것을 자인해야 합니다. 이것은 모순입니다. 전에는 없었던……."

파비안은 창가에 앉았다. 맞은편 유리창 하나에 불이 켜져 있었다. 신통치 않은 가구들이 놓여 있는 방이 들여다보였다. 한 여인이 테이블에 앉아서 팔로 머리를 괴고 있었다. 그리고 한 남자가 그 앞에 서서 손짓을 하면서 욕을 하는 것처럼 입을 움직이더니, 모자를 집어들고 그 방을 나갔다. 여자는 얼굴에서 손을 떼고 문을 응시했다. 그러더니 그 여자는 고개를 아주 천천히, 그리고 아주 조용하게 마치 위에서 떨어질 도끼를 기다리는 것처럼 다시 테이블 위에 놓았다. 파비안은 고개를 돌리고 그의 옆에 앉아 있는 여자를 바라보았다. 그 여자도 저편

집에서 있었던 장면을 보다가 그를 슬프게 바라보았다.

"또 한 명의 방해된 천사!" 하고 그는 말했다.

"내가 사랑했던, 따라서 내가 귀찮게 굴었던 두 번째 남자는 어느 날 밤에 우편함에 편지를 넣기 위해서 나갔어요. 그는 계단을 내려가서는 다시 돌아오지 않았어요."

그 여자는 아직도 그 사건을 이해할 수 없다는 듯이 고개를 살래살래 저었다.

"나는 석 달 동안 그가 우편함에서 돌아오기를 기다렸습니다. 우습지 않으세요? 후에 그는 산티아고에서 많은 인사말을 쓴 그림엽서를 보내왔습니다. 어머니는 나에게 '너는 창부야!' 하고 말했죠. 그래서 어머니가 첫번 남자를 열여덟 살에 가졌고 첫아이를 열아홉 살에 가졌던 것을 상기시키자 어머니는 격분해서 '그건 이것과는 전혀 달라!' 하고 소리질렀습니다. 물론 그건 아주 다르지요."

"왜 베를린에 오셨습니까?"

"전에는 사람들은 자기를 선사했고 따라서 선물로서 보관되었습니다. 지금은 요금을 치러 받고, 따라서 지불되고 사용된 온갖 물건과 마찬가지로 언젠가는 버림을 받습니다. 지불하는 편이 싸다고 남자는 생각합니다."

"전에는 선물은 상품과는 전혀 다른 무엇이었지만 오늘날에는 선물은 한 푼도 돈이 안 드는 상품입니다. 상품의 이 염가성이 사는 사람의 의심을 일으킵니다. 아마 밑지는 장사일 거라고 그는 생각합니다. 그리고 그의 의심은 대부분의 경우 들어맞습니다. 왜냐하면 여자가 나중에 계산서를 내밀기 때문입니다. 그는 갑자기 선물의 도덕적 가격을 소급 지불해야 한다는 것입니다. 정신적인 가치도 계산해서, 평생 연금으로 지불하라는 것입니다."

"바로 그래요." 그 여자가 말했다. "남자들은 바로 그렇게 생각하고 있어요. 그렇지만 이 아틀리에를 왜 돼지우리라고 부르세요? 여기 있는 여자들은 당신들이 원하는 여자들과 그렇게도 비슷합니까? 당신들을 행복하게 만드는 것이 무엇인지를 나는 알아요. 우리는 당신들이 원하는 대로 오고가고 해야 하지만, 당신들이 우리를 쫓을 때는 울고, 당신들이 우리를 부를 때는 행복해야 한다는 것입니다. 당신들은 사랑의 상품적 성격을 원하지만, 우리라는 상품은 그러나 그 남자에 반해야 합니다. 당신들은 무엇이든지 할 수 있으면서 아무 의무도 없고, 우리는 온갖 것에 의무가 과해져 있으면서 아무것도 요구할 수 없는 것이 당신네들의 천국의 모습입니다. 그렇지만 그건 너무해요!"

바텐베르크 양은 코를 풀더니 계속해서 말했다.

"우리가 당신들을 계속 붙잡아둘 수 없다면 사랑하고 싶지도 않아요. 당신들이 우리를 사고 싶거든 값을 비싸게 치러야 해요."

그 여자는 말을 끊었다. 가느다란 눈물 줄기가 그 여자의 얼굴에 흐르고 있었다.

"그 때문에 베를린에 오셨습니까?" 파비안이 물었다.

여자는 소리없이 울었다.

그는 그 여자 가까이 가서 어깨를 쓰다듬었다.

"저 사람들도 장사를 이해 못하고 있습니다" 하고 말하면서 그는 두 개의 석고상 사이로 아틀리에 저편을 바라보았다. 저녁의 나체는 책상 위에 앉아서 진을 마시고 있었다. 여자 조각가는 그 나체의 여인 위에 몸을 기울이고 배와 가슴 위에 키스를 했다. 셀로우 여사는 그 동안에 잔을 비우고 조각가의 등을 냉담하게 쓰다듬었다. 한 여자는 키스했고, 또 한 여자는 마셨는데, 서로가 무엇을 하고 있는지를 모르는 것같이 보였다. 그리고 뒤편에서는 소파 위에서 쿨프와 라부데가 속삭이며 한덩어리로 엉키어 있었다.

그때 밖에서 종소리가 났다. 라이터 여사는 몸을 일으키고 무거운 걸음으로 나갔다. 셀로우 여사는 양말을 신었다. 거대한 남자가 문으로 들어왔다. 그는 신음하듯 숨쉬었고, 한쪽 다리가 없었고 지팡이를 짚고 있었다.

"쿨프 여기 있어?" 하고 그는 물었다. 라이터는 고개를 끄덕였다. 그는 몇 장의 지폐를 주머니에서 꺼내어 조각가에게 주고는 말했다.

"한 시간 동안만 나가 있어줘. 셀로우는 놔두어도 괜찮아."

그는 의자에 주저앉아서 우울하게 웃었다.

"아니야, 아니야, 남작. 농담이야."

쿨프는 소파에서 기어내려와서 치마를 반듯하게 펴면서 그 남자와 악수했다.

"잘 있었어, 윌헬미? 아직도 안 죽었어?"

윌헬미는 이마에서 땀을 씻고 고개를 흔들었다.

"이제는 얼마 안 남았을 거야. 안 그렇다면 나보다도 돈이 먼저 끝장이 나겠어."

그는 그 여자에게도 돈을 몇 장 주었다. "셀로우!" 하고 그는 불렀다.

"진을 다 마셔버리지 말아! 그리고 옷을 빨리 입어!"

"모두들 '사촌 언니'에 가 있어. 나는 뒤에 갈게" 하고 쿨프는 말했다. 그리고 그 여자는 명랑하게 라부데를 흔들었다.

"내쫓겨야 하겠어, 자네는. 이 달 내에 죽을 거라고 의사들이 말한 남자가 여기에 있어. 이 남자는 우리들이 월경을 조마조마하게 기다리듯이 죽음을 기다리고 있어. 그를 십오 분 간만 도와주고는 나중에 갈게."

라부데는 일어섰다. 라이터는 외투를 꺼내왔고, 파비안은 바텐베르크와 함께 조각 뒤에서 나타났다. 셀로우는 옷을 다 입었다. 그들은 다 같이 나갔고, 죽음 후보생과 쿨프만이 남았다.

"저 남자가 쿨프를 또 요전번처럼 때리지 않았으면 좋으련만."

조각가가 계단에서 말했다.

"다른 사람이 자기보다 오래 살아도 된다는 것이 그를 분격시킨단 말이야."

"쿨프는 그걸 아무렇게도 생각하지 않아. 그 여자는 매를 좋아해."

셀로우가 말했다.

"그리고 그 여자의 그림을 가지고는 그 여자는 살지도 죽지도 못할 테니까."

"좋은 직업들을 가졌구나, 우리는!" 라이터는 성을 내면서 웃었다.

'사촌 언니'는 주로 여자들만 드나드는 클럽 식당이었다. 그들은 서로 춤추고 팔을 끼고 녹색의 소파에 앉아 있었고, 서로의 눈을 깊이 들여다보았다.

그들은 남자와 비슷하게 보이기 위해서 담배와 독한 술을 마셨고

목 위에까지 올라오는 블라우스를 입고 있었다. 이 집의 여주인은 '사촌 언니'라고 불렸고, 검은 시가를 피웠고 사람들을 서로 소개시켜 주었다. 그 여자는 이 테이블에서 저 테이블로 돌아다니면서 진한 농담을 지껄이고 술집 주인답게 술을 들이켰다.

라부데는 파비안과 또 자기 자신에 대해서 수치감을 느끼고 있는 것같이 보였다. 그는 저녁의 나체하고 춤을 추더니 파비안에게는 등을 돌리고 그 여자와 함께 바에 앉았다. 루트 라이터는 질투하고 있었으나 꾹 참고 있었다. 그 여자는 아주 가끔씩밖에는 바를 돌아다보지 않았으나 얼굴이 창백해졌고, 술을 마시기 시작하였다. 나중에 그 여자는 다른 테이블에 가서 어떤 늙은 부인과 이야기를 주고받았다. 그 늙은 부인은 무섭고 진하게 화장했고, 웃을 때 몹시도 깔깔거려서 듣는 사람으로 하여금 곧 알을 낳으려는 것 같다는 생각을 갖게 했다.

"나는 우리의 이야기를 아직 잊을 수가 없습니다."

파비안은 바텐베르크에게 말했다.

"여기에 모여 있는 여인들을 날 때부터의 기형들로 생각하십니까? 저편의 금발 여인은 갑자기 버림받기 전에는 어떤 배우의 애인이었습니다. 그러고 나서 그 여자는 어느 직장을 가졌고, 그곳에서 지배인과 동침하여 아이를 만들었습니다. 그 남자가 아버지임을 부인했기 때문에 그 여자는 소송에 졌습니다. 아이는 시골로 보내졌습니다. 그 여자는 지금 다른 직장을 구했습니다. 그러나 그 여자는 아마 영원히, 적어도 당분간은 남자란 보기도 싫어하고 있습니다. 그리고 여기에 앉아 있는 여자의 대부분이 마찬가지로 느끼고 있습니다. 어떤 여자는 남자를 하나도 못 찾고, 또 어떤 여자는 너무 많은 남자를 얻고, 또 어떤 여

111

자는 '결과'에 대해서 공포적인 불안을 느끼고 있습니다. 여기에는 남자들과 사이가 나쁜 여자들만이 앉아 있습니다. 나의 친구와 같이 앉아 있는 셀로우도 또한 이 종류에 속합니다. 그 여자는 지금 남자에 대해서 성이 나 있기 때문에, 여자와 사랑을 합니다."

"나를 집에 바래다 주시겠어요?"

바텐베르크가 물었다.

"여기가 마음에 안 드세요?"

그 여자는 고개를 흔들었다.

그때 문이 열리고 쿨프가 방으로 비틀거리며 들어왔다. 조각가가 앉아 있는 테이블 앞에 멈춰 서서 그 여자는 입을 열었다. 그러나 아무 말도 않고 쓰러져버렸다.

여자들은 호기심에 차서 기절한 여자의 주위에 모여들었다. 사촌 언니는 위스키를 가져왔다.

"윌헬미가 또 때렸군." 라이터가 말했다.

"남성 만세!" 하고 한 여자가 소리지르고 히스테리칼하게 웃었다.

"뒷방에서 의사를 데려와!"

사촌 언니가 소리질렀다. 사람들은 이리저리 뛰어다녔다. 술에 취했고 또 위트도 있는 피아니스트가 쇼팽의 장송곡을 쳤다.

"저게 의사예요?" 하고 바텐베르크가 물었다. 커다랗고 마른 여자가 야회복을 입고 옆문으로 들어왔다. 희게 칠한 그 여자의 얼굴은 해골과도 같았다.

"네, 그는 의학 공부를 한 남자입니다." 파비안이 말했다.

"그는 코르프스 단(귀족적인 학생단체)의 학생이기도 했습니다. 화장 밑에 있는 그의 얼굴의 칼자국을 보십시오! 지금 그는 아편중독자이고, 여인 복장을 해도 된다는 경찰의 허락을 가지고 있습니다. 그는 아편을 사기 위한 처방을 사람들에게 써주는 것으로 생활하고 있습니다. 그는 언젠가는 붙들릴 것이고, 그러면 그는 자살할 것입니다."

사람들은 쿨프를 구석방으로 데려갔다. 야회복을 입은 의사가 그 뒤를 따라갔다.

피아노를 치는 사람은 탱고를 치기 시작했다. 여류 조각가는 저녁의 나체를 끌어내어 같이 춤을 추면서 꽉 끌어안고 격렬한 어조로 무슨 말을 열심히 했다.

완전히 술에 취해 있는 셀로우는 거의 아무 말도 듣지 않는 것 같았고, 눈을 감고 있었다. 갑자기 그 여자는 조각가를 뿌리치고 비틀거리면서 홀을 지나 피아노 앞으로 가서 피아노 뚜껑을 요란한 소리가 나게 꽝 닫고는 소리질렀다.

"싫어!"

장내는 갑자기 조용해졌다. 조각가는 혼자 댄스 홀에 서서 두 손을 꽉 쥐고 있었다.

"싫어!" 셀로우가 또 한번 부르짖었다.

"나는 남자를 원해! 이 짓은 이제는 지긋지긋해! 거기까지만은! 나는 남자를 원해! 남자를! 저 꼽추를 끌어내려줘! 음탕한 년!"

그 여자는 라부데를 의자에서 일으키고 키스를 한 다음에 모자를 쓰더니, 그가 외투를 입자마자 끌고 문으로 갔다.

"작은 차이여, 만세!" 하고는 둘은 사라져버렸다.

"우리도 가는 것이 낫겠네요." 파비안은 일어서서 돈을 테이블에 놓고 바텐베르크에게 외투를 입혀주었다. 그들이 나갈 때 루트 라이터 남작은 아직도 댄스 홀에 혼자 있었다. 아무도 감히 그 여자 앞으로 갈 용기가 나지 않았던 것이다.

10

부도덕의 지형학

사랑은 결코 끝나지 않는다!

작은 차이여, 만세!

"어떻게 그런 남자가 당신 친구죠?" 바텐베르크는 길에 나와서 물었다.

"당신은 그를 모르십니다!"

그는 그 여자의 질문과 자기의 대답에 대해서 성을 내고 있었다. 그들은 잠자코 나란히 걸어갔다. 얼마 있다가 그가 입을 열었다.

"라부데는 운이 나빴습니다. 그는 함부르크에 가서 그의 미래의 아내가 그를 속이고 있는 것을 목격했습니다. 그는 조직하기를 좋아합니다. 그의 미래는 콤마 뒤의 다섯째 숫자까지도 다 계산이 되어 있었습니다. 그런데 갑자기 모든 것이 틀렸다는 것이 드러난 것입니다. 그는 그것을 빨리 잊어버리려고 하였고, 우선은 수평선적인 방법으로 망각을 시도하고 있는 것입니다."

그들은 어떤 상점 앞에 멈춰 섰다. 자정인데도 불구하고 상점에는 불이 환히 켜져 있었고, 옷과 블라우스와 에나멜 허리띠가 마치 태양이 비치는 작은 섬 위에서처럼 캄캄한 집들 사이에 놓여 있었다.

"지금이 몇 시인지 모르십니까?" 하고 누가 곁에서 물었다.

바텐베르크는 깜짝 놀라서 파비안의 팔을 붙들었다.

"열두 시 십분입니다." 파비안이 말했다.

"감사합니다. 빨리 가야겠군요" 하면서 그들에게 말을 걸었던 젊은 청년은 몸을 굽히고 격식을 차리며 구두 끈을 매었다. 그러고는 다시 일어나서 무안한 미소를 띠며 말했다.

"혹시 남는 돈 오십 페니히 없으십니까?"

"네, 있군요." 파비안은 대답하고 그에게 2마르크를 주었다.

"오, 감사합니다. 대단히 감사합니다. 이게 있으면 구세군에 가서 자지 않아도 되니까요" 하고는 그 이방인은 사죄하듯이 어깨를 올리며 모자를 잠깐 벗어 보이고 빨리 뛰어가 버렸다.

"교양 있는 사람 같아요." 바텐베르크가 말했다.

"네, 그는 구걸하기 전에 시간을 물었으니까요."

그들은 계속해서 걸었다. 파비안은 그녀가 어디에 사는지를 알지 못했다. 그는 그 근방을 잘 아는데도 불구하고 그 여자에게 안내를 받았다.

"그 이야기 가운데서 가장 나쁜 것은……" 하고 그는 말을 꺼냈다.

"오 년이나 너무 늦어서지만 라부데는 함부르크에 사는 애인 레다가 그를 한번도 사랑하지 않았었다는 것을 안 것입니다. 그 여자는 그와 너무 드물게 만나기 때문에 그를 속인 것이 아니라, 그를 사랑하지 않았기 때문에 그를 속였던 것입니다. 그녀는 다만 개성적으로 그와 가까웠던 것입니다. 그는 그 여자가 좋아하는 타입이 아니었습니다. 그와 정반대의 경우도 있습니다. 사람은 어떤 사람이 꼭 자기가 좋아하는 타입이기 때문에 사랑하지만 그의 인격은 참을 수가 없는 경우도 있습니다."

"그럼 서로가 어떤 면으로 보아도 꼭 맞는 경우라는 것은 없나요?"

"그렇게 꼭 극단의 경우를 희망해서는 안 됩니다" 하고 파비안은 대답했다.

"당신은 투쟁적 의도 이외에 또 무슨 의도로 이 소돔과 고모라의 도시에 온 것입니까?"

"나는 법관 시보예요." 그 여자가 말했다. "내 학위 논문은 국제 영화법의 한 문제에 연관되어 있었기 때문에 어떤 베를린 영화회사가 나를 계약부에서 백오십 마르크 월급을 주고 견습 직원으로 채용하겠다고 했어요."

"영화배우가 되시지 그럽니까?"

"필요에 따라서는 그것도 되겠지요" 하고 그 여자는 결의 굳게 말했고, 둘은 같이 웃었다. 그들은 가이스베르크 가로 들어갔다. 밤의 정적을 뚫고 이따금 자동차가 지나갔다. 정원의 꽃밭에서 향기가 나고 있었다. 어떤 문간에서는 연인이 왔다갔다하고 있었다.

"달은 이 도시에서도 빛나고 있군요." 국제 영화법 연구가가 말했다.

파비안은 그 여자의 팔을 약간 눌렀다.

"거의 고향 같지 않나요?" 하고 그녀는 물었다.

"그렇지만 그것은 잘못 생각하는 것입니다. 달빛과 꽃향기와 정적과 문간에서의 소시민적인 키스와…… 이 모든 것은 환영(幻影)에 불과합니다. 저편 광장에는 중국 사람들만이 베를린의 매음부들과 같이 앉아 있는 다방이 있습니다. 그 앞에는 향수를 뿌린 동성애 소년들이 우아한 배우들이나 약은 영국 사람들과 같이 춤을 추면서 그들의 재능과 영광을 널리 알리는 음식점이 있습니다. 그 모든 것들 뒤에서는 금발 물을 들인 노파가 대가를 지불합니다. 그 여자는 그 대신에 같이 가는 것을 허용받고 있습니다. 오른편 구석에는 일본 사람만이 사는 호텔이 있고, 그 옆에는 러시아계 유태인과 헝가리계 유태인이 서로 돈을 짜내거나 또는 다른 방법으로 서로를 속이는 음식점이 있습니다. 어떤 골목에는 오후에 미성년인 여자 고등학교 학생들이 용돈을 벌기 위해서 몸을 팔고 있는 여관이 있습니다. 반 년 전에는 거기서 어떤 스캔들이 있어서 감추느라고 혼들이 났었지요. 어떤 늙은 신사가 쾌락의 목적으로 들어간 방에서 그의 기대대로 열여섯 살 난 나체 소녀를 발견하기는 했는데 그것은 유감스럽게도 그의 딸이었습니다. 그것만큼은 그도 기대하지 않았었으니까요……. 이 거대한 도시가 돌로 구성되어 있는 것을 보는 한 옛날과 다름없이 보이지만 그 주민들은 오래전에 정신병자처럼 변했습니다. 동쪽은 범죄가, 중앙은 사기가, 북쪽은 비참이, 서쪽은 부패가 지배하고 있고, 온갖 방향이 몰락으로 꽉 차 있습니다."

"몰락 뒤에는 무엇이 옵니까?"

파비안은 어느 창살에 매달려 있는 나뭇가지를 꺾고 대답했다.

"내 생각으로는 어리석음이 오지 않을까 합니다."

"내가 살고 있던 도시에는 이미 어리석음이 도착해 있어요." 그 여자가 말했다. "그렇지만 어떻게 해야 되나요?"

"낙천가는 절망해야 할 것입니다. 나는 염세가이기 때문에 별로 변화가 안 생길 것입니다. 자살은 내 성질에는 맞지 않습니다. 왜냐하면 머리가 굴복할 때까지 머리를 벽에 부딪치기에 필요한 행동욕이 나에게는 없으니까요. 나는 방관하고 기다립니다. 나는 올바른 것의 승리를 기다립니다. 그렇게 되면 나는 복종할 것입니다. 그렇지만 나는 그것을 불신자가 기적을 기다리듯이 기다리고 있습니다. 나는 당신을 아직 알지 못합니다. 그렇지만, 아니 그렇기 때문에 나는 당신께 사람과의 교제에 있어서 어떤 믿을 만한 행동 가설을 말해 드리고 싶습니다. 그것은 한 이론이며 따라서 그것은 반드시 알아야 할 필요는 없습니다. 그러나 그 이론을 따른다면 이로운 결과가 올 것입니다."

"당신의 가설이란 무엇입니까?"

"그와 반대되는 결과가 확고부동하게 증명되기 전에는 이곳에 사는 사람을 어린아이와 노인을 제외하고는 전부 다들 정신병자로 보아야 합니다. 이 명제가 얼마나 이로운가를 곧 아시게 될 것입니다."

"그 명제를 당신에게도 적용시킬까요?" 하고 그 여자가 물었다.

"그러기를 바랍니다." 그가 말했다.

그들은 잠자코 뉘른베르크 광장을 건넜다. 어떤 자동차가 그들 바로 앞에서 멈춰 섰다. 그 여자는 떨었다. 그들은 샤파 가(街)로 들어갔다. 주인 없는 정원에서 고양이들이 울었다. 인도의 가장자리에는 가로수가 서 있어서 어둠으로 길을 덮었고, 하늘을 가렸다.

"다 왔어요." 그 여자는 말하면서 17번지 앞에서 멈춰 섰다. 바로 파비안이 살고 있는 집 앞에! 그는 놀라움을 감추고 다시 만날 수 있느냐고 물었다.

"정말로 만나고 싶으세요?"

"당신도 그것을 원하신다면."

그 여자는 고개를 끄덕이고 잠시 동안 그의 어깨에 머리를 기댔다.

"나도 만나고 싶어요."

그는 그 여자의 손을 잡았다.

"이 도시는 아주 커요" 하고 그 여자는 속삭이고는 망설이듯이 잠잠했다. "내가 당신에게 삼십 분 동안만 같이 계시다 가달라고 부탁한다면 나를 이상한 여자라고 생각하시겠어요? 내 방은 아직도 낯설어요. 아무 말도, 아무 추억도 그 속에는 없어요. 나는 아직도 그 방에서 아무와도 얘기를 안 했으니까요. 그래서 나에게 추억이 될 것이 없어요. 그리고 창 앞에는 밤의 검은 나무가 움직이고 있어요."

파비안은 자기가 마음먹었던 것보다 크게 말했다.

"기쁘게 같이 가겠습니다. 문을 여십시오."

그 여자는 열쇠를 구멍에 넣고 돌렸다. 그러나 문을 밀기 전에 그 여자는 그를 다시 한번 돌아보았다.

"당신이 나를 오해하실까 봐 아주 걱정스러워요."

그는 문을 밀고는 계단의 전등을 켰다. 그리고 그는 그것을 후회했다. 왜냐하면 그로 인해서 그 여자가 그것이 그의 집인 것을 알게 될까 봐……. 그러나 그 여자는 조금도 의심하지 않고 문을 잠근 후에 앞서서 갔다. 그는 그 여자를 따라가면서 오늘 몰래 자기 집에 들어가는 것을 재미있다고 생각했다. 그 여자는 몇 층에 살고 있는 것일까? 그 여자는 정말로 파비안의 하숙집 주인 아주머니인 홀펠트 부인의 문간에 서서 문을 열었다.

복도에는 두 소녀가 분홍 잠옷을 입고 녹색 고무 풍선으로 축구를 하고 있다가 깜짝 놀랐고, 놀란 나머지 킥킥거리기 시작했다. 바텐베르크는 빳빳이 서 있었다. 그때 화장실 문이 열리고 저 관능적인 외판 사원 트뢰거 씨가 파자마 바람으로 나타났다.

"당신의 하렘을 좀 잘 간수하십시오" 하고 파비안이 투덜거렸다. 트뢰거는 싱글거리면서 그 소녀들을 자기의 궁전으로 몰아넣고 문을 안에서 잠갔다. 파비안은 무의식중에 자기 방의 문을 열려고 했다.

"큰일나요." 바텐베르크가 말했다. "거기에는 누군지 다른 사람이 살고 있어요."

"실례했습니다." 파비안은 말하고 그 여자를 따라서 복도 맨 끝에 있는 방까지 갔다. 그는 모자와 외투를 소파 위에 놓았고, 그 여자는 외투를 옷장 속에 걸었다.

"끔찍한 방이지요?" 그 여자는 미소지으면서 말했다. "그런데도 한 달에 팔십 마르크예요."

"나도 꼭 같이 내고 있습니다." 그는 여자를 위안하듯이 말했다. 옆방은 시끄러웠다. 침대의 스프링이 성난 듯이 소리를 냈다.

"저 이웃을 나는 공짜로 가지고 있어요." 여자가 말했다.

"벽에다 구멍을 뚫고 입장료를 받으십시오."

"아, 기뻐요" 하면서 그 여자는 마치 난로 앞에서처럼 손을 비볐다.

"혼자 있을 때는 이 방이 훨씬 더 추악하게 보여요. 고마워요. 이

무시무시한 나무를 한번 보세요."

그들은 창가로 갔다.

"오늘은 나무까지도 친절해 보여요." 그 여자는 말했다. "그건 내가 늘 혼자 있기 때문일 거예요."

그는 그 여자를 조심스럽게 끌어당기고 키스를 했다. 그 여자도 그에게 키스했다.

"당신은 이제 내가 이 때문에 당신에게 같이 오자고 했다고 생각하시겠지요?"

"물론 그렇게 생각하지. 그렇지만 아까는 당신 자신도 그걸 모르고 있었던 거야."

그녀는 그에게 뺨을 비비고 유리창 밖을 내다보았다.

"이름이 뭐지?" 그가 물었다.

"코르넬리아."

그들이 나란히 침대에 누웠을 때 그는 그 여자의 얼굴을 느끼기 위해서 눈을 감고 손으로 쓰다듬으면서 진심으로 근심스럽게 말했다.

"우리가 오늘 저녁에 아틀리에에서 석고로 만들어진 여신들 뒤에 앉았을 때 당신이 남자들의 이기심을 벌하고 싶다고 말했던 것을 아직 기억해?"

그 여자는 그의 손에 여러 번 키스를 가볍게 하고는 숨을 쉬고 나서 말했다.

"그 의도에는 아무 변화가 없어요. 정말이에요. 그렇지만 당신은 예외로 하고 싶어요. 마치 나는 당신을 사랑하고 있는 것 같아요."

122

그는 일어났다. 그러나 그 여자는 다시 그를 자기 곁에 끌어당겼다.

"아까 우리가 포옹했을 때 나는 울었어요." 그 여자는 속삭였다. 그 일을 상기하자 그 여자의 눈에는 또 눈물이 고였지만, 그 여자는 미소지었다. 그것을 보고 파비안은 오래간만에 행복했다.

"나는 당신이 좋았기 때문에 울었어요. 그러나 내가 당신을 사랑하는 것은 어디까지나 내 일이지 조금도 당신과 관계된 일은 아니에요, 아셨어요? 당신은 언제나 오시고 싶으실 때 오고, 가시고 싶으실 때 갈 수 있습니다. 당신이 오시면 나는 기뻐하겠고, 당신이 가셔도 나는 슬퍼하지 않겠습니다. 약속하겠어요."

그 여자는 그에게 다가와서 숨이 막힐 만큼 자기 몸을 그의 몸에 눌렀다.

"이제는……" 그 여자는 입을 열었다. "배가 고파요!"

그는 얼굴을 찌푸렸고, 그 여자는 그것을 보고 웃었다.

그 여자는 설명을 했다.

"그건 이래요. 내가 누구를 사랑하면, 아니 누가 나를 사랑하고 나면 —— 내 말의 뜻을 아시겠지요? 뒤에 나는 언제나 무섭게 배가 고파져요. 그런데 한 가지 걱정거리는 나한테 먹을 것이 아무것도 없다는 사실이에요. 나는 이 무시무시한 도시에서 이렇게 금방 이 배고픔을 다시 느끼게 될 줄은 미처 생각하지 못했었으니까요."

그 여자는 등을 대고 누워서 천장을 향해 웃었다.

파비안은 일어서서 말했다.

"그러면 도둑질하러 가는 수밖에 없군."

그리고 그는 그 여자를 침대에서 끌어내고 그 여자의 저항에도 무릅쓰고 복도로 데려갔다. 그 여자는 반항했다. 그러나 파비안은 그 여자의 팔을 끼고 아담과 이브와 같은 모습을 하고 복도를 걸어서 파비안의 방문 앞까지 왔다.

"망측해요!" 그 여자는 한탄하면서 달아나려고 했다. 그러나 그는 방문을 열고 그 여자를 자기 방 안으로 들이밀었다. 그 여자는 비참하게도 이빨이 부딪치도록 떨고 있었다.

그는 전깃불을 켜고 절을 한 다음에 엄숙하게 말했다.

"파비안 박사가 바텐베르크 박사를 자기 방에 환영해 모십니다."

그리고 그는 침대에 몸을 던지고 유쾌한 나머지 베개를 깨물었다.

"설마!"

그 여자가 그의 뒤에서 말했다.

"그건 불가능해요" 하더니 그 여자는 그것을 믿고 너무 즐거워서 나무구두춤〔바이에른 지방의 민속적인 춤〕을 추기 시작했다.

그는 일어나서 그 여자를 보았다.

"그렇게 엉덩이를 세게 두들기지 말아." 그는 위엄 있게 가르쳐주었다.

"나무구두춤에서는 그렇게밖에 할 수 없어요" 하고 그 여자는 그 춤을 아주 큰소리를 내며, 또 가능한 한 진짜로 계속해 추었다.

그러고는 그 여자는 위엄 있게 테이블로 걸어가서 의자에 앉아 옷 같은 것을 입고 있지 않았는데도 불구하고, 옷을 바로 고치는 것처럼 몸짓을 하고는 말했다.

"메뉴를 가져와요."

그는 접시와 칼과 포크와 빵과 소시지와 과자를 가지고 와서는 그 여자가 먹고 있는 동안에, 주의 깊은 급사의 연기를 하고 있었다. 나중에 그 여자는 그의 책상을 뒤적거리더니 몇 권의 책을 팔 밑에 끼고 그에게 왼쪽 팔을 내밀면서 위엄 있게 명령했다.

"당장에 나를 집으로 데려다 주세요."

불을 끄기 전에 그들은 내일 아침에 그 여자가 그를 깨우기로 약속하였다. 그가 깰 때까지 귀를 잡아당기기로 그들은 결정했다.

그리고 저녁 때는 다시 이 집에서 만나기로 했다. 누구든지 먼저 온 사람이 문의 손잡이에다 연필로 십자가를 긋기로 했다. 그들은 홀펠트 과부가 될 수 있는 대로 눈치채지 못하게 하기로 한 것이다.

그러고는 코르넬리아가 불을 껐다. 그 여자는 그의 옆에 누워서 말했다.

"오세요!"

그는 그 여자의 몸을 애무했다. 그 여자는 그의 목을 손으로 잡고 입술을 귀에 대고 속삭였다.

"오세요! 셀로우가 뭐라고 그랬지요? 작은 차이여, 만세!"

11

공장에서 있었던 뜻밖의 일

크로이츠베르크와 기인

생이란 하나의 나쁜 습관이다

다음날 아침에 파비안은 사무실이 열리기 15분 전부터 일을 했다. 그는 휘파람을 불면서, 간부들이 그로부터 기대하고 있는 현상 논문을 들춰보고 있었다.

이 공장에서는 소매상에게 10만 개의 매우 싼 특수 포장의 담배를 보내려고 했었다. 그 특수 포장에는 번호가 씌어 있고 아무 글자도 안 씌어 있는 여섯 종류의 담배가 들어 있었다. 사는 사람들은 그 갑 속에 여섯 종류의 담배 중에 어떤 것이 몇 개 들어 있는가를 알아내야 했다. 따라서 그 싼 포장의 담배를 산 사람은 그 현상 문제를 풀기 위해서는 다른 여섯 종류의 담배를 다 사야만 했다. 따라서 10만 명이 특수 담배를 산다면 자동적으로 60만 개의 다른 담뱃갑이 팔리고 따라서 총계 70만 개가 팔리게 되는 것이다. 게다가 이러한 능란한 선전술의 성공에 늘 따르는 일반적인 판매량의 증가가 그에 따라서 생겨나게 되는 것이다. 파비안은 계산을 시작했다.

그때 피셔가 나타나서 소리쳤다. "웬일이십니까?"

그는 동료의 어깨 너머로 그가 쓰는 것을 보았다.

"현상 문제의 초안입니다." 파비안이 말했다.

피셔는 그가 늘 사무실에서 입고 있는 회색 마포 겉옷을 걸치고 말했다. "나중에 내 것도 보여드려도 될까요?"

"네, 좋습니다. 오늘은 나도 시에 흥미가 있습니다."

이때 노크 소리가 났다. '납작발의 발명자'라고도 불리는 늙고 비틀거리는 심부름꾼인 슈나이더라이트가 방 안에 살짝 들어와서 찌푸린 표정으로 커다란 노란 봉투를 파비안의 책상 위에 놓고는 다시 나갔다. 그 봉투 속에는 파비안의 서류와 회계과의 증명서와 다음과 같은 내용의 짧은 편지가 들어 있었다.

회사에서는 오늘 날짜로 당신을 해고하게 되었습니다. 월말에 지불될 봉급을 오늘 회계과에 가서 찾아가실 수가 있습니다. 우리는 당신을 위해서 증명서를 써서 여기에 동봉하여 당신이 광고 일에 특별한 재능이 있었음을 증명하려고 합니다. 이번 해고는 감사국에서 광고비 예산을 삭감한 것의 결과입니다. 우리는 당신이 우리의 사업을 위해서 하신 일에 대해 감사를 드리며 당신의 앞날에 행운이 있기를 빕니다. 서명.

그걸로 끝이었다.

파비안은 잠시 동안 움직이지 않고 앉아 있었다. 그러고는 일어서서 외투를 입고 편지를 외투 주머니에 넣고 피셔에게 말했다.

"안녕히 계십시오. 잘 해보십시오."

"어디 가십니까?"

"방금 해고당했습니다."

피셔는 의자에서 벌떡 일어섰다. 그의 얼굴은 초록색이 되었다.

"그게 웬 말입니까? 참! 나는 또 한번 요행히 빠져나갔군!"

"당신의 월급은 나보다 적었으니까요. 당신은 있어도 괜찮답니다."

피셔는 그에게 가서 젖은 손으로 악수하면서 자기의 유감을 표시했다.

"다행히도 당신은 냉정하시군요. 당신은 좋은 친구입니다. 또 여자가 목에 매달려 있지 않는 것만 해도 다행한 일입니다."

갑자기 그때 브라이트코프 전무가 방 안에 나타났다. 그는 피셔가 혼자 있지 않은 것을 보고 망설이더니 결국은 '구텐 모르겐' 하고 나가버렸다. 피셔는 '구텐 모르겐, 전무님' 하면서도 두 번이나 절을 했다. 파비안은 브라이트코프를 못 본 척하고 있었다. 그는 동료에게 고개를 돌리고 말했다.

"책상 위에 내 현상 문안이 놓여 있습니다. 당신에게 맡기겠습니다."

그리고 그는 자신의 일터를 떠나서 회계과에 가서 2백 70마르크를 찾았다. 거리에 나가기 전에 그는 잠시 동안 문간에 서 있었다. 트럭이 지나갔다. 속달 편지 배달부가 자전거에서 뛰어내려 맞은편 건물 속으로 들어갔다. 옆집에는 공사를 하기 위한 나무 발판이 창살처럼 쳐 있었고, 그 위에는 미장이들이 서서 물렁물렁한 겉을 회색으로 칠하고 있었다. 알록달록한 가구들을 실은 차가 무겁게 골목으로 들어갔다. 속달 배달부는 다시 나와서 급히 자전거에 올라타고 갔다. 파비안은 문간에 서서 돈이 아직 있나 알아보기 위해 주머니에 손을 넣어보고는 생각했다. '나는 어찌 될 것인가?' 그러고는 그는 일을 할 수 없었으므로 산보를 하기로 했다.

그는 시내를 이리저리 걸어다니고, 점심 때쯤엔 배는 고프지 않았으므로 아싱거에서 커피를 한 잔 마시고 깊은 숲속에 기어들어가고 싶은 충동을 누르고 걷기를 계속했다. 여기 어디에 깊은 숲이 있단 말인가? 그는 걷고 또 걸었다. 괴로움은 발걸음까지 무겁게 했다.

벨 알리앙스 가에서 그는 그가 학생이었을 때 두 학기 동안 살았던 집을 다시 발견했다. 그 집은 마치 누가 인사할지 잘 모르겠어서 무안스럽게 기다리고 있는 옛날의 지기처럼 그곳에 서 있었다. 파비안은 계단을 올라가서 그 늙은 추밀원 고문관 부인이 아직도 살고 있는가를 보려고 했다. 그러나 문간에는 낯선 이름이 달려 있었다. 그는 돌아섰다. 그 노부인은 완전한 백발이었고, 매우 아름다웠었다. 그는 그 노부인의 어리석어 보이고 단정한 얼굴을 생각해 냈다. 인플레가 있었던 겨울에는 그는 방에 불을 피우지 못하고 외투를 입은 채 방한구석에서 실러의 〈도덕 미학적 체계에 관한 강연〉 원고를 쓰고 있었다. 일요일에 그는 때때로 그 노부인으로부터 점심 초대를 받았고, 그 여자의 광대한 지기들의 자세한 경위를 이야기 들었다. 그 이전과, 그때와 지금, 그는 늘 가난한 놈이었고, 앞으로도 그럴 가망이 아주 컸다. 그의 가난은 마치 다른 사람들이 등을 구부리고 앉거나 손톱을 깎는 것과 같은 하나의 나쁜 습관이었다.

어젯밤에 잠들기 전에 그는 생각했었다. 어쩌면 우리는 야망이 그처럼 빨리 열매를 맺는 이 도시에서 야망에 찬 사람이 되어야 할지도 모른다. 아마 우리는 이 흔들거리는 세계 건물 속에서도 자기 자신을 심각하게 취급해야 할지도 모른다. 마치 아무 일도 없다는 듯이 기분 좋은 세 칸 방 집을 차려야 할지도 모른다. 생을 사랑하면서도 생과 심각한 관계를 맺지 않으려는 것은 죄일는지도 모른다……. 여자 법관 후보 코르넬리아는 그의 옆에 누워서 잠자면서도 그의 손을 꼭 잡았다. 한밤중에 그 여자는 놀라서 깨었었다고 아침에 말했다. 왜냐하면 그가 갑자기 침대에서 일어나 앉더니, "분명하게 광고를 조명시킬 거야!" 하고 말하고 다시 쓰러져 잤기 때문이다.

그는 천천히 크로이츠베르크에 올라가서 대중에게 손질하기를 권고하고 있는 의자에 앉았다. 나무 푯말에는 '여러분의 공원을 아끼십시오!'라고 씌어 있었다. 시 당국에서는 그 몹시도 이중적인 말 밑에 줄을 쳤다. 시 당국은 그것을 알 것이었다. 파비안은 한 나무의 거대한 줄기를 바라보았다. 나무 껍질은 수천 개의 수직 주름살로 찢겨 있었다. 나무까지도 근심을 갖고 있었다. 두 어린 학생이 의자 옆을 지나갔다. 두 손을 뒷짐지고 있는 한 아이가 마침 성난 목소리로 물었다.

"그걸 하게 놔두어야 한단 말이야?"

"그 도당들에 대해서는 아무 반항도 할 수 없어" 하고 다른 아이가 한참 생각하다가 대답했다. 그들이 계속해서 무슨 얘기를 하는지는 들리지 않았다.

광장의 다른 방향에서는 이상한 모습이 가까이 왔다. 그것은 코 밑에 흰 수염이 있는, 우산을 접어든 사람이었다. 그는 외투 대신에 녹색 빛이 나는 낡은 망토를 입고 있었다. 머리 위에는 몇 년 전에는 검은색이었을 것 같은 뻣뻣한 회색 모자가 놓여 있었다. 망토 입은 사람은 벤치로 가까이 와서 인사말 같은 것을 중얼거리면서 파비안 곁에 앉더니 오랫동안 기침을 하면서 우산 끝으로 모래 위에 원을 그렸다. 그는 원의 하나를 톱니바퀴로 그리고 그의 중점과 또 다른 원의 중심을 직선으로 연결하고, 그 스케치를 커브와 선으로 점점 더 복잡하게 하고 그 위에 공식을 쓰고 계산을 하고 지우고 다시 계산을 했고 한 숫자 밑에 두 번 선을 긋고 물었다.

"기계에 관해서 뭣 좀 아십니까?"

"유감입니다" 하고 파비안은 말했다. "누가 나한테 축음기 태엽을 감게 하면 그 축음기는 다시 돌지 않고 내가 만진 라이터는 불이 일지를 않습니다. 최근까지도 나는 전류를, 그 이름 대로 액체인 줄 알았습니다. 그리고 어떻게 해서 한쪽에서 도살한 소를 전기로 움직이는 금속 상자에 넣고 뒤에 콘 비프를 만들어내는지를 나는 결코 이해할 수 없습니다. 그런데 당신의 모자와 망토가 나의 기숙 학생 시절을 상기시키는군요. 일요일마다 우리는 그런 망토와 녹색 모자를 쓰고 예배를 보러 마틴 루터 교회로 갔습니다. 설교 동안에 우리는 한 아이를 빼놓고 다 잤습니다. 그는 오르간을 치는 사람이 합창을 시키거나, 또는 우리의 선생이 단 위에 올라왔을 때, 우리를 깨워야 했던 것입니다."

파비안은 옆에 앉은 사람의 망토를 바라보고, 이 옷이 과거에 대한 경종을 울리는 것을 느꼈다. 매일 아침 기도를 시작하기 전에 찬송가 책을 열고 무릎을 꿇고, 죄에 찬 지상의 일부가 아직 남아 있는가를 알기 위해서 바지를 잡고 앉은 저 창백하고 뚱뚱했던 지배인을 그는 생각하였다. 그리고 그는 저녁 때 어둑어둑한 거리를, 병영 옆을 지나고 연병장을 뛰어 지나서, 어떤 셋방의 계단을 뛰어올라가 벨을 누르는 자기 자신의 모습을 상기했다. 그는 문 뒤에서 자기 어머니의 떨리는 목소리를 들었다.

"누구세요?"

그리고 그는 숨차게 소리지르는 자기의 목소리를 들었다.

"나예요, 엄마! 오늘은 좀 나으셨는지 알려고 왔을 뿐이에요!"

늙은 신사는 계산이 다 지워질 때까지 그의 잘못 감긴 우산의 끝으로 모래 속을 휘저었다.

"당신이 기계에 관해서 아무것도 모르신다니까 아마 나를 이해하실지도 모릅니다" 하고 그는 말했다.

"나는 소위 발명가이고 다섯 개의 과학 아카데미의 명예 회원입니다. 기술은 내 덕택으로 많이 진보했습니다. 나는 방직 공장에서 옛날보다 다섯 배나 많은 헝겊을 하루에 짜내도록 했습니다. 내 기계 때문에 많은 사람이 돈벌이를 했습니다. 심지어 나까지도……."

그 노신사는 기침을 하고 나서 신경질적으로 수염을 잡아당겼다.

"나는 평화로운 무기를 발명했고 그것이 대포라는 것을 몰랐었습니다. 영구 자본은 끊임없이 증가하고 기업의 생산률은 증가했으나, 노동자 수는 줄었습니다. 내 기계는 대포였고 그것은 노동자의 대군을 전투 휴지시켰던 것입니다. 대포는 수만 명의 생계를 파괴해 버렸습니다. 내가 맨체스터에 갔을 때, 나는 경관이 해고된 노동자를 짓밟는 것을 보았습니다. 그들은 칼을 가지고 노동자의 머리를 때렸습니다. 그리고 한 어린 소녀는 말에 밟혀 죽었습니다. 그 모든 원인은 나에게 있었던 것입니다."

그 노신사는 빳빳한 모자를 이마에서 벗기고 기침을 했다.

"영국에서 돌아오자 가족들이 나에게 후견인을 세웠습니다. 내가 돈을 희사하기 시작했고 기계와는 관계를 끊어버리겠다고 언명한 것이 그들의 마음에 들지 않았던 것입니다. 그래서 나는 떠났습니다. 그들은 생활할 돈이 있고, 슈타른베르크 호숫가에 있는 내 집에서 잘 살고 있습니다. 나는 반 년 전부터 행방불명으로 되어 있습니다. 전 주일에 나는 신문에서 내 딸이 아이를 낳았다는 것을 읽었습니다. 나는 할아버지가 된 것입니다. 그런데도 나는 룸펜처럼 베를린 거리를 헤매고 있습니다."

"나이가 어리석음을 막아주는 것은 아닙니다." 파비안이 말했다. "유감스러운 것은 모든 발명가가 다 당신처럼 감상적이 아니라는 것입니다."

"나는 소련에 가서 일을 하려고 했었습니다. 그러나 여권이 없이는 갈 수가 없고, 누가 내 이름을 알게 되면 그때야말로 나는 붙잡히고 마니까요. 내 웃옷 호주머니에는 여태까지의 방직 기계와는 비교도 안되게 뛰어난 성능의 베틀 의자의 설계도와 계산이 들어 있습니다. 백만 마르크의 가치가 내 기운 호주머니 속에 들어 있지만, 나는 굶는 편을 택하겠습니다."

노신사는 자랑스럽게 주머니를 두드리고 계속해서 기침했다.

"오늘 밤에 나는 요르크 가 93번지에서 잘 예정입니다. 대문이 달

히기 직전에 그 집에 들어가겠습니다. 만약 문지기가 어디 가느냐고 묻는다면 그륀베르크 씨 댁에를 간다고 말하겠습니다. 그들은 사층에 살고 있고, 그륀베르크 씨는 일등 우편관입니다. 나는 층계를 올라가서 그륀베르크 씨의 집을 지나서 다락으로 올라가 계단에 앉겠습니다. 혹시 다락문이 열려 있을지도 모르지요. 때로는 구석에 낡은 담요가 놓여 있을 때도 있습니다. 아침 일찍 다시 나와버립니다."

"그륀베르크 씨 댁을 어디서 아셨습니까?"

"주소록에서 보았습니다." 발명가가 대답했다.

"문지기가 어디로 가느냐고 물을 때 한 사람을 댈 수 있어야 하지 않겠습니까? 다음날 아침에는 대개 거짓말이었음이 드러나고 맙니다. 그렇지만 백발 앞에서는 일어서고 노인을 존중하는 수천 년 간의 관습은 열매를 맺어서 문지기에게까지 내려왔습니다. 또 나는 매일 주소를 바꿉니다. 겨울에 나는 어떤 사립학교에서 물리를 가르쳤습니다. 그러나 유감스럽게도 그것은 기술의 기적에 대한 계몽 강의가 되고 말았고, 그것은 학생들에게도, 교장에게도 마음에 들지 않았습니다. 나는 그래서 삼 개월 동안이나 여기저기 우체국에서 몸을 녹였습니다. 지금 나는 우체국이 필요하지 않습니다. 날씨가 따뜻하니까요. 나는 요즘 몇 시간 동안이나 역에 앉아서 떠나고, 돌아오고, 남는 사람들을 바라봅니다. 그 모든 것은 매우 재미있는 일입니다. 나는 여기 앉아 있고, 내가 살고 있다는 것을 나는 기뻐하고 있습니다."

파비안은 자기 집 주소를 적어서 그 노인에게 주었다.

"이 종이쪽을 잘 넣어두십시오. 만약 문지기가 당신을 너무 일찍 끌어내거든 나에게로 오십시오. 내 방의 소파에서 주무실 수 있으니까요."

노인은 그 종이쪽을 집어들고 물었다.

"당신의 집주인이 뭐라고 할까요?"

파비안은 어깨를 추켜 보였다.

"내 기침 때문에는 염려하실 필요가 없습니다." 노인이 말했다.

"어두운 밤에 층계에 앉아 있을 때는 조금도 기침이 나오지 않습니다. 그때 나는 집에 사는 사람들을 놀라게 하지 않기 위해서 정신을 바짝 차리니까요. 우스운 생활 방식이지요? 나는 처음에는 가난했습니다. 그리고 한때는 부자였다가 지금은 다시 가난합니다. 그건 조금도 문제가 아닙니다. 순리대로 살다가 죽는 것입니다. 태양이 레오니에 있는 내 테라스에 비치거나 또는 이 크로이츠베르크에 비치거나 나에게는 모두 마찬가지입니다. 마치 태양이 나한테 아무 관계가 없듯이 말이지요."

노신사는 기침을 하고는 다리를 길게 뻗었다. 파비안은 일어서서 가야 한다고 말했다.

"직업이 도대체 무엇입니까?" 발명가가 물었다.

"무직입니다." 파비안은 대답하고 베를린 시내로 가는 길로 걸어 들어갔다. 그가 저녁 때, 너무 많이 걸어 어지러움을 느끼면서 집에 돌아왔을 때, 그는 곧 코르넬리아에게 가서 자기의 불행을 보고하려고 했다. 그러나 그 장면을 생각만 해도 그는 눈물겨웠다.

아마 그는 다만 배가 고팠었는지도 모른다. 그러나 여주인 홀펠트 부인이 그의 계획을 좌절시켰다. 그 여자는 복도에 서서 불필요하게 신비스러운 표정을 띠고 —— 그것이 그 여자의 버릇이기는 했지만 ── 라부데 씨가 와 있다고 말했다. 라부데는 파비안의 방에 앉아 있었는데, 보기만 해도 머리가 아픈 것 같았다. 그는 간밤에 파비안에 겐 인사도 없이 음식점을 떠난 것을 사과하러 왔다고 말했다. 그러나 그는 사실에 있어서는 아주 다른 것을 바라고 온 것이었다. 그는 자신 과 셀로우와의 일을 파비안이 어떻게 생각하는가를 알고 싶은 것이었 다. 라부데는 도덕적인 인간이었고, 자기의 이력서의 초안도 오자 없 이 당장에 정서하려는 것이 언제나 그의 공평심이었었다. 그는 어렸을 때, 잉크를 빨아들이는 종이를 한번도 더럽힌 일이 없었고, 그의 도덕 은 규칙을 사랑하는 마음의 결과였다. 함부르크에서의 실망은 그의 개 인적인 질서 조직에 상처를 입혔고, 그 결과로 그의 모럴은 훼손되었 다. 그의 정신적인 시간표는 위기에 있었다. 그의 성격에는 난간이 필 요했다. 목적을 사랑했고 목적을 필요로 하고 있는 그는 이제 무계획 의 전문가인 파비안에게 찾아온 것이다. 그는 파비안으로부터 어떻게 하면 동요 속에서도 조용히 있을 수 있는가 하는 것을 배우려고 했다.

"안색이 좋지 않은데." 파비안이 말했다.

"나는 어젯밤에 조금도 안 잤어." 친구가 고백했다.

"셀로우는 우울하고도 동시에 괴상한 여자야. 그 여자는 몇 시간 동안이나 소파에 앉아서 마치 경문을 외듯이 개 같은 소리를 혼자서 중얼거리곤 하는데 도무지 듣고 있을 수가 없어. 또 술은 어찌나 많이 마시는지 보기만 해도 취할 정도야. 그러다가는 또 갑자기 자기가 남 자와 단둘이 집 안에 있다는 것을 상기하곤 해. 그러면서도 그 여자는 정상적인 여자처럼 느끼지는 않는 것 같아. 동성애자같이 보이지는 않 지만, 동성애자로 간주할 수밖에 없어."

파비안은 라부데의 말을 그저 듣고 있었다. 그리고 그가 그런 말을 듣고도 놀라지 않았으므로 라부데는 점점 조용해졌다.

"내일 프랑크푸르트에 이틀 예정으로 떠난다." 라부데가 헤어지기 전에 말했다.

"라소우도 같이 간다. 우리는 선두대를 만들 작정이야. 그 동안에 셀로우는 제2주택에 놓아두겠어. 최근에 그 여자는 아주 형편없이 지냈다니까. 같이들 한번 실컷 자라고……. 잘 있어, 야콥." 그는 갔다.

파비안은 코르넬리아의 방에 갔다. 해고당한 것에 대해서 코르넬리아는 뭐라고 말할 것인가? 그러나 루트 라이터가 그 방에 비참한 얼굴을 하고 앉아 있다가, 파비안이 온 것에 별로 놀라지도 않고 이미 바텐베르크에게 자세히 얘기했던 것을 요약해서 말했다. 쿨프는 내출혈이 있어서 샤리테 병원에 입원했고, 나무 발을 가진 죽음 후보생 윌헬미는 어젯밤부터 아틀리에에 누워서 숨을 못 쉬고 신음하면서 죽음과 대결하고 있다는 것이다.

코르넬리아는 한 쌍의 찻잔과 접시와 수저를 트렁크에서 꺼내놓고 음식을 준비했고 테이블을 예쁘게 차려놓고 있었다. 흰 테이블보와 한 다발의 꽃까지 놓여 있었다. 라이터는 가겠다고 말했다. 그러나 잊기 전에 묻겠는데, 라부데가 어디 사는지 혹시 누가 모르느냐고 말했다. 그 여자가 오직 그것을 알기 위해서 여기에 왔다는 것이 너무나 뻔했다. 그루네발트 별장의 사용인들은 아무것도 알려줄 수 없었으므로 루트 라이터는 자기 동창 코르넬리아로부터 파비안의 주소를 묻고 파비안으로부터 라부데 주소를 물으려고 했던 것이다.

"나는 그가 어디 사는지를 압니다." 파비안이 말했다.

"그뿐 아니라 그는 바로 몇 분 전까지도 바로 옆에 있는 내 방에 앉아 있었습니다. 그러나 주소는 알려드릴 수 없습니다."

"그가 여기에 있었다고요?" 조각가가 외쳤다.

"안녕히 계십시오!" 그 여자는 달아나버렸다.

"셀로우가 없어서 그래요." 코르넬리아가 말했다.

"매를 못 맞아서 그러는 거야" 하고 파비안이 말했다.

"나는 아니에요." 코르넬리아는 그에게 키스하고 그를 테이블로 데리고 가 그에게 저녁 식사 준비의 칭찬을 받으려고 했다.

"마음에 드세요?" 그녀가 물었다.

"훌륭한데, 아주 좋아. 그런데 무엇이든지 감탄해야 할 만한 것이 있을 때는 언제나 나에게 말해 줬으면 고맙겠어. 새옷을 입지 않았어? 이 귀걸이는 내가 이미 보았던 거야? 어제도 가르마를 가운데에 탔었어? 내 맘에 드는 것을 나는 보지 못하니까 나의 코로 찔러서 그걸 보게 해야 돼."

"당신은 결점밖에는 안 가졌어요" 하고 그 여자가 소리질렀다.

"당신의 결점 하나하나는 미운데도 그 전체는 사랑해요."

식사하는 동안에 그 여자는 내일부터 직장에 나가게 되었다고 말했다. 그 여자는 오늘 동료와 극작가와 제작 지도자와 전무들에게 소개되었다고 말하면서, 지붕까지 꽉 닿게 중요한 사람들이 앉아서 이 회의에서 저 회의로 뛰어다니고, 토키 영화의 발전을 위해서 고생하고 있는 이상하고 큰 집을 설명했다. 파비안은 그의 보고를 연기하기로 했다. 음식을 먹고 난 후에 그 여자는 두 개의 샌드위치가 놓인 접시를 옆에 밀어놓고는 미소지으면서 말했다.

"엄격한 배급량!"

"얼굴이 빨개졌는데!"그가 소리질렀다.

그 여자는 고개를 끄덕였다.

"때로는 아시는군요. 감탄할 만한 일이 있을 때……."

그는 잠시 산보를 하자고 제안했다. 코르넬리아는 옷을 갈아입었다. 그 동안에 그는 파면당한 것을 어떻게 말할 것인가를 궁리하고 있었다. 그들이 집을 나오려고 할 때 누가 뒤에서 기침을 하더니 "구텐 아벤트!" 하고 인사를 했다.

그것은 망토를 입은 발명가였다.

"당신이 말하신 소파의 묘사가 계단과 다락에 대한 나의 지금까지의 흥미를 잃어버리게 했습니다" 하고 그는 말했다.

"요르크 가를 빙 둘러서 이리로 왔습니다만 당신을 성가시게 구는 것을 사실은 스스로 책망하고 있습니다. 당신께서도 결국은 실직자이시니까요."

"실직하셨어요?" 코르넬리아가 조급하게 말했다. "정말이에요?"

노인은 젊은 부인께서는 이미 아시는 줄 알았다고 거추장스럽게 사과를 했다.

"오늘 아침에 파면당했어" 하고는 파비안은 코르넬리아의 팔을 놓았다.

"퇴직금으로 이백칠십 마르크를 손에 쥐어주더군. 방세를 미리 내고 나면 백구십 마르크밖에 안 남아. 어제 같으면 웃어버릴 수 있었겠지만."

그들은 노인을 소파에 눕히고, 그가 자기의 신비한 기계를 계산해 보겠다기에 전등을 옆에 갖다주고 나서 안녕히 주무시라고 인사하고 코르넬리아의 방으로 갔다. 파비안은 샌드위치 한두 개를 갖다주기 위해서 또 한 번 손님에게로 갔다.

"기침하지 않겠다고 약속합니다" 하고 노인이 속삭였다.

"여기서는 기침을 해도 괜찮습니다. 옆방에 사는 양반은 전혀 다른 종류의 오락을 취하고 있는데, 그 때문에 전에는 하숙을 칠 필요가 없었다는 집주인 할머니 홀펠트 부인이 침대에서 떨어지는 일은 없으니까요. 그런데 내일 아침에 어떻게 해야 좋을는지 나도 모르겠습니다. 주인 할머니는 자기의 가구를 예쁘다고 생각하고 있기 때문에 낯 모르는 사람이 밤새 자기의 소파에서 노숙했었다는 것을 안다면 몹시 성낼 것입니다. 안녕히 주무십시오. 내일 아침 일찍 깨워드리겠습니다. 그때까지 무슨 좋은 생각이 떠오를 것입니다."

"안녕히 주무시오, 젊은 친구!" 하고 노인은 말하고는 자기의 소중한 문서를 호주머니에서 꺼냈다.

"약혼자께도 인사 잘 여쭈어주십시오."

코르넬리아가 그 말을 듣고 아주 행복한 얼굴을 했기에 파비안은 의아하게 생각했을 정도였다. 한 시간 후에 그들은 엄격하게 할당해 놓았던 식사를 벌써 다 먹고 말았다.

"아! 산다는 것은 아름다워요!" 그 여자는 말했다. "성실에 대해서 어떻게 생각하세요?"

"그런 큰 말을 하기 전에 우선 삼켜 넘기기나 해!"

그는 무릎을 팔로 싸고 앉아서 밑에 길게 누워 있는 여자를 내려다보고 있었다.

"내 생각으로는 나는 다만 성실의 기회만 기다리고 있어. 그런데 어제까지 나는 그 기회가 나에게는 올 수 없다고 생각했지."

"그 말은 사랑의 고백 아니에요?" 그 여자가 낮은 목소리로 말했다.

"당신이 지금 울기 시작한다면 엉덩이를 때릴 테야." 그가 말했다.

그 여자는 침대에서 굴러나와서 짧은 분홍색 팬티를 입고 파비안 앞에 섰다. 그 여자는 눈물이 글썽글썽한 채 미소를 지었다.

"나는 큰소리로 울겠어요." 그 여자는 중얼거렸다.

"자, 약속을 이행하세요" 하고 그 여자는 허리를 굽혔다. 그는 그 여자를 침대 위로 데리고 갔다. 그 여자는 말했다.

"사랑하는 파비안! 조금도 걱정하지 마세요."

12

옷장 속의 발명가
일하지 않는 것은 수치다
어머니가 초청 공연을 베풀었다

그가 다음날 아침에 발명가를 깨우려고 했더니, 노인은 벌써 일어
나서 세수도 하고 옷도 입고 책상 앞에 앉아서 계산을 하고 있었다.

"안녕히 주무셨습니까?"

노인은 몹시 유쾌한 기분으로 그의 손을 잡고 흔들었다.

"본래가 침대 같은 소파더군요" 하면서 그는 소파의 갈색 나무를
마치 말의 등을 쓰다듬듯이 쓰다듬었다.

"이제는 꺼져야 합니까?"

"내가 제안하겠는데요." 파비안이 말했다.

"내가 목욕하는 동안에 주인 할머니가 아침 식사를 방에 가져오는
데, 그때 당신이 보이면 큰일납니다. 할머니가 나가고 나면 당신은 대
환영입니다. 몇 시간 더 계셔도 좋습니다. 그런데 내가 같이 있어드릴
수는 없습니다. 일거리를 찾으러 나가야 하니까요."

"괜찮습니다." 노인이 말했다. "허락하신다면 책을 보고 있겠습니다. 그런데 당신이 목욕하시는 동안에 어디에 가 있어야 하는지요?"

"옷장이 어떨까요?" 파비안이 말했다.

"옷장은 여태까지는 간통 유희의 특권이었지만 우리가 한번 전통을 깨뜨려보십시다. 내 제안이 불쾌하지는 않으십니까?"

발명가는 옷장을 열고, 회의적인 표정을 짓고 그 속을 들여다보았다.

"목욕은 늘 오래 하시곤 하나요?"

파비안은 그를 안심시키고 그가 가진 두번째 양복이 들어 있는 것을 한편으로 밀고 손님을 그 속에 들어가게 했다. 노인은 망토를 걸치고 모자를 쓰고 우산을 팔에 걸고 옷장 속으로 기어들어갔다. 옷장이 삐거덕거렸다.

"주인 할머니가 나를 이 속에서 발견한다면 어떻게 되지요?"

"그러면 내가 다음달 초하루에 이 집을 나가겠습니다."

발명가는 우산을 지팡이로 삼고 서서 고개를 끄덕였다.

"이제는 목욕탕 속으로 사라지십시오!"

파비안은 옷장을 잠그고 열쇠를 빼서 조심스럽게 들고 복도를 향해서 소리질렀다.

"홀펠트 부인, 아침 식사 갖다주세요!"

그가 목욕탕에 들어갔더니, 전신에 비누칠을 한 코르넬리아가 벌써 들어와 있다가 그를 보고 웃었다.

"등을 밀어주셔야 해요." 그 여자는 작은 목소리로 말했다. "내 팔은 지독히 짧아요."

"몸을 청결하게 하는 것이 오늘은 하나의 즐거움으로 변했어."

파비안은 새삼스러운 발견을 말하고 그 여자의 등에 비누칠을 했다. 나중에는 그 여자가 그의 등에 비누칠을 해주었다. 마지막에는 둘이 다 물 속에 들어가서는 마주 앉아서 물장난을 했다.

"망측하군" 하고 그가 말했다.

"지금 내 옷장 속에서는 발명왕이 해방을 고대하고 있는데 빨리 나가야겠어."

그들은 목욕탕에서 나와 서로가 살이 아플 정도로 타월로 닦아주고는 헤어졌다.

"그럼 오늘 밤까지." 그 여자가 속삭였다. 그들은 키스했다.

그는 그 여자에게 키스했다. 그는 그 여자의 눈과, 입과, 목과, 또 몸의 전부와 작별 키스를 했다. 그리고 그는 자기 방으로 달려갔다. 아침 식사는 이미 차려져 있었다. 그는 옷장 문을 열었다. 노인은 뻣뻣해진 다리로 옷장에서 나와 여태까지 못했던 것을 한몫에 하려는 듯이 오랫동안 기침을 했다.

"자, 이제는 희극 제2부로 들어갑니다." 파비안이 말하고는 복도로 가서 현관 문을 열었다가 다시 닫았다. 그러고는 큰 소리로 말했다.

"이게 웬일입니까, 아저씨? 나를 다 찾아오시다니! 어서 들어오십시오!" 그는 상상의 인물을 반가운 인사로 맞이하면서 방으로 데려오고 나서는 의아한 얼굴을 하고 있는 발명가에게 말했다.

"자, 이제는 정식으로 내 방에 들어오셨습니다. 어서 앉으십시오. 여기에 찻잔이 또 하나 있습니다."

"게다가 나는 당신의 아저씨까지 됩니다그려."

"일가친척 관계는 집주인 아주머니들에게 언제나 진통제의 역할을 합니다" 하고 파비안은 설명했다.

"이 커피는 맛이 좋군요. 빵을 하나 먹어도 될까요?"

노인은 옷장 일을 잊어버리기 시작했다.

"내가 금치산자가 아니었다면 당신을 내 일반 상속인으로 결정할 터인데, 조카님"이라고 말하면서 그는 매우 열심히 먹었다.

"당신의 가상적 제안은 저에게 영광입니다" 하고 말하고, 파비안은 새 아저씨의 간청에 못 이겨서 커피잔을 서로 부딪치고, "프로스트 〔건배〕!"를 외쳤다.

"나는 생을 사랑하오" 하고 노인은 고백하고, 거의 무안한 얼굴을 했다.

"가난해지고 난 후에 나는 생을 정말로 사랑할 줄 알게 되었어요. 때때로 나는 어찌나 기쁜지 공원 안에 부는 바람이나 햇살을 깨물어 먹고 싶을 정도입니다. 왜 그런지 아십니까? 내가 자주 죽음을 생각하기 때문입니다. 오늘날에 누가 죽음을 생각해 봅니까? 아무도 생각지 않습니다. 누구나가 죽음을 마치 기차 충돌이나 기타의 뜻밖의 사고처럼 갑자기 달려오도록 내버려둡니다. 오늘날의 인간은 그처럼 어리석어졌습니다. 나는 매일 죽음에 대해서 생각합니다. 왜냐하면 죽음은 언제나 우리를 부를 수 있으니까요. 내가 매일 죽음을 생각하는 까닭에 나는 삶을 사랑할 수 있습니다. 이것은 멋진 발명입니다. 발명에 관해서는 나는 전문가적 지식을 가지고 있으니까요."

"그리고 인간에 관해서는?"

"지구는 옴병을 가지고 있습니다." 노인이 투덜거렸다.

"삶을 사랑하면서 동시에 인간을 경멸한다는 것은 —— 좋게 끝마치기는 힘든데요" 하고 파비안은 말하면서 일어났다.

아직도 커피를 마시고 있는 손님을 남겨두고 그는 홀펠트 부인에게 아저씨를 방해하지 말라고 부탁하고는 자기 구역에 속해 있는 노동부에 갔다.

두 시간이나 걸려서 세 명의 관리와 얘기를 끝마친 후에 파비안은 그가 잘못 찾아왔다는 것을 알았다. 사무원들만 특별히 취급하는 서부의 지부로 가야 한다는 것이었다. 그는 버스를 타고 비텐베르크 광장으로 가서 가르쳐준 집을 찾았으나, 그는 잘못 안내를 받았다는 것을 알게 되었다. 왜냐하면 그는 한떼의 실직한 간호부들과 유치원 교사들, 속기 타이피스트들의 한복판에 들어가서 유일한 남성으로서 몹시 큰 주의를 끌었기 때문이다.

그는 그곳에서 길로 나와 몇백 미터쯤 떨어진 곳에서 마치 소비조합의 가게처럼 보이는 집을 보았는데, 그것이 바로 지금 그가 가입할 지부였다. 계산대 뒤에는 직원이 한 사람 앉아 있었고, 그 앞에는 실직한 사무원들이 긴 줄을 짓고 서서 한 사람씩 차례로 도장첩을 내놓고는 감독 도장을 찍었다.

파비안은 이 실직자들이 너무나 옷을 말쑥하게 입은 것에 놀라지 않을 수 없었다. 우아하다고까지 말할 수 있는 사람도 여럿 있었다. 누가 그들을 쿠르퓌어스텐담 거리에서 만난다면 누구나 그들을 자발적인 게으름뱅이로 볼 것이었다. 이 사람들은 추측건대 매일 아침 여기까지 도장을 받으러 오는 길에 점잖은 상점가를 지나오면서 구경하는 것 같았다. 쇼윈도 앞에 서서 보는 것은 아직도 무료였고, 그들이 살 수 없어서 안 사는지, 또는 다만 사기 싫어서 안 사는지를 누가 알 수 있단 말인가? 그들은 축제용의 좋은 옷을 입고 있었는데, 그것은 이치에 닿는 일이었다. 그들보다 더 많은 축제일을 가진 사람이 어디에 있는가?

엄숙하고 점잖게 그들은 줄을 짓고 서서 도장첩을 다시 받을 때까지 기다렸다. 그리고, 그들은 마치 치과 병원에서 나오듯이 그 집에서 나왔다. 때때로 관리는 그들을 욕했고 어떤 때는 수첩을 한 개 치워놓았다. 그러면 그 수첩을 조수가 옆방으로 가져갔다. 그곳에서는 조사관이 엄숙히 앉아서 불성실한 방문자에게 설교했다. 때때로 문지기가 방에 들어와서 이름을 불렀다. 파비안은 벽에 붙여져 있는 인쇄물을 읽었다. 팔에 완장을 하는 것은 금지되어 있었다. 전차를 갈아타는 표를 첫번 소유자로부터 인수해서 사용하는 것은 금지되어 있었다. 정치 토론을 끄집어내거나 그것에 참여하는 것은 금지되어 있었다. 30페니히로 지극히 영양가 높은 점심을 먹을 수 있다는 것을 알려주고 있었다. 이름의 어떤 첫글자는 감독 날짜가 연기되었다는 것을 알리고 있었다. 어떤 직업 분야의 증명서 주소와 통지 시간이 변경되었다는 것을 알리고 있었다. 통지하고 있었다. 금지하고 있었다. 사무실에는 점점 사람이 줄었다. 파비안은 직원에게 자기의 서류를 제시했다. 직원은 파비안에게 여기서는 선전원을 취급하지 않는다고 하면서 자유 직업과 학자와 예술가를 취급하고 있는 곳에 가보라고 권하고 주소를 알려주었다.

파비안은 버스를 타고 알렉산더 광장으로 갔다. 거의 점심때였다. 파비안은 새 지부에서 매우 다채로운 사람들 사이에 끼게 되었다. 얼

147

핏 보기에 의사, 법관, 기사, 외교관, 음악 선생…… 등으로 보이는 사람들이었다.

"나는 지금 '위험 보호'에 있습니다" 하고 작은 신사가 말했다.

"나는 이십사 마르크 오십 페니히를 받고 있습니다. 내 가족의 일인당 수입은 일 주일에 이 마르크 칠 페니히입니다. 늘 있는 나의 자유시간에 자세히 계산해 보았습니다. 이렇게 그대로 가다가는 도둑질이라도 해야 할 것 같습니다."

"도둑질이 쉬운 줄 아십니까?" 그 옆에 있던 근시안의 청년이 말했다.

"도둑질이라도 배웠어야 합니다. 나는 일 년 간 감옥소에 있었습니다. 좀더 나은 환경도 있는 것입니다."

"아무래도 매일반입니다. 적어도 이전에는." 작은 남자가 흥분해서 선언했다.

"내 아내는 아이들이 학교에 가져갈 빵 한 쪽도 없어서 쩔쩔매고 있습니다. 그걸 더 이상 오랫동안 보고 있을 수는 없습니다."

"도둑질에 무슨 의미가 있기나 한 것같이" 하고 키가 크고 어깨가 넓은 남자가 창가에 기대어 서서 말했다.

"소시민이 먹을 것이 없어지면 곧 룸펜 프롤레타리아로 옮아가려고 합니다. 왜 좀더 계급을 의식하고 사고하지를 못하십니까? 작은 추악한 친구여! 당신이 어디에 속해 있다는 것을 아직도 인식하지 못하고 있습니까? 정치 혁명의 준비를 도우십시오!"

"그때까지 내 아이는 굶어 죽을 것입니다."

"당신이 도둑질을 하다 잡히게 되면 당신의 소중한 애기님들은 더 속히 굶어 죽을 것입니다." 창가에 서 있는 남자가 말했다. 근시안의 청년은 웃으면서 사죄하듯이 어깨를 흔들었다.

"내 신발 바닥은 완전히 닳았습니다." 작은 신사가 말했다.

"매일 여기에 오면 내 신발은 일 주일이면 닳아버리고, 나에게 전차를 탈 돈은 없습니다."

"'빈민 구제'에서 신발 바닥을 받지 못하십니까?" 근시안이 물었다.

"내 발은 아주 예민합니다." 작은 신사가 대답했다.

"목을 매다십시오!" 하고 창가에 선 남자가 말했다.

"그는 목도 똑같이 예민합니다" 하고 파비안이 말했다.

청년은 몇 개의 동전을 책상 위에 펴놓고 자기의 전 재산을 세고 있었다.

"내 돈의 절반은 규칙적으로 구직서를 쓰는 데 달아나버립니다. 우표가 필요합니다. 발신 우표가 필요합니다. 나는 서류를 일 주일에 스무 번이나 써야 하고 증명해 받아야 합니다. 아무도 서류를 다시 돌려주지는 않습니다. 대답조차도 못 받습니다. 아마 사무실 직원들이 내 발신 우표를 우표 수집을 위해서 보관해 두는 것 같습니다."

"그렇지만 관공서에서는 그들이 할 수 있는 것을 하고 있습니다" 하고 창가의 남자가 말했다.

"그 중에서도 특히 실직자를 위해서 무료 스케치 강습소를 만들었습니다. 그건 아주 잘한 일입니다. 여러분, 첫째로 우리는 거기서 사과와 비프스테이크 그리는 법을 배우고 둘째로 그것을 먹으면 배가 부릅니다. 이게 바로 식량으로서의 예술 교육이라는 것이지요."

온갖 유머를 이해 못하게 태어난 듯한 작은 신사는 근심스럽게 말했다.

"그것도 아무 소용 없습니다. 나는 다름아닌 화가니까요."

그때 직원이 대합실을 지나갔다. 조심성이 생긴 파비안은 그가 여기서 처리될 가망이 있는가를 물었다. 그는 노동부에서 만든 증명서를 보자고 하더니, "아직 등록하지 않으셨다고요? 그럼 그걸 미리 하셔야 합니다" 하고 말했다.

"내가 다섯 시간 전에 이 순회를 개시했던 곳으로 그럼 다시 가야겠군요." 파비안이 말했으나 직원은 이미 가버리고 없었다.

"태도는 친절하지만 그들이 알려주는 말이 언제나 맞는다고는 아무도 장담할 수 없습니다." 청년이 말했다.

파비안은 버스를 타고 자기 구역의 노동부로 갔다. 그는 이미 1마르크의 교통비를 썼기 때문에 화가 나는 나머지 창 밖도 내다보지 않았다.

그가 도착하니 노동부는 문이 닫혀 있었다.

"증명서를 보여주십시오." 문지기가 말했다. "혹시 내가 도와드릴 수 있을지도 모르니까요."

파비안은 그 성실한 사람에게 종이 뭉치를 보였다. 문지기는 자세히 들여다보고 나더니, "아, 당신은 무직이 아니시군요" 하고 말했다.

파비안은 자동차가 들어오게 하기 위해 청동으로 만든 이정표 위에 앉았다.

"당신은 월말까지는 말하자면 월급 받는 휴가를 취하는 셈입니다. 당신은 회사에서 돈을 받으셨습니까?"

파비안은 고개를 끄덕였다.

"그럼 이 주일 후에 다시 와보십시오." 문지기가 제안했다.

"그때는 구직원서를 써볼 수 있지 않습니까? 신문에 나와 있는 구직 광고를 읽어보십시오. 별로 효과는 없다고들 합니다만."

"잘 해보슈!" 하고 파비안은 말하고, 빵을 몇 개 먹기 위해서 동물원으로 들어갔다. 그러나 그는 빵을 노이엔 호 속에서 새끼와 같이 헤엄치고 있는 백조에게 주고 말았다.

저녁 때쯤 그가 집에 돌아왔을 때 그는 어머니가 와 있는 것을 발견했다. 어머니는 소파에 앉아서 읽던 책을 옆으로 밀고 말했다.

"놀랐지? 얘야."

그들은 포옹했다. 어머니는 계속해서 말했다.

"네가 뭘 하고 있는지 보려고 왔단다. 집에서는 아버지가 내가 없는 동안에 가게엔 아무도 오지 못하게 관리하신단다. 네가 어떻게 있나 걱정되었단다. 내 편지에 답장을 하지 않았으니까. 너는 나에게 열흘이나 편지를 안 했지. 걱정이 되어서 어떻게 할 수가 있어야지, 야콥아."

그는 어머니 곁에 앉아서 손을 쓰다듬으며 잘 지내고 있다고 말했다.

어머니는 그를 유심히 바라보았다.

"내가 오지 말아야 할 때 온 게 아니냐?"

그는 고개를 흔들었다.

"옷장 속에 속옷을 정리해서 넣어두었다. 네 집주인은 청소나 한번 하는 거냐? 아직도 청소하기에는 너무 거룩하시대냐? 내가 뭘 가져왔는지 아니?"

어머니는 바스켓을 열고 종이로 싼 것을 책상 위에 놓았다. '순대'라고 어머니는 말했다.

"너도 아는 브라이텐 가에서 산 거야. 오백 그램이다. 찬 커틀렛. 이 집에서는 부엌을 쓸 수 없어서 유감이다. 내가 구워주고 싶은데…… . 살라미 소시지 절반. 마르타 이모가 너에게 안부 전하라고 하더라. 어제 이모네 마당에 갔었다. 이건 가게의 비누 몇 개다. 장사가 그렇게 잘 안 되지만 않으면 좋으련만…… . 내 생각으로는 사람들은 몸을 씻지 않는 것 같다. 여기에 넥타이도 하나 있다. 마음에 드니?"

"어머니는 너무 착하세요." 파비안이 말했다. "그렇지만 나 때문에 그렇게 돈을 많이 쓰면 안 돼요."

"원 별 말을 다 하네" 하면서 어머니는 음식물을 접시에 담았다.

"주인 양반이 차나 좀 끓여다 줬으면 좋겠구나. 벌써 그 할머니한테는 내가 내일 갈 예정이라는 것을 말해 놓았다. 나는 기차를 타고 왔단다. 시간이 아주 빨리 지나가더라. 한 아이가 내 찻간에 있어서 우리는 많이 웃었어. 네 심장은 요새 어떠니? 담배를 너무 피우는 것 같구나. 여기저기 담배 꽁초가 놓여 있으니!"

파비안은 어머니를 바라보았다. 어머니는 감동한 나머지 마치 순경처럼 서성거리고 있었다.

"내가 기숙 학생 때 어머니가 편찮으셨지요? 그래서 내가 훈련장을 지나서 저녁 때 어머니가 좀 나으셨나를 보기 위해 뛰어갔던 일이 어제 생각났어요. 어떤 때 어머니는 앞에 의자를 한 개 놓으시고 거기 기대고 문을 열어주셨죠. 그렇지 않으면 열지를 못하셨다는 것을 나는

152

알고 있어요."

"어미 때문에 넌 많은 고생을 했지" 하고 어머니는 말했다. "좀더 자주 만나야 할 텐데. 공장은 어떠니?"

"내가 현상문을 썼는데, 그걸로 삼십오만 마르크는 벌 수 있을 거예요!"

"그런데 너에게는 한 달에 이백칠십 마르크를 주다니, 이 깡패들!"

어머니는 분격했다. 그때 노크 소리가 나더니 홀펠트 부인이 차를 가져오고 쟁반을 책상 위에 놓고는 말했다.

"당신 아저씨가 또 왔어요."

"네 아저씨라니?" 어머니가 놀라서 물었다.

"나도 이상하다고 생각했어요" 하고 주인 아주머니가 말했다.

"그 때문에 무슨 탈이나 안 나셨으면 다행입니다." 파비안이 대답했고, 홀펠트 부인은 성이 나서 나갔다. 파비안은 발명가를 방으로 데려와서 말했다.

"어머니, 이 분은 내 옛날 친구입니다. 그는 어젯밤에 이 소파에서 잤고, 나는 소속을 생략하기 위해서 이분을 아저씨라고 불렀습니다." 그는 발명가를 보고 "이 분은 내 어머니입니다. 아저씨. 이 세상에서 가장 선량한 분입니다. 앉으십시오. 오늘은 물론 소파에서 주무실 수는 없게 되었습니다만…… 맘에 있으시거든 내일 초대를 했으면 싶습니다" 하고 말했다.

노인은 의자에 앉고서 기침을 하더니 우산 꼭지에 모자를 씌우고는 파비안에게 한 개의 봉투를 집어주었다.

"이걸 어서 넣어두십시오." 그는 말했다.

"이게 내 기계입니다. 사람들이 나를 쫓아오고 있습니다. 내 가족들이 나를 또 한번 정신병원에 넣으려고 하고 있습니다. 아마 내 스케치를 빼앗아 돈을 만들려고 그러는 것 같습니다."

파비안은 그 봉투를 집어넣었다.

"당신을 정신병원에 넣으려고 합니까?"

"나도 거기엔 반대하지 않습니다." 노인이 말했다.

"정원이 훌륭하고 담당 의사 자신도 조금 돈 사람으로 장기를 썩잘 두는 좋은 친구입니다. 나는 벌써 두 번이나 거기에 갔습니다. 너무 싱겁게 느껴지면 도망 나옵니다. 용서하십시오, 부인."

그는 어머니에게 말했다.

"이런 때 찾아와서 죄송합니다. 사람들이 잡아가더라도 놀라지 마십시오. 곧 종소리가 날 것입니다. 나는 준비가 다 됐습니다. 내 서류는 잘 보관되어 있고……. 그런데 나는 정신병자는 아닙니다. 다만 나의 존경하는 가족들에게는 내가 너무 이상적일 뿐입니다. 베르게도르프 요양원에 몇 줄 편지를 보내주십시오."

종소리가 났다.

"벌써 왔군." 노인이 말했다.

홀펠트 부인이 두 사람을 방에 들여보냈다.

"방해해서 죄송합니다." 한 사람이 말하면서 절을 했다.

"제가 전권 위임을 받아, 당신에게서 콜레프 교수를 격리해 모시고 가도록 하겠습니다. 당신도 찬성하시겠지요. 밑에 자동차가 기다리고 있습니다."

"웬 구구한 말씀을 하십니까? 위생 고문관 귀하. 당신은 좀 마르셨군요. 나는 어제부터 벌써 당신들이 나를 따라오고 있는 것을 알았습니다. 안녕하셨소, 윙클러? 당신 차에 또 한번 들어가십시다. 내 사랑하는 가족은 어떻게 지냅니까?"

노인은 옷장으로 가더니 문을 열고 속을 들여다보고 다시 닫았다. 그러고는 파비안에게 와서 손을 잡았다.

"매우 고맙습니다." 그는 문으로 걸어갔다.

"당신은 좋은 아들을 두셨습니다" 하고 그는 노부인에게 말했다. "아무나 자기 아들에 관해서 그렇게 말할 수 없을 것입니다."

그러고는 그는 방을 나갔다. 의사와 간수가 그를 따랐다. 파비안과 어머니는 창 밖을 내다보았다. 자동차가 문 앞에 서 있었다. 운전수가 늙은 발명가에게 여름 외투를 입혀주었다. 망토는 사라졌다.

"이상한 사람이구나!" 어머니가 말했다.

"그렇지만 미치지는 않은 사람 같다."

자동차는 떠나갔다.

"그이가 도대체 왜 옷장 속을 들여다보았니?"

"아침에 내가 그 사람을 옷장 속에다 가두었었거든요. 주인 아주머니가 못 보게……."

어머니는 차를 따랐다.

"그렇지만 생전 알지 못하는 사람을 여기서 재운다는 것은 경솔한 짓이다. 무슨 일이 그리 성급하냐! 옷장 속에 있는 옷을 그 분이 더럽히지나 않았으면 좋으련만."

파비안은 정신병원의 주소를 봉투 위에 적어 서랍에 넣고 열쇠를 잠갔다. 그러고 나서 그들은 식사를 위해 테이블에 앉았다.

저녁을 먹은 후에 그는 말했다.

"자, 어서 옷을 입으세요. 영화관에 가시죠."

어머니가 옷을 입는 동안에 그는 코르넬리아를 방문하고 어머니가 와 있다는 것을 말했다. 코르넬리아는 피로한지 벌써 침대에 누워 있었다.

"당신이 영화관에서 오실 때까지 자고 있겠어요." 여자는 말했다. "나한테 한번 더 오시겠어요?"

그는 약속했다.

파비안과 어머니가 본 토키 영화는 이차원적인 거지 같은 연극이었다. 그러나 조금도 아끼지 않고 만들어져서 사치의 온갖 한계를 초월하고 있었다. 물론 풍기상 그런 것은 보여주지 않고 있었으나 마치 침대 밑에는 황금으로 만들어진 요강이 있을 것 같은 인상이었다. 어머니는 자주 웃었고 그것이 어찌나 기뻤던지 파비안도 같이 웃었다.

그들은 걸어서 집으로 왔다. 어머니는 유쾌한 표정을 짓고 있었다.

"옛날에 내가 지금만큼만 건강했다면 너는 좀 낫게 지냈을 것인데" 하고 어머니는 한참 있다가 말했다.

"그런대로 괜찮았어요." 그가 말했다. "또 지나간 일이고……."

집에 와서 그들은 누가 소파에서 자고 누가 침대에서 자느냐에 대해서 약간 싸웠으나 파비안이 이겼다. 어머니가 소파에 잠자리를 만들어주었다. 그는 우선 옆방에 갔다 와야겠다고 말했다.

"그 방에는 저하고 친한 젊은 여자가 살고 있어요." 그는 말했다. 그리고 그는 만일의 경우를 위해서 어머니에게 잠자기 전의 키스를 하고 가만히 문을 열었다.

1분 후에 그는 다시 돌아왔다.

"그 여자는 벌써 자고 있어요." 그는 속삭이고 소파 위에 올랐다.

"전 같으면 그런 일은 있을 수 없는 것인데" 하고 어머니가 말했다.

그는 "그 여자의 어머니도 그런 말을 했대요" 하고는 벽을 향해서 돌아누웠다. 잠들기 바로 전에 갑자기 그는 또 한번 일어나서 어두운 방 안을 더듬어 가서 침대 위에 고개를 숙이고 말했다.

"안녕히 주무세요, 엄마."

"너도." 어머니는 말하고 눈을 떴다. 그러나 그는 그것을 볼 수 없었다. 어둠 속을 더듬어서 그는 다시 소파로 갔다.

13

백화점과 아르투르 쇼펜하우어

남창(男娼) 매음굴

두 개의 20마르크짜리

다음날 아침에 어머니가 그를 깨웠다.

"일어나거라, 야콥아! 회사에 지각하겠다!"

그는 재빨리 일어나서 세수를 하고 커피를 선 채로 마시고는 작별 인사를 했다.

"네가 없는 동안에 방 정리를 좀 해야겠다" 하고 어머니가 말했다.

"어디든지 먼지투성이구나! 외투걸이는 찢어졌더라. 밖이 더우니까 외투 없이 가거라."

파비안은 문에 서서 어머니가 서성거리는 것을 보았다. 어머니의 세심함과 질서에 대한 사랑에서 나온 근면은 고향을 생각 나게 했다. 방 안은 그것으로 꽉 찼고 그는 갑자기 집을 생각했다.

"오 분 간이라도 그냥 앉아서 손을 무릎 위에 놓고 계실 수는 없습니까?" 그는 말했다.

"내가 지금 할 일이 없으면 더 좋지 않을까요? 우리는 동물원에 갈 수 있을 겁니다. 또는 수족관에, 또는 우리 집에 그냥 있을 수도 있습니다. 그리고 어머니는 나에게 내가 어렸을 때 얼마나 우스웠는가를 얘기해 주실 수 있습니다. 내가 침대를 바늘로 찔러서 완전히 망쳐놓고는 어머니의 손목을 끌고 가서 그 아름다운 그림을 보여주었던 일, 또는 어머니의 생일에 내가 흰빛과 검은빛의 종이 오리 새끼와 한 다스의 바늘과 호크를 선사한 일 같은 것을요."

"그리고 곤충 핀과 흰빛과 검은빛의 명주실을 주었었지. 아직도 오늘 일같이 생각이 난다." 어머니는 말하면서 그의 웃옷을 반듯이 쓸었다. "옷을 다려야겠구나."

"그리고 마누라도 있어야겠고 일곱 명의 토끼같이 생긴 아이들도 있어야겠고" 하고 그가 현명하게 미리 말했다.

"일터에 가거라!" 어머니는 말하고 주먹을 허리에 대었다.

"일하는 것은 몸에 좋단다. 오후에 회사에 마중 가겠다. 문간에서 기다릴게. 그러고는 네가 나를 정거장까지 바래다주어야 해."

"어머니가 하룻밤에 안 계신다는 것은 너무 섭섭한데요!" 하고 말하면서 그는 다시 한번 돌아왔다.

어머니는 그를 보지 않았다. 소파를 청소하는 중이었기 때문이다.

"집에 그냥 더 있을 수가 없었단다." 어머니가 중얼거렸다.

"그렇지만 이제는 또 견딜 수 있을 거야. 그런데 너는 좀더 많이 자야겠더라. 그리고 사는 것을 너무 어렵게 생각하지 말아라. 그렇다고 해서 쉬워지지는 않으니까."

"이젠 가야겠어요. 안 그러면 지각할 테니까요." 그는 말했다.

어머니는 유리창으로 그를 내다보고 고개를 끄덕였다. 그는 손짓을 하며 웃어 보이고는 집이 안 보일 때까지 빨리 뛰어갔다. 그러고 나서는 걸음을 늦추고 이윽고는 멈춰 섰다. 참 재미난 숨바꼭질을 그는 어머니와 하고 있는 것이다. 아무 할 일이 없는데도 달려가고 있는 것이다. 그리고 어머니를 낯선 추악한 방에 혼자 내버려두고 있는 것이다. 어머니가 그와 함께 있는 한 시간과 어머니의 일생에서의 일 년을 기쁘게 바꾸리라는 것을 알고 있었음에도 불구하고!……. 오후에 어머니가 그를 마중온다고 했으니 그는 또 희극을 연출해 보여야만 했다. 그가 파면당한 것을 어머니에게 알려서는 안 되기 때문이다. 그가 지금 입고 있는 옷이 그가 자기 돈으로 산 유일한 옷이었다. 일생 동안 어머니는 그를 위해 애쓰고 절약했던 것이다. 그것이 결코 끝나지 않아야 한단 말인가?

비가 오기 시작했기 때문에 그는 서쪽의 백화점을 산보하기로 했다. 돈도 안 가진 사람에게 구경거리를 제공해 주는 것이 결코 백화점이 의도하는 바는 아니었지만……. 그는 여점원이 매우 익숙하게 치고 있는 피아노 소리를 들었다. 식료품부에서는 아마 태아 때의 기억이 근거가 되어서인지 어렸을 때부터 그가 참을 수 없이 싫어하는 생선 냄새가 그를 쫓아내었다. 가구가 있는 층계에서는 한 청년이 한사코 그에게 옷장을 팔려고 했다. 옷장은 값이 싸고, 이 기회는 다시 올 수 없다는 것이었다. 파비안은 그 끔찍한 추측을 피해서 서적부로 갔다.

그는 헌책이 놓인 책꽂이에서 쇼펜하우어 선집을 꺼내들었다. 그는 뒤적거리다가 숙독했다. 인도의 고대 종교의 힘을 빌려서 유럽을 숭고

160

화하려는 이 인류의 착란된 아저씨의 제안은 그것이 19세기의 철학자에게서 나오거나 20세기의 국민 경제학자의 입에서 나오거나를 막론하고 온갖 적극적 제안이 그렇듯이 술주정에 불과했으나, 그 점을 제외하고는 이 노인은 따를 사람이 없게 우수했다. 파비안은 유형학적 설명을 발견하고 읽었다.

'플라톤이 에우콜로스[Eukolos, 낙천적], 디스콜로스[Dyskolos, 염세적]라고 표현한 것은 바로 이 차이를 말함이다. 그와 같은 것을 우리는 여러 사람의 유쾌하고 또는 불쾌한 것에 관한 감수성에서도 볼 수가 있다. 즉 어떤 사람은 웃을 수 있는 일이 어떤 사람을 절망에 빠뜨릴 수가 있으며, 불쾌한 인상에 대한 감수성이 강하면 강한 만큼 유쾌한 인상에 대한 감수성은 약하고, 또 유쾌한 인상에 대한 감수성이 강하면 강할수록 불쾌한 인상에 대한 감수성은 약하다. 어떤 일이 행복하게 또는 불행하게 끝날 때, 디스콜로스는 불행한 결과에 성을 내고 통탄하지만 행복한 결과에는 기뻐하지 않는다. 또 에우콜로스는 그와 반대로 불행한 결과에는 성을 내거나 통탄하지 않지만 행복한 결과에는 기뻐한다. 디스콜로스는 열 개의 계획 중에 한 개가 실패로 돌아가면, 성공한 아홉 개에 대해서 기뻐하지는 않고 실패한 하나에 대해서 성을 낸다. 그와 반대로 에우콜로스는 그런 경우에 성공한 한 개로 스스로 위안하고 명랑해질 수가 있다.

그러나 보충점이 없는 해악은 드문 것이며, 따라서 여기서 디스콜로이[Dyskoloi, 염세가] 즉 보다 어둡고 보다 근심스러운 성격의 사람은 상상에 의한 것이 아닌 실제의 불행이나 고통을, 명랑하고 근심 없는 성격의 사람보다 훨씬 덜 당하게 된다. 왜냐하면 모든 것을 검게 보고 최악의 경우를 두려워하고 그것을 예방하고 있는 사람은, 모든 것을 명랑하게 보고 예측하는 사람보다 오산이 적을 것이기 때문이다.'

"무엇을 찾으세요?" 나이 많은 여점원이 물었다.

"무명 양말 없습니까?" 파비안이 물었다.

그 나이 많은 여점원은 불쾌한 얼굴로 파비안을 보고 말했다.

"일층에 있습니다."

파비안은 책을 놓고 계단을 내려왔다. 바로 그가 예의 인간의 두 성격을 병립시켰던 것을 보니 쇼펜하우어가 옳았던 것인가? 바로 그가 심리학 논문에서 쾌락에 대한 감각은 불쾌에 대한 정신적 최소량에 불과하다고 주장하지 않았던가? 그 글 속에서 그는 자기의 온갖 지식을 막론하고 디스콜로스의 관념을 완성하였던 것이 아닐까? 도자기와 사기 예술품부에는 사람이 잔뜩 모여 있었다. 파비안도 가보았다. 사는 사람과 파는 사람과 산보하는 사람들이 책가방을 메고 허름한 옷차림을 한 열 살쯤 되어 보이는 울고 있는 소녀를 에워싸고 서 있었다. 그 아이는 전신을 벌벌 떨면서 자기를 둘러싸고 서 있는 어른들의 추악하고 흥분된 얼굴을 무섭게 놀란 얼굴로 바라보고 있었다.

예술품부의 책임자가 왔다.

"무슨 일입니까?"

"이 뻔뻔스러운 것이 재떨이를 훔치는 것을 붙잡았어요." 어떤 올드 미스가 설명했다.

"여기 있어요!" 그 여자는 알록달록한 작은 접시를 높이 쳐들어서 책임자에게 보였다.

"지배인한테 가자!" 프록코트를 입은 남자가 말했다.

"요즘 애들이란!" 번지르르하게 차린 여편네가 말했다.

"지배인한테 가!" 여점원 한 명이 소리지르면서 그 소녀의 어깨를 잡았다. 그 아이는 몹시 울었다. 파비안은 사람들을 헤치고 들어갔다.

"당장에 아이를 놓아주십시오!"

"당신이 뭔데 그래요?" 부의 책임자가 말했다.

"남의 일에 참견을 하다니 웬 말이야?" 하고 누가 말했다.

파비안은 여점원의 손을 탁 때려서 그 여자가 아이를 잡고 있던 것을 놓치게 만들고는 아이를 옆으로 돌려세웠다.

"너는 왜 하필 재떨이를 집어가려고 했니?" 하고 그는 물었다.

"담배를 피우니?"

"나는 돈이 없어요." 소녀가 말했다. 그러고는 발 끝으로 서서 "오늘이 아빠 생일이에요" 하고 말했다.

"돈이 없다고 무작정 훔친다. 흥, 점점 아름다워지는데." 그 번지르르하게 차려입은 여편네가 말했다.

"영수증을 써주십시오." 파비안이 점원에게 말했다. "재떨이를 사겠습니다."

"그러나 이 아이는 벌을 받아야 합니다." 책임자가 말했다.

파비안은 그 남자에게로 가까이 가서 말했다.

"당신이 내 제안에 반대하시면 여기 있는 자기를 전부 때려 부숴버리겠소."

프록코트는 어깨를 추켜 보였고, 여점원이 영수증을 쓰고 재떨이를 가져갔다. 파비안은 계산대로 가서 돈을 지불하고 종이로 싼 재떨이를 받았다. 그리고 그는 그 아이를 문 밖에까지 바래다 주었다.

"자, 여기 네 재떨이가 있다." 파비안은 말했다.

"깨지지 않게 조심해라. 옛날에 한 소년이 있었는데 소년은 크리스마스 이브에 어머니한테 선물하려고 커다란 국냄비를 샀어. 바로 선물을 줄 때가 되었을 때 소년은 냄비를 손에 들고 반쯤 열린 문으로 나가려고 했지. 크리스마스 트리가 굉장하게 반짝이고 있었어. '어머니, 여기에……' 하고 그는 말하고는 '냄비가 있어요' 하고 말하려고 했었지. 그러나 큰소리가 나면서 냄비는 문에 부딪쳐서 깨어지고 말았어. '자, 어머니, 여기에 냄비의 손잡이가 있어요' 하고 소년은 말했지. 소년의 손에는 손잡이만이 남았기 때문이란다."

어린 소녀는 그를 쳐다보고 종이로 싼 재떨이를 두 손으로 꽉 쥐고는 말했다. "내 재떨이에는 손잡이도 없어요."

소녀는 절을 하고는 뛰어가 버렸다. 그러나 또 한번 돌아다보고 소리질렀다. "고맙습니다!" 그러고는 사라져버렸다.

파비안은 거리로 나갔다. 비는 멎었다. 그는 길에 서서 지나가는 자동차를 바라보고 있었다. 한 대의 자동차가 멎었다. 짐을 가득 들고 있는 노부인이 좌석에서 힘들게 일어나서 내려오려고 했다. 파비안은 차의 문을 열고 노부인이 내리는 것을 도와주고는 모자를 벗고 옆으로 비켜섰다.

"자!" 하고 누가 그의 옆에서 말했다. 그것은 그 노부인이었다. 그 여자는 그의 손에 무엇을 주고 고개를 끄덕여 보이고는 백화점으로 들어갔다. 파비안은 손을 펴보았다. 그것은 동전 한 닢이었다. 그는 본의 아니게 동전을 번 것이었다. 벌써부터 거지같이 보인다는 말인가?

그는 동전을 주머니에 넣고 인도 가장자리로 가서 다음 차의 문을 열어주었다.

"자!" 누가 말하고 또 동전을 주었다.

'이러다간 직업으로까지 발전하겠군' 하고 파비안은 생각했고, 15분 만에 75페니히를 벌었다. '지금 라부데가 지나가면서 자신이 이렇게 문을 열고 있는 것을 본다면……' 하고 그는 생각해 보았다. 그러나 그 생각은 그를 놀라게 하지 않았다. 다만 어머니와 코르넬리아만은 만나고 싶지 않았다.

"적선할까?" 하고 어떤 여자가 물으면서 그에게 좀 큰 돈을 주었다. 이레네 몰 부인이었다.

"너를 한참 동안 관찰했어." 그 여자는 악의를 갖고 웃었다.

"우리는 자주 만나는군. 요즘 살기가 그렇게 곤란해? 내 남편의 제안을 거절한 것은 너무 무분별했어. 열쇠도 갖고 있었어야 했고. 나는 너를 내 침대 속에서 다시 만날 것을 기대하고 있었어. 너의 주저가 내 욕망을 일으키고 있어. 자! 이 물건을 들고 가줘. 일삯은 벌써 주었으니까."

파비안은 그 짐을 들고 말없이 따라갔다.

"너를 도와줄까? 직장에서 쫓겨났지? 나는 원한을 품는 인간이 아니야. 몰은 이미 더 기대할 수 없어. 그는 배를 타고 프랑스엔가 어디에 가버렸으니까. 지금은 범죄 경찰이 우리 집에서 살고 있어. 몰은 그에게 맡겨진 남의 돈을 착복한 거야. 이미 오래전부터이지만 나는 그가 그런 짓을 할 수 있으리라고는 한번도 상상 못했어. 우리는 그를 과소 평가했었어."

"지금은 뭘 하고 계십니까?" 파비안이 물었다.

"나는 여관을 열었지. 큰 주택이 지금 싸니까……. 가구는 어떤 늙은 친구가…… 사귄 지는 얼마 안 되지만 친구가 늙었다는 뜻이야…… 선사했어. 그 대신 그의 문에는 들여다볼 수 있는 구멍이 몇 개 있을 뿐이야."

"그 환히 들여다보이는 여관에 누가 살고 있습니까?"

"젊은 청년들이 살아. 집과 식사가 무료야. 게다가 수입의 삼십 퍼센트를 받고."

"무슨 수입입니까?"

"나의 비기독교적 청년 단체는 상류 사회의 귀부인들의 정열적인 방문을 받고 있어. 그 부인들은 아름답지도 날씬하지도 않고 그들이 젊었을 때가 있었다는 것은 누구도 믿을 수 없을 정도야. 그러나 그들은 돈을 가졌거든. 내가 얼마를 요구해도 그들은 지불하니까. 그 전에 남편을 죽이거나 도둑질해야 하더라도 그들은 오고야 말아. 그래서 내 하숙인들은 돈벌이를 하고 가구상을 구경하고 귀부인들은 정열을 쏟고 있지. 세 청년은 이미 팔려갔어. 그들은 상당한 생활비와 집과 몰래 다른 어린 여자들을 가지고 살고 있어. 그 중의 한 명인 헝가리 청년은 어떤 실업가 부인에게 팔렸는데, 그는 왕자같이 살고 있지. 그가 똑똑하다면 일 년 이내 한 재산을 만들고 그 늙은 꼴불견과 헤어질 수 있을 거야."

"그럼 남창 매음굴이로군요." 파비안이 말했다.

"그런 집이 요즘은 창녀굴보다 훨씬 더 잘 될 가망이 있지." 이레네 몰이 말했다.

"그뿐 아니라 나는 소녀 때부터 그런 기업체를 소유할 것을 꿈꾸고 있었어. 나는 아주 만족하고 있어. 나는 돈을 가졌고 또 이 사업을 위해서 거의 매일같이 새 사람을 채용하는데 그들은 하숙인이 되기 위해서 나한테 직접 입회 시험을 치러야 해. 나는 아무나 택하지 않으니까! 앞으론 특급반을 만들어야 할 거야."

그들은 걸음을 멈추었다.

"이젠 다 왔어."

그 여관은 커다랗고 우아한 셋집이었다.

"너한테 제안하겠는데, 하숙인으로서는 너는 문제가 안 돼. 너무 까다롭고, 또 이 부문에서는 이미 너무 늙었어. 내 손님들은 스무 살짜리를 좋아하니까. 또 너는 잘못된 자존심에 앓고 있고……. 그렇지만 너를 비서로 쓸 수는 있을 것 같애. 차차 정리된 장부가 필요해질 테니까. 내 개인 집에서 일할 수 있고, 살 수도 있게 하겠으니, 어때? 의견이?"

"여기에 물건이 있습니다." 파비안이 말했다. "더 이상 그런 말은 참을 수 없습니다."

그때 바로 젊은 두 청년이 집에서 나왔다. 그들은 멋지게 옷을 입고 있었고, 몰 부인을 보자 좀 주저하다가 모자를 벗었다.

"오늘이 네 외출일이야, 가스통?"

"칠번이 예약했다는 자동차를 구경하러 가자고 마키가 말해서 나왔어요. 이십 분이면 돌아옵니다."

"가스통, 당장에 네 방으로 가. 그게 무슨 짓들이야? 마키는 혼자서 가도록 해! 어서 가! 세 시에 십이번이 온다고 했으니까 그때까지 잠이나 자!"

그 청년은 집으로 돌아갔고, 또 한 명에게 뭐라고 하여 들여보내고는 몰 부인은 파비안을 향해서 말했다.

"또 싫단 말이지?" 그 여자는 짐을 받아들고 말했다.

"일 주일의 여유를 주겠어. 내 주소는 알고 있지? 잘 생각해 봐. 굶어 죽는 것은 취미 문제야. 또 네가 승낙하면 나는 개인적으로 기쁘겠어. 정말로 네가 말을 안 들으면 안 들을수록 그 생각이 나를 자극해. 급하지는 않아. 시간 소비할 것은 그 동안에 많으니까."

여자는 집으로 들어갔다.

"그것은 필연성과 근접해 있습니다." 파비안은 중얼거리고 돌아섰다.

그는 어떤 싼 음식점에서 소시지와 감자 샐러드를 먹었다. 그리고 그 집에 걸려 있는 신문을 읽고 구직 광고를 적었다. 그러고는 불친절한 문방구점에 가서 종이를 사서 네 통의 구직원서를 썼다. 그것을 우체통에 던지고 난 뒤에도 아직 시간이 좀 있었다. 그는 꽤 고단한 몸으로 천천히 담배 공장으로 걸어갔다.

"오래간만입니다" 하고 문지기가 말했다.

"어머니하고 여기서 만나기로 했어요." 파비안이 말했다.

문지기가 눈을 꿈벅했다.

"나한테 맡겨두십시오."

그 남자가 파비안의 희극을 알아차린 것이 그는 무안스러웠다. 그는 속히 건물 안으로 들어가서 유리창 가에 앉아 5분마다 시계를 보았다. 발소리를 들을 때마다 그는 창에 바싹 숨었다. 10분 후면 끝나는 시간이었다. 직원들은 바빠서 그를 보지 못했다. 그가 마침 피신처를 떠나려고 했을 때 가까이 오는 목소리를 들었다.

"내일 전무 회의에서 당신이 써놓은 현상 글을 보고하겠습니다, 피셔 씨"하고 한 목소리가 말했다.

"당신의 제안은 주목할 만합니다. 사람들은 당신을 존중하게 될 것입니다."

"전무님, 매우 고맙습니다."또 하나의 목소리가 대답했다. "나는 그 제안을 다만 파비안 씨로부터 물려받은 것일 뿐입니다."

"상속물은 다른 것과 같은 소유물입니다, 피셔 씨"하고 말하는 전무의 목소리는 거만했다.

"내 제안이 불쾌합니까? 월급이 오르는데 그렇게도 싫습니까? 자, 그럼! 그뿐 아니라 그 제안에는 한두 가지 고쳐야 할 점이 있습니다. 나는 곧 당신의 문안을 기초로 하여 상세한 보고서를 타이핑하겠습니다. 내 말만 믿으세요. 우리의 현상 글짓기는 효과가 있을 것입니다. 당신은 이제 집에 가도 좋아요. 당신은 나보다 편해서 좋겠소."

"대가는 항상 자기 자신을 괴롭혀야 합니다. 이것은 실러의 말입니다만"하고 피셔가 말했다. 파비안은 숨은 곳에서 나왔다. 피셔는 놀라서 한 발 뒤로 물러섰다.

지배인 브라이트코프는 칼라를 만졌다.

"나는 당신들보다 덜 놀랐습니다."파비안은 말하고 층계로 갔다.

"저기에 벌써 오시는군요"하고 파비안의 어머니와 얘기하고 있던 문지기가 말했다. 어머니는 트렁크를 옆에 놓고 여행 가방과 핸드백과 우산을 트렁크 위에 놓고 있었다.

"부지런히 일했니?"어머니는 물었다. 문지기가 호인같이 웃으면서 자기 방으로 돌아갔다.

파비안은 어머니와 악수했다.

"아직 삼십 분 시간이 있지요?" 하고 말하면서 파비안은 짐을 들었다.

그들은 기차 속의 한 구석에 자리를 잡고 나서(중간 차량을 그들은 택했다. 왜냐하면 파비안 부인은 만약에 있을지도 모르는 기차 사고의 최악의 결과에 미리 대비하려고 했던 것이다) 객실 앞을 왔다갔다 거닐었다.

"그렇게 멀리 가지 말아, 애야. 짐을 잃어버리기가 얼마나 쉬운 줄 아니. 잠깐 뒤를 돌아보고 나면 벌써 짐은 어디로 가버리고 없단다."

이윽고 파비안은 어머니보다 더 의심이 많아져 창을 통해서 끊임없이 짐을 놓는 그물 위의 짐을 살펴보았다.

"이젠 다시 갈 수 있어." 어머니가 말했다.

"외투걸이는 다시 꿰매놓았고, 방은 다시 사람 사는 방같이 됐어. 홀펠트 부인은 모욕당한 표정을 짓고 있지만, 그것은 고려해 줄 수 없으니까."

파비안은 음식물을 파는 리어카에 가서 햄버거 하나와 비스킷 한 통과 오렌지 두 개를 사왔다.

"애야, 낭비해선 못 쓴다." 어머니는 말했다. 그는 웃고 차칸에 올라가서 어머니의 핸드백 속에 몰래 20마르크짜리 지폐를 한 장 넣고 다시 플랫폼으로 내려왔다.

"언제 또 한번 집에 올 수 있니?" 하고 어머니가 물었다.

"매일 네가 제일 좋아하는 음식을 요리해 주겠다. 그리고 마르타

이모의 과수원에도 같이 가고……. 가게에야 별로 할 일이 없으니까."

"가능한 한 빨리 가겠어요." 그는 말했다.

차창을 내다보면서 어머니는 말했다.

"부디 몸조심하거라, 야콥. 그리고 여기서 별수 없거든 보따리를 싸서 돌아오너라."

그는 고개를 끄덕였다. 그들은 마주 보고서 미소지었다. 사람들이 흔히 플랫폼이나 사진사를 향해서 웃듯이. 다만 어디를 보아도 사진사를 찾아볼 수 없었을 따름이다.

"편안히 가세요" 하고 그는 속삭였다. "어머님이 오셔서 기뻤어요."

책상 위에는 꽃이 꽂혀 있었다. 그 옆에는 편지 한 통이 놓여 있었다. 그는 봉투를 열었다. 20마르크 지폐가 한 장 떨어졌고 한 장의 종이쪽지가 들어 있었다. '약소하나마 사랑의 마음으로 엄마가……'라고 거기에는 씌어 있었다. 종이의 구석에 또 뭐라고 씌어 있는 것이 보였다. '커틀렛을 먼저 먹어라. 소시지는 양피지에 싸여 있으니까 며칠은 간다.' 그는 20마르크를 주머니에 넣었다. 지금 어머니는 기차 속에 앉아 있고 얼마 안 가서 그가 핸드백에 넣어놓은 20마르크짜리 지폐를 발견할 것이다. 수학적으로 보아서는 이 결과는 영이었다. 왜냐하면 지금은 둘 다 전과 같은 액수를 가지고 있기 때문이다. 그러나 선행(善行)은 차액 계산을 거부한다. 도덕 방정식은 산술 방정식과는 다른 방식으로 전개된다.

그날 밤에 코르넬리아는 그에게 1백 마르크를 빌려달라고 부탁했다. 영화 콘체른[연합]의 복도에서 그 여자는 마카르트를 만났다. 그는 영화 배급에 관한 상담 때문에 경쟁 회사의 건물에 왔었던 것이다. 그는 그 여자에게 얘기를 걸었다. 그 여자는 그가 오래전부터 찾던 타입이라는 것이다. 그의 회사의 다음번 영화를 위해서 내일 오후에 그의 사무실로 오라고 그는 말했다. 제작 지도자와 감독도 와 있을 것이라고 말했다. 혹시 그 여자를 써볼지도 모르는 일이었다.

"내일 점심 때까지 잠바와 모자를 사야 해요, 파비안. 당신이 언제나 돈이 별로 없는 것은 잘 알지만 이 기회를 나는 놓칠 수가 없어요. 생각해 보세요. 내가 여배우가 된다면, 상상할 수 있으세요, 그걸?"

"상상할 수 있어." 말하고 나서 파비안은 1백 마르크짜리 지폐를 그 여자에게 주었다.

"이 돈이 코르넬리아에게 행운을 가져올 것을 빌겠어."

"나에게요?" 그 여자가 물었다.

"우리에게!" 그는 여자의 마음을 거스르지 않기 위해서 고쳐 말했다.

14

문 없는 길
셀로우 양의 혀
소매치기들이 있는 계단

그날 밤에 파비안은 꿈을 꾸었다. 그는 아마 그 자신이 생각하는 것보다는 더 자주 꿈을 꾸는 것 같았다. 그러나 그날 밤에는 코르넬리아가 그를 깨웠기 때문에 그는 꿈이 생각났다. 며칠 전만 해도 누가 그를 꿈에서 깨울 것인가? 그가 코르넬리아와 자기 전에는 누가 그를 밤중에 근심스럽게 흔들어야 했을까? 그는 많은 여자들과 소녀들과 같이 잤다. 그것은 사실이었다. 그러나 그들 옆에서는?

꿈속에서 그는 끝없는 길을 달리고 있었다. 집들은 기막히게 높았다. 거기에는 누구도 없었고, 집에는 창도 문도 없었다. 하늘은 마치 깊은 우물 위에서와 같이 아주 멀고 낯설게 보였다. 파비안은 배가 고팠고, 목이 말랐고, 기진맥진하여 고단했었다. 그는 그 길이 끝나지 않을 것을 알았으나 끝까지 가보려고 했다. 그때, "아무 소용 없어!" 하고 어떤 목소리가 말했다. 그는 돌아다보았다. 색이 바랜 망토를 입고 잘못 접은 우산을 들고 색 바랜 뻣뻣한 모자를 쓴 발명가가 그의 뒤에 서 있었다.

"안녕하셨습니까, 친애하는 교수님! 나는 당신이 정신병원에 계시는 줄로만 알았어요."

"이게 그것이오." 그 노인은 말하면서 우산으로 어떤 건물을 때렸다. 거기에서는 납 소리가 울리고 문이 없는 곳에서 갑자기 문이 열렸다.

"나의 새로운 발명이오." 노인은 말했다.

"내가 앞서 가는 것을 용서하시오, 조카. 여기는 내 집이니까요."

파비안은 따라갔다. 문지기 방에서는 지배인 브라이트코프가 앉아서 배를 쥐고 신음하고 있었다.

"나는 애기를 뱄어. 여비서가 또 주의하지 않았기 때문이야."

그러고는 자기의 대머리를 세 번 쳤다. 목탁 소리가 났다.

교수는 잘못 접은 우산을 지배인의 목 속에 깊이 집어넣고 그 우산을 폈다. 브라이트코프의 얼굴은 고무풍선처럼 터졌다.

"매우 고맙습니다." 파비안이 말했다.

"천만의 말씀을……." 교수가 대답했다.

"내 기계를 이미 구경하셨습니까?" 하고 그는 파비안의 손을 잡고 푸르스름한 네온등이 비치고 있는 복도를 지나서 밖으로 데리고 나갔다.

쾰른의 성탑같이 거대한 기계가 그들 앞에 높이 솟아 있었다. 그것에는 부삽이 달려 있어서 수십만 명의 어린애를 불이 빨갛게 타고 있는 가마 속에 퍼넣고 있었다.

"다른 쪽으로 갑시다" 하고 발명가가 말했다. 그들은 회색빛 마당을 끊임없이 달렸다. "여기요" 하고 노인은 말하면서 공기를 손가락질했다. 파비안은 쳐다보았다. 불타고 있는 거대한 강철 제작기가 내려와서는 자동적으로 뒤집혀져서 수평으로 놓여 있는 거울 위에 내용물을 쏟아버렸다. 내용물은 살아 있었다. 살아 있는 남녀가 번쩍거리는 유리 위에 떨어져서는 똑바로 일어서서 마치 마술에 걸린 것처럼 그들의 오른손으로 잡힐 것 같으면서도 도달할 수 없는 거울 속의 모습을 응시하고 있었다. 많은 사람들은 마치 서로 알고 있는 것같이 깊이 속으로 손을 저었다. 한 사람은 권총을 주머니에서 꺼내어 쏘았다. 그는 거울 속의 자기의 심장에 거의 정확하게 겨누었으나, 실제의 자기의 엄지발가락을 맞추고 얼굴을 찡그렸다. 또 한 사람은 원을 그리고 뱅뱅 돌고 있었다. 그는 거울 속의 자기로 하여금 뒷모습을 보이게 하려고 애쓰는 것이 분명했으나 그것은 불가능했다. "하루에 수십만 명"이라고 발명가가 설명했다.

"그런데 나는 노동 시간을 줄이고 일 주일에 오 일이라는 노동을 시행했습니다."

"전부 미친 사람들입니까?" 파비안이 물었다.

"그건 술어의 문제인데" 하고 교수가 대답했다. "잠깐 기다리시오. 연결이 끊어졌군." 그는 기계 앞으로 가서 우산으로 기계의 입을 쑤셨다. 갑자기 우산이 사라지고, 망토가 사라지면서 망토가 노인을 끌어갔다. 그는 없어졌다. 그의 기계가 그를 삼켜버렸다.

그는 회색 마당을 지나서 뒤로 물러갔다. "사고가 일어났어요!" 그는 웃도리를 벗은 어떤 노동자에게 외쳤다. 그때 어린애가 하나 가마에서 떨어졌다. 그애는 뿔테 안경을 썼고 잘못 접은 우산을 작은 손에 쥐고 있었다. 노동자는 그 애기를 삽에 담아서 끓는 가마 속에 다시 집어넣었다. 파비안은 다시 마당을 지나가 흔들리는 강철 제작기 밑에서 그의 늙은 친구가 다시 변신해서 돌아올 것을 기다렸다.

그러나 그는 돌아오지 않았다. 그 대신에 파비안 자신이, 제2의 파비안이 외투를 입고 우산을 들고 모자를 쓰고 거대한 통에서 떨어져 나와 다른 사람들 사이에 섞여서 그들처럼 거울에 비친 자기의 모습을 응시하였다. 그의 신 바닥 근처에는 그의 그림자가, 제3의 파비안이 거꾸로 비치고 있었다. 제2의 파비안은 자기 뒤에 있는 기계를 손가락질하면서 말했다. "기계적인 영혼의 변신!" 그러고는 그는 마당에 서 있는 진짜 파비안 속으로 걸어들어가더니 없어져 버리고 말았다.

"꼭 들어맞는군." 파비안은 말하고는 그를 눈에 안 보이게 채우고 있는 기계 인간한테서 우산을 받아들고 망토를 바로 입고, 또다시 단 한 개의 그 자신으로 돌아갔다. 그는 반짝거리는 거울을 바라보았다. 인간들이 그 속에서 갑자기 마치 투명한 늪 속에서처럼 가라앉았다. 그들은 마치 공포에 질린 나머지 외치려는 듯이 입을 열었으나 아무 말도 들리지 않았다. 그들은 완전히 거울의 표면에서 가라앉아버렸다. 그들의 모습은 마치 생선처럼 머리를 앞으로 하고 날아가서 점점 작아졌고, 마침내는 없어져 버렸다. 지금은 진짜 사람들은 밑에 있었고, 마치 수정 속에 갇혀 있는 것같이 보였다. 파비안은 가까이 가보았다. 그가 본 것은 이미 거울 속의 사람들이 아니었다. 밑으로 가라앉은 사람들 위에는 다만 유리판이 놓여 있었고, 사람들은 계속해서 살아 있었다. 파비안은 무릎을 꿇고 앉아서 내려다보았다.

근심 주름살이 몸에 잡혀 있는 살찐 나체의 여인들이 테이블에 앉아서 차를 마시고 있었다. 그들은 구멍이 뚫린 양말을 신고, 목덜미엔 더덕더덕 기운 조그마한 모자를 걸고 있었다. 팔찌와 귀걸이가 번쩍거렸다. 늙은 여자 중의 한 명은 귀걸이로 코를 꿰었었다. 다른 테이블에는 고릴라처럼 털이 잔뜩 난 반나체의 살찐 남자들이 더러는 보랏빛 속바지를 입고 실크 모자를 쓰고 모두가 두꺼운 입술 사이에 굵은 시거를 물고 앉아 있었다. 남녀는 탐욕스러운 얼굴로 커튼을 바라보고 있었다. 이윽고 커튼이 좌우로 열리더니 몸에 꼭 붙는 트리코트〔곡예사의 옷〕를 입은 화장한 소년들이 마치 멋을 부리는 마네킹들같이 좀 높게 만들어진 길 위를 뻐기면서 걸어왔다. 마찬가지로 트리코트를 입은 소녀들이 그 소년들을 좋아나왔다. 소녀들은 미소지으면서 그들의 몸에서 둥근 부분은 전부 효과적으로 나타내어 보이려고 애쓰고 있었다. 파비안은 몇몇 사람을 알아볼 수 있었다. 쿨프와 여류 조각가와 셀로우와 하우프트 홀의 파울라도 그 속에 있었다.

늙은 여자와 남자들은 오페라 글라스를 눈에 꼭 대고 의자와 책상에 걸려 넘어지면서 무대의 길 위로 밀려가면서 앞으로 가려고 서로 때리고 마치 바람난 말처럼 울었다. 장신구를 잔뜩 매단 뚱뚱한 여인들이 소년들을 길에서 끌어내리고는 크게 울부짖으면서 몸을 땅에 내던지고 애원하듯이 무릎을 꿇고, 뚱뚱한 다리를 벌리고 다이아몬드를 팔과 손가락과 귀로부터 떼어서 그 창부처럼 미소짓고 있는 자태에 내밀고 있었다. 또 남자들은 원숭이 같은 팔을 소녀와 소년들에게 뻗치고 누구든지 잡히는 자를 피처럼 흥분한 얼굴을 하고 포옹했다. 속바지, 경련한 혈관, 양말 대님, 알록달록한 찢어진 트리코트, 주름잡힌

사지, 이지러진 얼굴, 싱글거리는 기름 바른 입, 날씬한 갈색 팔, 경련에 꿈틀거리는 발…… 등이 바닥을 채웠다. 그것은 마치 살아 있는 페르시아 담요가 깔려 있는 것 같았다.

"너의 코르넬리아도 그 속에 있다" 하고 이레네 몰 부인이 말했다. 그 여자는 그의 옆에 앉아서 커다란 과자 봉지에서 조그만 젊은 청년들을 꺼내어 집어먹고 있었다. 그 여자는 맨 먼저 옷을 벗겼다. 그 여자는 그것을 마치 종이에 싸인 나폴리탄〔캔디의 일종〕을 벗기듯이 하고 있었다. 파비안은 코르넬리아를 찾았다. 그 여자는 다른 사람들이 모두 방바닥에 야만스럽게 엉켜서 뒹굴고 있는데, 혼자서 무대에 길게 서서, 한 손으로 자기의 입을 벌리고 또 한 손으로 불을 붙인 시가의 불길을 앞으로 향해 쥐고 입을 찌르려고 하는 뚱뚱하고 야만스러운 남자에 저항하고 있었다.

"저 남자한테는 반항해 봤자 소용이 없어" 하고 몰은 말하면서 과자 봉지를 뒤적거렸다.

"저것은 영화 제작자 마카르트야. 돈을 한없이 많이 가졌지. 마누라는 독약을 먹고 자살했고."

코르넬리아는 비틀거리고 마카르트 옆에서 군중의 혼란 속에 섞여 들어갔다.

"그 여자 뒤를 따라 뛰어들어가지 그래?" 하고 몰이 말했다.

"그렇지만 너는 무서워하고 있어. 너와 다른 사람들 사이의 유리가 깨어질까 봐……. 너는 이 세상을 진열장으로 알고 있어."

코르넬리아는 이미 보이지 않았다. 그런데 이번에는 죽음의 후보자 윌헬미를 보았다. 그는 옷을 입고 있지 않았다. 왼쪽 다리는 의족이었다. 그는 천개가 달린 침대 위에 서서 마치 파도 위를 달리는 사람처럼 군중들이 발버둥질치는 위를 달려갔다. 그는 의족 지팡이를 휘두르고 침대에 꽉 매달려 있는 쿨프의 머리와 손을, 그 여자가 피를 철철 흘리면서 손을 놓아버리고 깊은 곳으로 떨어질 때까지 때렸다.

윌헬미는 지팡이에 끈을 매고 그 끈 끝에 지폐를 매달고 낚싯줄처럼 던졌다. 밑에 있는 인간들은 생선처럼 공중에 뛰어올라서 지폐를 먹으려고 입을 벌리다가 다시 지쳐서 물러났다가는 또 뛰어올랐다. 그때, 한 여자가 지폐를 입에 물었다. 그것은 셀로우였다. 그 여자는 요란하게 소리질렀다. 낚싯바늘이 그 여자의 혀에 구멍을 뚫은 것이다. 윌헬미는 낚싯줄을 당겼다. 셀로우는 이지러진 얼굴로 침대에 가까워졌다. 그러나 그 여자의 뒤에서는 조각가가 나타나서 그 여자를 두 팔로 껴안고 뒤로 끌어갔다. 혀는 입 밖으로 길게 미끄러져 나왔다. 윌헬미와 조각가는 그 여자를 각각 자기들 곁으로 끌어오려고 애썼다. 혀는 점점 더 길어져서 마치 붉고 긴 고무줄같이 되었고 거의 찢어질 것 같았다. 윌헬미는 숨을 쉬기 위해서 애쓰면서 웃었다.

"훌륭한데!" 이레네 몰이 소리질렀다.

"이건 줄다리기와 비슷한데. 우리는 스포츠의 시대에 살고 있어." 그 여자는 빈 봉지를 구겨버리고 말했다.

"이제는 너를 먹겠어."

그 여자는 그의 망토를 벗겨버렸다. 그 여자의 손은 마치 가위처럼 파고들어서 파비안의 옷을 잘라버렸다. 그는 우산으로 그 여자의 머리를 쳤다. 그 여자는 비틀거리면서 그를 놓았다.

"너를 사랑하고 있어" 하고 속삭이면서 그 여자는 울었다. 그 여자의 눈물은 마치 비누 거품처럼 눈꼬리에서 나와 점점 커져 공중으로 올라갔다.

파비안은 몸을 일으키고 계속해서 걸어갔다. 그는 벽이 없는 방에 도착했다. 수없이 많은 계단이 방의 한쪽 끝에서부터 다른쪽 끝으로 올라가 있었다. 각 층마다 사람들이 서 있었다. 그들은 흥미있는 얼굴로 위를 바라보면서 주머니에 손을 넣었다. 서로가 서로의 것을 훔쳤다. 누구나가 앞에 서 있는 사람의 주머니를 뒤졌고, 그러는 동안에 그는 뒤에 서 있는 사람에게 도둑을 맞았다. 방 안은 몹시 조용했다. 그런데도 불구하고 온갖 것이 움직이고 있었다. 사람들은 부지런히 도둑질했고, 도둑맞았다. 맨 끝 계단에는 열 살짜리 어떤 소녀가 서서 앞에 있는 사람의 외투에서 재떨이를 훔쳤다. 갑자기 라부데가 맨 위 계단에 서 있었다. 그는 밑을 내려다보고 외치고 있었다.

"정직하게 이겨야 합니다, 제군!"

"암, 그렇고말고!" 다른 사람들은 합창하여 대답하면서 서로의 주머니를 뒤졌다.

"내 편인 사람은 손을 드십시오!" 하고 라부데가 외쳤다. 다른 사람들은 손을 들었다. 누구나 다 한 손을 들고 또 한 손으로는 계속 훔쳤다. 다만 맨 밑 계단의 작은 소녀만이 두 손을 올렸다.

"고맙습니다." 라부데도 감동한 목소리로 말했다.

"인간의 위선의 시대가 시작되었습니다. 이 시간을 잊지 마십시오!"

"너는 바보야!" 코르넬리아가 라부데 옆에 서서 외치고 있었다. 그녀는 아름답게 생긴 큰 남자를 자기 뒤에 데리고 있었다.

"내게는 최고의 친구들이 제일 큰 원수다." 라부데가 슬프게 말했다.

"그건 나에게 있어서도 마찬가지다. 내가 몰락하더라도 이성은 이길 것이다."

그때 총소리가 났다. 파비안은 위를 올려다보았다. 유리창과 지붕이 어느 곳에나 다 있었다. 그리고 권총과 기관총을 쥔 어두운 모습들이 어디에나 서 있었다. 계단 위의 인간들은 몸을 길게 펴고 누웠으나 계속해서 훔쳤다. 총소리가 탕탕 울렸다. 사람들은 남의 주머니에 손을 넣은 채로 죽었다. 계단은 시체로 덮였다.

"저 사람들은 아깝지 않다." 파비안이 친구에게 말했다. "자, 가자!"

그러나 라부데는 빗발치는 총알 속에 선 채로 움직이지 않았다.

"나도 아깝지 않아." 그는 속삭이며 창과 지붕 쪽을 돌아다보고, 그것들에게 위협하는 몸짓을 했다.

지붕의 들창과 파풍(跛風)에서 총알이 심연으로 떨어졌다. 유리창에 부상자들이 널려 있었다. 파풍 끝에서는 근육이 늠름한 두 남자가 싸우고 있었다.

그들은 비틀거리다가 둘이 다 떨어져버릴 때까지 서로의 목을 조르고 깨물었다. 텅 빈 해골이 떨어지는 소리가 들렸다. 지붕 아래에서 비행기의 윙윙거리는 소리가 들리더니 햇불을 집으로 떨어뜨렸다. 지붕이 타기 시작했다. 녹색 연기가 창에서 쏟아져 나왔다.

"사람들이 왜 저런 짓을 해요?" 백화점에서 만났던 작은 소녀가 파비안의 손을 붙들고 물었다.

"저 사람들은 새 집을 지으려는 거야." 그는 대답했다. 그러고는 그 아이를 팔에 안고 죽은 사람들 위를 지나서 계단을 내려왔다. 도중에 어떤 작은 남자를 만났다. 그는 거기 서서 공책에 숫자를 쓰고 입술을 움직이면서 계산을 하고 있었다.

"무얼 하십니까?" 하고 파비안이 물었다.

"나는 찌꺼기를 팔고 있습니다"라는 것이 그의 대답이었다.

"한 시체에 삼십 페니히입니다. 덜 낡은 사람은 오 페니히 더 내야 합니다. 상담해 보시렵니까?"

"꺼지시오!" 파비안이 외쳤다.

"나중에" 하고 말하면서 작은 남자는 계속해서 계산했다.

파비안은 그 작은 소녀를 계단 밑에 내려놓았다.

"이제는 집에 가거라" 하고 그는 말했다. 그 아이는 뛰어갔다. 그 아이는 한쪽 다리로 뛰면서 노래했다.

그는 계단을 다시 올라갔다.

"나는 일 페니히도 이익이 남지 않습니다." 작은 남자가 다시 그 옆을 지나는 파비안에게 말했다. 파비안은 걸음을 빨리했다.

위에서는 집이 무너지고 산적한 돌 틈에서 가늘고 긴 연기가 솟아올랐다. 불타는 기둥이 기울어져서는 솜에 가라앉듯이 떨어져버렸다. 때때로 총소리가 들렸다. 가스 마스크를 쓴 사람들이 파괴된 집 틈에서 기어나왔다. 사람과 만날 때마다 그들은 총을 들고 쏘았다. 파비안은 뒤를 보았다. 라부데는 어디로 갔을까?

"라부데!" 그는 소리질렀다. "라부데!"

"파비안!" 하고 어떤 목소리가 불렀다. "파비안!"

"파비안!" 코르넬리아가 부르면서 흔들었다. 그는 눈을 떴다.

"왜 라부데를 부르세요?" 여자는 그의 이마를 쓰다듬었다.

"꿈을 꾸었어." 그가 말했다.

"라부데는 프랑크푸르트에 있어."

"불을 켤까요?" 그 여자가 물었다.

"아니, 빨리 다시 자도록 해, 코르넬리아. 내일 예쁘게 보여야 하니까. 잘 자."

"안녕히 주무세요" 하고 그 여자는 말했다.

그리고 그들은 한참 동안 깬 채로 누워 있었다. 서로가 자지 않는다는 것을 알고 있었으나 그들은 잠자코 있었다.

15

모범적인 청년

정거장의 의미

코르넬리아는 편지를 썼다

다음날 아침에 코르넬리아가 사무실로 나갈 때 그는 열린 창가에 앉아 있었다. 그 여자는 팔 밑에 가방을 끼고 열심히 걸어갔다. 그녀는 일거리가 있었다. 그리고 돈을 번다. 그는 창가에 앉아서 태양에 몸을 간지럽혔다. 태양은 마치 이 세상이 썩 잘 되어간다는 듯이 따뜻했고, 무슨 일이 있어도 꼼짝하지 않았다.

코르넬리아는 벌써 멀어졌다. 그는 그 여자를 다시 불러서는 안 되었다. 그가 만약 창에서 몸을 내밀고 "다시 올라와. 네가 일하는 것은 싫어. 네가 마카르트한테 가는 것은 싫어!" 하고 말했다면, 그 여자는 "그게 무슨 말이에요? 돈을 주시거나 아니면 나를 막지 마세요" 하고 대답했을 것이다. 그는 다른 도리가 없었다. 그는 태양에 혀를 내밀었다.

"무엇을 하고 있습니까?" 어느 사이에 들어왔는지 홀펠트 부인이 물었다.

파비안은 회피하는 대답을 했다.

"파리를 잡습니다. 올해엔 특별히 크고 먹음직하게 생겼군요."

"직장에 안 나가세요?"

"퇴직했습니다. 다음달 초하루부터는 예컨대 비상지출시와 같은 적자 상태가 됩니다." 그는 유리창을 닫고 소파에 앉았다.

"실직했군요?" 그 여자는 물었다.

그는 고개를 끄덕이고 돈을 꺼냈다. "다음달 방세 팔십 마르크를 드립니다."

그 여자는 빨리 돈을 집어넣고는 말했다.

"그렇게 급하지 않았는데…… 파비안 씨."

"아뇨, 급합니다." 그는 나머지 지폐와 동전을 테이블 위에 잘 보이게 놓고는 그가 가진 전부를 세어보았다.

"내 자본을 은행에 가져가면 일 년에 이자를 삼 마르크 받겠군요. 수지가 안 맞는데."

주인 아주머니는 수다를 떨었다.

"어제 신문에서 어떤 기사에 이렇게 씌어 있었어요. 지중해의 수면을 이백 미터를 가라앉히면 빙하 시대같이 토지가 나타나고 그곳에 사람들이 이주해서 먹고 살 수 있다고요. 그뿐 아니라 짧은 제방을 만들어서 베를린에서 케이프 타운까지 기차를 직행시킬 수 있대요!"

홀펠트 부인의 마음은 아직도 그 기사의 제안에 도취되어 있어서 맹렬히 열을 내면서 말했다. 파비안은 소파의 팔걸이를 두드려서 먼지가 나게 했다.

"자 그럼!" 하고 그는 외쳤다. "자, 갑시다! 지중해로! 지중해의 수면을 가라앉힙시다. 가십시다, 홀펠트 부인!"

"네, 가세요. 신혼여행 이후 다시 못 가보았어요. 멋있는 곳이에요. 제노바, 니스, 마르세이유, 파리! 파리는 지중해안이 아니지만."

그 여자는 화제를 돌렸다.

"그래 여박사께서 매우 속상해하셨나요?"

"벌써 가버려서 유감이군요. 직접 물어볼 수 있었을걸."

"매혹적인 색시예요. 그리고 아주 기품이 있고 —— 색시 얼굴은 루마니아 여왕이 아직 젊었을 때와 비슷한 것 같아요."

"알아맞췄습니다" 하고 파비안은 일어서서 주인 아주머니를 문에 바래다 주었다.

"그 여자는 그 여왕의 딸이랍니다. 그렇지만 다른 사람한테는 말하지 마십시오."

그는 오후에 어떤 큰 신문사에 앉아서 차하리아스 씨한테 시간이 나기를 기다리고 있었다. 차하리아스 씨는 광고의 의미에 관한 토론회가 있은 후에 그에게 "필요하실 때에는 나를 찾아오십시오" 하고 말했던 지기였다. 파비안은 대합실에 놓여 있는 잡지를 아무 관심도 없이 뒤적거리며 어떻게 말을 꺼낼까를 생각해 보았다. 차하리아스는 토론회 때에 기독교가 그처럼 전파된 것에는 교묘한 프로파간다 기술이 적지 않게 기여했다는 H.G. 웰스의 설에 맹렬히 찬동했고, 현대에는 선전술을 비누와 츄잉 껌 소비량의 증가에만 국한할 것이 아니라 이념적인 것을 위해서도 좀더 많이 봉사시켜야 한다는 웰스의 요구를 주장했다. 그때 파비안은 인간의 교육 가능성이란 의문에 찬 명제이며,

186

그뿐 아니라 선전자의 민족 교육자로서의 적격성 및 교육자의 선전자로서의 재능은 각각 의심스럽다고 말하면서 이성은 어떤 극소수의 사람들에게만 가르칠 수가 있는데 그들은 이미 이성적인 사람들이라고 말했다. 파비안과 차하리아스는 서로의 언쟁이 너무 아카데믹한 성질을 가졌다는 것을 발견했을 때까지 열심히 싸웠다. 알고 보니 가능한 두 결과 —— 이념적 계몽의 승리나 또는 패배 —— 가 많은 돈을 전제로 하고 있으며, 이념을 위해서 쓸 돈은 없었기에 그들은 언쟁을 중단했던 것이다. 심부름꾼들이 미궁 같은 복도를 바쁘게 뛰어다녔다. 종이 상자가 철관에서 소리를 내면서 떨어졌다. 감독관의 방에서 끊임없이 전화 소리가 났다. 방문객들이 오고가고 했다. 고용원들이 이 방에서 저 방으로 뛰어다녔다. 어떤 지배인이 한 떼의 굽실거리는 직원들을 이끌고 계단을 내려왔다.

"차하리아스 씨가 오시랍니다." 한 사환이 그를 문간에까지 데려갔다. 차하리아스는 파비안에게 열정적으로 악수했다. 자신이 하는 온갖 행동을 비상하게 생기에 넘치게 하는 것이 이 청년의 뚜렷한 특성이었다. 그는 감격을 그칠 줄을 몰랐다. 그는 이를 닦거나 토론을 하거나 돈을 쓰거나 또는 상관에게 무슨 제안을 하거나, 그는 언제나 다리라도 하나 뽑을 것 같은 기세였다. 그는 유머가 결핍되어 있어서 누구나 그의 옆에 있는 사람은 전염될 정도였다. 그와 이야기하고 있으면 넥타이 매는 방법에 관한 이야기가 돌연 가장 중대한 현대의 화제로 되었다. 그리고 상관들은 차하리아스와 함께 사업에 관한 의논을 할 때면 그들의 직업과 그들의 회사와 그들의 지위가 사실에 있어서는 얼마나 무서운 중요성을 가지고 있는 것인가를 알게 되는 것이었다. 차하리아스의 출세는 막을 길이 없었다. 그 자신이 어떤 중대한 일을 수행하고 있는가는 확실치 않았다. 그는 자기 주위의 사람들에게 자극제 역할을 하고 있었다. 그는 필요불가결한 사람이 되었고, 스물여덟 살인데도 벌써 2천 5백 마르크의 월급을 받고 있었다. 파비안은 그가 얘기할 수 있는 것을 얘기했다.

"빈 자리가 없습니다" 하고 차하리아스는 말했다.

"당신을 무척 도와드리고 싶은데…… 그리고 우리는 아주 마음이 맞을 텐데. 어떻게 해야 하나?" 그는 마치 예언자가 계시를 받기 직전과 같이 두 손을 이맛전에 대었다.

"다음의 제안을 어떻게 생각하십니까? 즉 내가 당신을 내 주머니에서 지불하는 개인적인 협력자로 쓴다면? 나에게는 당신 같은 분이 요긴합니다. 사람들은 여기서 내가 하루에도 한 다스씩 힌트를 줄 것을 기대하고 있습니다. 내가 기자니까? 다른 사람들에게는 더 아무 생각도 떠오르지 않는 것이 내 책임입니까? 이렇게 계속하면 내 두뇌는 분열증이 생길 것입니다. 얼마 전부터 나는 괜찮은 자동차를 하나 가지고 있습니다. 슈타이어의 6기통인데 특별 구조입니다. 우리는 매일 몇 시간씩 야외에 차를 타고 나가서 착상할 수 있습니다. 나는 운전하기를 좋아합니다. 신경을 진정시키니까요. 당신에게 삼백 마르크를 드리겠습니다. 그리고 여기에 빈 자리가 나오면 곧 당신에게 드리지요. 어떻습니까?"

그리고 파비안이 대답할 수도 없게 그는 곧 말을 이었다.

"아뇨, 그건 안 되겠군요. 차하리아스가 흰 노예를 부리고 있다고 남들이 말할 테니까요. 도대체 나는 누가 뭐라고 할지 안심이 안 됩니다. 그들은 모두 도끼를 들고 뒤에 서서 내 머리통을 때리려고 기다리고 있으니까요. 어떻게 할까요? 당신한테 좋은 생각이 없습니까?"

파비안은 말했다.

"큰 간판을 배에 매달고 포츠담 광장에 서 있을 수도 있지요. 〈이 청년은 현재 아무것도 하지 않습니다. 그러나 한번 시험해 보십시오. 그는 무슨 일이든지 다 합니다〉라고 간판에 쓰고 —— 그 텍스트를 풍선에 쓸 수도 있지요."

"당신이 정말로 그렇게 하신다면 좋은 일입니다" 하고 차하리아스는 큰 소리로 말했다.

"그렇지만 당신이 그것을 진지하게 말하는 것이 아니므로 그것은 무가치합니다. 당신은 다만 정말로 중대한 사물만을 진지하게 생각하고 있습니다. 아니 그것조차도 진지하게 보지 않고 있습니다. 그건 통탄할 일입니다. 당신 같은 재능이 있었다면 나는 현재 관리자가 되었을 것입니다."

차하리아스는 자기보다 우수한 사람에게는 가장 교묘한 트릭을 사용했다. 즉 그는 그 우수성을 인정했다. 아니 그것을 고집하기까지 했다.

"내가 보다 많은 재능을 가졌다는 것이 무슨 소용이 됩니까?" 파비안이 우울하게 말했다. 이런 직접적인 질문을 차하리아스는 기대하지 않았다. 그 자신이 솔직한 것으로 충분했다. 그런데 누가 와서 충고를 바라면서 게다가 건방진 소리까지 하는 것이다.

"내 말을 나쁘게 생각하신다면 안됐습니다" 하고 파비안이 말했다.

"당신의 기분을 상하게 하려고 한 것은 아닙니다. 나는 내 재능을 자랑스럽게 생각하지 않습니다. 내 재능은 굶어 죽기에 꼭 알맞으니까요. 그리고 얼마나 나쁜가 내가 그것을 자랑해야 할 정도로 된 것은 겨우 이 주일 전부터입니다."

차하리아스는 자리에서 일어서서 그를 일부러 계단까지 바래다 주었다.

"내일 전화해 보십시오. 한 열두 시경에, 아니지, 그때는 회의가 있으니까 두 시 지나서 걸어보십시오. 그때까지는 무슨 생각이 떠오를지도 모르니까요, 그럼."

파비안은 라부데에게 전화를 하고 싶었으나 그는 프랑크푸르트에 있었다. 라부데에게는 절대로 그의 걱정거리를 얘기할 수 없었다. 근심은 라부데 자신도 충분히 가지고 있기 때문이다. 다만, 낯익은 음성을 듣고 싶었을 뿐이었다. 친구들 사이에서는 날씨에 관한 이야기가 때로는 경이적인 효과가 있는 법이다. 어머니는 다시 돌아갔다. 재미나는 늙은 발명가는 망토와 함께 정신병원에 가 있었다. 코르넬리아는 몇 명의 영화인의 마음에 들기 위해서 새 모자를 샀다. 파비안은 고독했다. 왜 우리는 나중에 그것을 취소할 때까지 자기 자신으로부터 도피해서는 안 되는가? 목적 없이 시내를 방황했으나, 그는 얼마 후에 코르넬리아가 다니는 회사 앞에 와 있었다. 그는 자기 자신에게 성을 내면서 계속해서 걷다가, 모자점마다 기웃거리고 있는 자기 자신을 발견했다. 그 여자는 아직도 사무실에 앉아 있을까? 또는 잠바와 모자를 벌써 입어보고 있을까?

안할트 역에서 그는 신문을 샀다. 신문 파는 남자는 기분 좋게 생겼다. "당신을 도울 사람이 필요하지 않습니까?" 파비안이 물었다.

"다음에는 양말 뜨는 법을 배울 작정입니다" 하고 그는 말했다.

"일 년 전에는 두 배의 수입이 있었는데 그래도 풍족하지 못했었습니다. 사람들은 요즈음 신문을 이발소와 다방에서만 읽습니다. 빵집 주인이 됐어야 했습니다. 빵은 아직도 이발소에서 공짜로 받지는 않으니까요."

"누가 요즘 빵을 마치 수돗물처럼 국가에서 집에 공급해야 한다고 제안했더군요." 파비안이 말했다. "두고 보십시오. 빵을 아무리 구워도 굶어 죽는 걸 막지 못하는 때가 올 것이니."

"버터빵을 하나 드릴까요?" 신문 파는 남자가 물었다.

"아직 일 주일은 괜찮습니다." 그는 사양하고 역 쪽으로 갔다. 그는 기차 시간표를 보았다. 나머지 돈으로 기차표를 사서 어머니한테 가야만 하는가? 그렇지만 차하리아스가 내일 어떻게 해줄지도 모르지 않는가? 그가 역에서 나와서 다시 이 즐비한 거리와 집들을 보았을 때, 이 절망적이고 사정없는 라비린트(미궁)를 보았을 때, 그는 현기증을 느꼈다. 그는 몇 명의 짐을 나르는 사람들 틈에 끼어 벽에 기대어 눈을 감았다. 어지러웠던 것이다. 그러나 이제는 소음이 그를 괴롭혔다. 마치 전차와 버스가 그의 뱃속 한복판을 지나가는 것같이 느껴졌다. 그는 되돌아서 대합실로 나가는 층계를 올라가 딱딱한 벤치에 고개를 대었다. 반 시간 후에는 좀 나아지는 것 같았다. 그는 전차 정류소로 해서 집으로 돌아와 곧 잠들었다.

그는 저녁 때 잠이 깨었다. 현관문이 크게 열렸다. 코르넬리아가 왔을까? 아니다. 누가 층계를 빨리 내려가고 있었다. 그는 옆방에 가보고 놀랐다. 옷장은 열려 있었다. 그것은 비어 있었다. 트렁크는 없었다. 아직 어둡지는 않았으나 파비안은 불을 켰다. 다 시든 꽃이 꽂혀 있는 책상 위에 편지가 놓여 있었다. 그는 고개를 끄덕이고 편지를 들고 자기 방으로 돌아왔다.

'사랑하는 파비안!' 이라고 코르넬리아는 썼다.

내가 너무 빨리 가버리는 것이 너무 늦게 가는 것보다는 낫지 않아요? 나는 바로 전에 소파의 당신 곁에 서 있었어요. 당신은 주무셨어요. 당신은 지금 내가 이것을 쓰는 동안에도 주무시고 계세요. 나는 여기 있고 싶어요. 그렇지만 내가 여기 있으면 어떻게 될 것인가를 상상해 보세요! 한두 주일만 더 있으면 당신은 아주 불행해지실 것입니다. 당신을 누르는 것은 곤경의 무게가 아니라 곤경이 중대 문제가 될 수 있다는 생각인 것입니다. 당신이 혼자 계실 때는 무슨 일이 있어도 당신은 태연하셨습니다. 또다시 전과 같이 될 것입니다. 슬프세요?

그들은 나를 다음 영화에 출연시키려고 합니다. 내일 계약에 서명하기로 되어 있습니다. 마카르트는 나를 위해서 방 두 개를 빌렸습니다. 이것은 불가피했어요. 그는 그것에 관해서 마치 연탄을 살 때 같은 어조로 말했습니다. 그의 나이는 쉰 살이고, 옷을 잘 입고 있는 은퇴한 레슬링 선수같이 보입니다. 나는 마치 나를 해부실에 판 것 같은 기분입니다. 내가 또 한번 다시 당신의 방에 가서 당신을 깨운다면? 당신을 재워두겠습니다. 나는 파멸하지 않겠습니다. 나는 의사가 진찰을 하고 있다고 상상하렵니다. 그가

맘대로 하게 내버려두겠습니다. 피할 수 없다니까요. 우리는 우리
의 몸에 진흙을 발라야만 진흙에서 빠져나올 수가 있습니다. 그리
고 우리는 빠져나오고 싶지요?

나는 '우리'라고 썼어요. 나를 이해하시겠어요? 나는 당신과
같이 있을 수 있기 위해서 당신 곁을 떠나는 것입니다. 나를 계속
해서 사랑하시겠어요? 다른 남자에게 가도 나를 보고 포옹하시겠
어요? 내일 오후에 네 시부터 쭉 쇼텐하멜 다방에서 당신을 기다
리겠어요. 당신이 안 오시면 나는 뭐가 되고 말까요?

코르넬리아

파비안은 아주 조용히 앉아 있었다. 점점 어두워졌다. 심장이 아팠
다. 그는 마치 누가 자기를 끌어가는 것에 저항하듯이 의자의 팔걸이
를 꼭 쥐고 있었다. 편지는 밑의 카펫에 떨어져 어둠 속에서 빛났다.

"나는 변하려고 했었어, 코르넬리아!" 파비안은 중얼거렸다.

16

파비안은 모험을 찾아서 간다
웨딩에서의 총소리
펠레의 북쪽 공원

그날 밤 그는 지하철을 타고 북쪽으로 갔다. 그는 창가에 서서 가끔 작은 등불이 지나가는 검은 구멍을 끊임없이 응시했다. 그는 사람이 많은 역과 지하철의 정거장을 응시했다. 차가 검은 구멍에서 올라갔을 때는, 그는 즐비한 잿빛의 집들과 음울한 교차로와 낯모르는 사람들이 테이블 주위에 앉아서 운명을 기다리고 있는 밝게 불 켜진 방 안을 응시했다. 그는 그가 탄 차가 지나가는 혼잡하고 번쩍거리는 철로와 붉은 침대차들이 신음하면서 먼 여행을 생각하고 있는 장거리선 정거장과, 말없는 슈프레 강과, 요란한 네온이 번쩍거리고 있는 극장 지붕과, 도시 위에 덮인 별도 없는 보랏빛 하늘을 응시했다.

파비안은 마치 그 자신은 멀리 떨어져 있고 다만 귀와 눈만이 베를린으로 가고 있는 것처럼 그 모든 것을 바라보고 있었다. 그의 시선은 긴장해 있었으나, 그의 심장은 무감동했다. 그는 오랫동안 하숙방에 앉아 있었다. 이 예측할 수 없이 넓은 도시의 어디선지 지금 코르넬리아는 50세 남자와 침대에 누워서 헌신적으로 눈을 감고 있을 것이다. 그 여자는 어디에 있는가? 그 두 명을 발견할 때까지 그는 온갖 집의 담벽을 뜯어 없애고 싶었다. 코르넬리아는 어디에 있는가? 그 여자는 왜 그를 아무것도 못하고 저주만 하고 있게 하는가? 그에게 행동하고 싶은 충동이 일어나는 희귀한 순간에 왜 그 여자는 그를 막고 있는가? 그 여자는 그를 몰랐다. "올바르게 행동하세요!" 하고 그에게 말하기 보다는 그 여자는 오히려 자신이 잘못 행동하는 편을 택한 것이다.

그 여자는 그가 자신이 한번 팔을 올리기보다는 수천 대의 매를 참고 맞을 사람이라고 생각한 것이다. 그 여자는 그가 책임을 지고 봉사하기를 갈망하고 있다는 것을 몰랐다. 그러나 그가 기쁘게 봉사할 만한 사람들이 어디에 있었던가? 코르넬리아는 어디에 있는가? 파비안이 무위로부터의 시간과 욕망을 갖기 위해서, 뚱뚱한 남자 밑에 누워서 창부 노릇을 하고 있는가? 그 여자는 그가 그것에서부터 해방되었던 저 자유를 관대하게 다시 돌려주었다. 우연은 그에게 그가 그 사람을 위해서 드디어 행동할 사람을 품속에 갖다주었으나, 그 사람은 그를 다시 본의 아닌, 저주받은 자유 속에 밀어던졌다. 두 사람이 서로를 도왔으나 지금은 서로를 도울 수가 없게 되었다. 그가 코르넬리아를 발견한 까닭으로 노동의 의미를 갖게 된 순간에 그는 일자리를 잃었다. 그리고 일자리를 잃었기 때문에 그는 코르넬리아를 잃었다.

그는 목마르게 그릇 하나를 손에 잡았으나 그것을 들고 있을 수가 없었다. 왜냐하면 그것은 비어 있었기 때문에 —— 그때, 그가 감히 희망할 수조차 없었을 때 운명은 은총을 베풀어서 그 그릇을 채워주었다. 그는 드디어 그릇에 목을 기울이고 마시려고 했었다. "안 돼" 하고 운명이 말했다. "안 돼, 너는 이 잔을 들고 있기를 싫어하니까 안 돼." 그러고는 잔을 그의 손에서 떨어뜨려 물은 그의 손 위로 흘러서 땅으로 흘렀다.

후라아! 이제 그는 자유다. 그가 몹시도 크게, 몹시도 악의에 찬 웃음을 웃었기에 전차에 탄 사람들이 약간 기분이 상해서 외면했을 정도였다. 그는 전차에서 내렸다. 어디서 내리든 마찬가지였다. 그는 자유로웠고, 코르넬리아는 출세를 또는 절망을, 또는 그 둘을 다 안고 어디선지 잠자고 있는 것이다.

쇼세에 가에서 경찰서의 문이 열려 있고 녹색 자동차가 나오고 탐조등이 번쩍이는 것을 보았다. 경관들이 자동차 위에 올라가서 기분 나쁜 듯 말 없이 대열을 짓고 서 있었다. 몇 대의 자동차가 북쪽을 향해서 달려갔다. 파비안은 그쪽을 따라갔다. 거리는 사람들로 꽉 차 있었다. 사람들이 자동차를 향해서 고함을 질렀다. 그것은 마치 벌써 돌팔매인 것처럼 들리는 고함소리였다. 경관들은 똑바로 앞을 바라보고 있었다.

웨딩 광장에서 그들은 노동자 대군이 밀려오고 있는 라이니켄도르프 가를 막았다. 기마 경관들이 도로를 차단하고 있는 쇠줄 뒤에 서서 공격 명령이 나올 것을 대기하고 있었다. 제복 입은 프롤레타리아들은 모자 끈을 턱 밑에 매고, 무산 계급 시민들을 기다리고 있었다. 누가 그들을 서로 싸우도록 만들었는가? 노동자들은 가까워졌고 노랫소리가 점점 높아졌다. 경관들은 1미터 간격으로 한 명씩 서서 한 걸음씩 앞으로 나갔다. 성난 고함소리가 노랫소리와 교차되었다. 사람들은 일이 어떻게 진행되는지를 볼 수는 없었지만 점점 커지는 소음에 의해서 이제 곧 노동자와 경관이 충돌할 것이라는 사실을 느낄 수가 있었다. 1분 후에 아우성소리가 그 추측이 맞았음을 증명해 주었다. 사람들은 충돌했고, 경관이 돌격했다. 말이 흔들거리면서 움직이기 시작했고, 진공 속을 쳐들어갔다. 말발굽소리가 아스팔트 위에서 요란한 소리를 냈다. 앞에서 총소리가 났고, 유리창이 깨졌다. 말은 속보했다. 웨딩 광장에 모인 사람들은 뒤로 물러가려고 했다. 제2초병이 라이니켄도르프 가로 가는 통로를 막고 점점 전진하여 그 장소를 진압했다. 돌이 날아왔고 한 경위는 칼침을 맞았다. 경관은 고무 곤봉을 들고 뛰어갔다. 새 트럭 가득 증원대가 왔다. 경관들이 천천히 달리는 트럭에서 뛰어내렸다. 노동자들은 그 거리의 맨 끝까지 도망가서 정지했다. 파비안은 사람으로 만들어진 담벽으로 다가섰다. 삼거리 앞은 이미 질서와 고요가 다시 회복돼 있는 것같이 보였다.

몇 명의 여자들이 대문간에 서 있었다.

"여보세요?" 하고 그 중의 한 명이 말을 건넸다.

"웨딩 광장에서도 또 싸움판이 벌어졌다는 게 정말이에요?"

"서로 매질을 하고 있습니다." 그는 대답하면서 지나갔다.

"죽어버렸으면 좋겠어, 프란츠는 또 그 한복판에 들어가 있으니" 하고 한 여자가 외쳤다.

"집에 빨리 가도록 해요, 당신도!"

거리의 한복판에 오래된 견고한 셋방 지대 사이에 펠레 아저씨의 북쪽 공원이라고 불리는 놀이터가 있었다. 핸드 오르간 음악소리가 놀이터 입구에 팔을 끼고 긴 줄을 지어 거닐고 있는 소녀들의 말소리를 들리지 않게 했다. 대담한 척하는 청년들이 모자를 비뚤게 쓰고 여자들 옆을 따라가면서 뻔뻔스러운 농담을 던졌다. 소녀들은 만족해서 킥킥거리며 오해의 여지가 없는 대답을 던졌다.

파비안은 문으로 들어갔다. 그곳은 마치 건초장같이 보였다. 아세틸렌 등이 길과 가게를 어두컴컴하게 비추고 있었다. 메리고라운드[목마에 달린 회전대]에는 손님이 없어 텐트 헝겊으로 포장이 쳐져 있었다.

두꺼운 사냥 잠바를 입은 남자들과, 수건을 쓴 늙은 여자들과, 오래전에 잠자리에 들어가 있어야 할 아이들이 가게 사이의 길을 거닐고 있었다. 복권 수레가 뱅뱅 돌고 있었다. 사람들이 잔뜩 서서 빙빙 돌아가는 회전판을 응시하고 있었다. 그 판은 천천히 돌다가 몇 개의 번호를 초과하더니 정지했다.

"이십오!" 하고 번호 부르는 남자가 소리쳤다.

"여기 있어요, 여기!"

코에다 안경을 얹은 노파가 소리지르면서 자기의 복권을 들어 보였다. 사람들이 노파에게 상품을 주었다. 상품은 무엇인가? 1파운드의 각설탕이었다.

다시 복권 수레가 소리를 내고 돌았다.

"십칠!"

"할로, 그건 납니다!" 하면서 한 청년이 복권을 휘둘렀다. 그는 알커피를 4분의 1파운드 받았다.

"어머님께 드릴 것이 생겼군" 하면서 그는 물러섰다.

"이제는 특등품 차례입니다. 맞은 사람은 골라 가질 수 있습니다!"
수레바퀴는 흔들거리면서 소리를 냈고, 드디어 멈췄다. 아니 다시 한번 더 가서 멈췄다.

"구!"

"어머나! 여기예요!" 한 여직공이 손뼉을 쳤다. 그녀는 복권 규정을 읽었다. "특등품은 최고급 밀가루 오 파운드, 또는 버터 일 파운드, 또는 삼 분의 이 파운드의 커피, 또는 기름기가 적은 돼지비계 일과 삼 분의 일 파운드로 되어 있다." 그 여자는 버터 1파운드를 요구했다.

"십 페니히에 이렇게 많은 것을 받다니!" 하고 그 여자는 외쳤다. "한번 해볼 만한데!"

"다음 복권 시작됩니다" 하고 번호 부르는 남자가 외쳤다.

"아직도 안 해본 사람은 누굽니까? 또 한번 해볼 사람은 누굽니까? 저기 계신 할머니! 여기는 가난뱅이의 몬테카를로 도박으로 유명한 모나코의 수도입니다! 일 마르크도 아니고 반 마르크도 아니고 단돈 십 페니히입니다!"

그 건너편에도 그와 비슷한 흥행이 벌어지고 있었다. 상품이 그 편에서는 고기와 소시지였고, 복권값도 두 배나 되었다.

"이번 특등품은 함부르크 거위입니다, 여러분!" 하고 백정 마누라가 외쳤다.

"이십 페니히입니다. 용기를 내보십시오, 여러분!" 그 여자의 조수가 거대한 칼로 소시지를 얇게 썰어서 복권을 사는 사람들에게 맛을 보여주었다. 다른 사람들은 입에 침이 고여서 동전 두 개를 지갑에서 꺼내고 복권을 집었다.

"거위볶음에 대해서 어떻게 생각해?" 칼라도 넥타이도 없는 어떤 남자가 자기 마누라에게 물었다.

"돈이 아까워요." 그 여자는 말했다. "우리는 복이 없어요, 윌렘."

"그만해" 하고 그가 말했다. "또 어떻게 될지 알아?" 그는 복권을 사고 그가 덤으로 얻은 소시지 조각을 마누라의 입에 넣어주고 기대에 찬 얼굴로 수레바퀴를 응시했다.

"복권 추첨이 이제 시작됩니다." 백정 마누라가 외쳤다. 행운의 수레바퀴가 돌기 시작했다. 파비안은 그곳을 떠나서 걷기 시작했다. 큰 텐트 앞에 '곡마와 무도'라고 씌어 있었다. 입장권은 20페니히였다. 그는 들어갔다. 그 집은 두 부분으로 구성되어 있었다. 한 곳은 좀 높았고 천막 속에서 마치 말뚝처럼 서 있었다. 그곳에서는 춤을 추고 있었다.

가운데에서는 타악기의 밴드가 마치 대원들끼리 서로 싸우거나 한 것 같은 연주를 하고 있었다. 여자들은 난간에 몸을 기대고 서 있었고 청년들이 그들을 잡아당겼다. 모두 다 노골적이었다. 또 한 개의 부분은 모래사장이었고, 그 속에서는 악대의 음악에 맞추어서 훈련된 세 마리의 말이 뛰고 있었다. 세 마리 말은 실크 모자를 쓴 승마장이가 회초리를 휘두르면서 반복해서 외치는 "테랍!" 소리에 의해 잠들지 못하도록 방해되었다. 조그만 애꾸눈 말 위에는 한 여자가 남자 자리에 앉아 있었다. 치마가 무릎 위로 높이 치켜 올라갔다. 그 여자는 주책없이 말을 달리면서 안장 위에 떨어질 때마다 웃었다.

파비안은 승마장 옆에 앉아서 맥주를 마셨다. 말 탄 여자는 파비안 옆을 지나칠 때마다 치마를 끌어내렸다. 그러나 그것은 헛수고였다. 치마는 매번 다시 올라갔다. 그 여자는 네 번째로 파비안 옆을 지나가면서 약간 웃으면서 이번에는 치마를 올라간 채 놓아두었다. 다섯 번째 돌 때 그 말은 파비안의 테이블 앞에 멈추고 보이지 않는 눈으로 맥주잔을 뚫어지게 보았다. "거기엔 사탕이 없어" 하고 그 여자는 말하면서 파비안의 얼굴을 바라보았다. 그때 승마장이 회초리를 휘둘렀고, 작은 말은 걷기를 계속했다.

그 여자가 말에서 내리더니 의식적으로 무심코 파비안과 비스듬한 각도로 놓여 있는 옆 테이블에 앉았기 때문에 파비안은 그 여자의 육체적 장점을 안 볼 수가 없었다. 그의 시선은 그 여자의 육체 위에 고정되었고, 그의 고통이 마취에서 다시 깨어났다. 코르넬리아는 어디에 있는가? 그 여자는 지금 새롭게 받고 있는 포옹을 싫어하고 있을까? 그가 여기에 앉아 있는 동안에 그 여자는 낯모르는 침대에서 쾌락을 느끼고 있는 것일까? 그는 의자에서 뛰어 일어났다. 의자가 넘어졌다. 옆 테이블에 앉은 여자가 그의 얼굴을 또 한번 응시했다. 그 여자의 눈은 커졌고 입이 비뚤어지더니 약간 열리고 혀로 윗입술을 핥았다.

"같이 가실까요?" 그는 본의 아니게 물었다. 그 여자는 같이 갔고, 그들은 말없이 극장으로 갔다. 극장은 누추한 바라크였다. '유명한 라인골트 가수의 등장. 끽연 허가. 야간 공연시에는 아동은 의자를 사용 못함.' 바라크는 반쯤 차 있었다. 관객들은 모자를 쓰고 담배를 피우고 어둠 속에서 그 이상 더할 수 없게 진부하고 거짓말투성이인 로맨틱에 눈물까지 흘리면서 감동하고 있었다. 그들은 저 위에서 연출되고 있는 쑥스러운 무대의 마술에 자기 자신의 곤경보다 더 동정을 느끼고 있었다. 파비안은 남 모르게 여자 위에 팔을 올려놓았다. 그 여자는 그에게 매달리면서 그가 듣도록 숨을 크게 쉬었다. 연극은 몹시 슬펐다. 어떤 멋진 대학생이 —— 흰머리를 가진 50세가 넘는 지배인 블라제만이 그 역을 손수 맡아서 했다 —— 매일 아침 술에 만취돼서 집으로 돌아간다. 그건 저 저주스러운 샴페인 때문이다. 그는 학생의 노래를 부르면서 초에 절인 청어를 주문하고 문지기 할머니한테 욕을 잔뜩 먹더니, 통풍에 걸린 늙은 궁정 가수 할머니에게 노래를 집어치우라고 마지막 돈을 털어주었다.

그러나 운명은 가능한 한 빠른 걸음으로 걸어왔다. 그 늙은 가수 할머니는 누구였을까? 그 쉰 살 난 대학생의 어머니였던 것이다! 그는 어머니를 12년 동안이나 보지 못했고, 어머니가 언제나 전과 같은 궁정 오페라 가수인 줄 믿고 있었다. 물론 그는 어머니를 알아보지 못했다. 그러나 어머니의 눈은 보다 날카로웠다. 그녀는 보자마자 그가 분명 자기 아들이라고 믿었다. 그러나 드라마의 클라이맥스는 꾸물거렸다. 한 연애 사건이 돌발했다. 대학생은 사랑했고, 사랑받았다. 그를 사랑하는 것은 바로 앞집에 사는 그림같이 예쁜 삯바느질을 하는 소녀 마르틴 양으로, 그 여자가 밟는 재봉틀은 마치 종달새의 노래같이 들린다. 노래부르는 종달새 마르틴 양은 실은 2백 파운드나 될 것같이 보였다. 그 여자는 무대가 휘도록 뛰었고 지배인 블라제만은 학생과 같이 쿠플레를 노래했다. 그 성공적인 이중창의 첫 시작은 다음과 같았다.

"그대는 보물, 오 내 보물, 그대는 나의 모든 것!"

둘이 합해서 백 살은 넘을 것같이 보이는 그 젊은 쌍은 마당 위에서 힘차게 이리저리 밀고 밀리더니, 그가 그 여자에게 결혼을 약속했다. 그러나 그 여자는 슬퍼진다. 왜냐하면 그는 늘 늙은 여가수들을 마당에서 쫓아버리는 버릇이 있었기 때문이다. 그리고는 그들은 다음 쿠

202

플레를 노래했다. 사람들은 박수갈채를 보냈다. 파비안이 팔을 두르고 앉았던 여인이 살짝 몸을 돌리고 가슴을 맡겼다.

"아, 참 좋아요." 그 여자는 말했다. 아마 그 여자는 연극의 대본을 외는 것 같았다. 관중석은 다시 엄숙한 침묵에 덮였다. 아들에게 의학을 공부시키고 봉건적인 단체에 가입시키고 있는 그 허리 구부러진 통풍장이 궁정 가수 할머니가 비틀거리면서 등장하여 애를 쓰면서 마당까지 걸어오더니 엄지손가락을 올렸다. 피아니스트는 그것에 따랐다. 감동적인 어머니의 노래가 바야흐로 탄생하려고 했다.

"갑시다." 파비안은 말하면서 그 여자의 브래지어에서 손을 떼었다.

"벌써요?" 그 여자는 놀라서 물었으나 그를 따랐다.

"여기 살고 있어요" 하고 여자는 뮐러 가의 어떤 큰 집 앞에서 말했다. 여자는 문을 열었다.

"나도 같이 들어가겠습니다." 그는 말했다. 여자는 반항했으나 별로 마음으로부터 하는 것은 아닌 것 같았다. 그는 여자를 현관에 밀어넣었다.

"집주인들이 뭐라고 말하겠어요. 안 돼요. 참 폭력적이세요! 아주 조용히하세요, 네?"

"왜 당신 방에 침대가 둘이나 있습니까?" 그는 물었다.

"쉬이! 누가 들으면 어떻게 해요?" 여자가 속삭였다.

"집주인이 다른 데 갖다 둘 데가 없대요." 여자는 옷을 벗었다.

"너무 시간이 걸리게 굴지 말아." 그는 말했다.

여자는 코켓테리(교태)를 불가결한 것으로 알고 마치 노처녀같이 수줍어했다. 드디어 그들은 나란히 누웠다. 여자는 불을 끄고 나서야 완전히 옷을 벗었다. "잠깐만" 하고 여자는 속삭였다. "성내지 마세요." 여자는 손전등을 켜고 헝겊을 그의 얼굴 위에 덮더니 손전등으로 비추면서 그를 마치 의사 같은 치밀함을 가지고 조사했다. "미안해요. 요즘은 얼마나 조심해야 하는지 몰라요" 하고 여자는 끝난 다음에 말했다. 이제는 드디어 아무것도 막는 것이 없었다.

"나는 장갑 가게 점원이에요" 하고 여자는 잠시 후에 말했다.

"내일 아침까지 계시겠어요?" 하고 그 여자는 30분 후에 다시 말했다.

그는 고개를 끄덕였다. 그 여자는 부엌으로 사라졌다. 그는 여자가 씻는 소리를 들었다. 그 여자는 따뜻한 비눗물을 가져와서 그를 가정부인다운 세심한 태도로 씻어주고는 다시 침대에 들어왔다.

"부엌에서 물을 데워도 주인집에서 뭐라고 안 해?" 하고 그는 물었다.

"불을 끄지 말아요!" 여자는 대수롭지 않은 말을 하면서 그가 어디에 사느냐고 묻고 그를 '보물'이라고 불렀다. 그는 방 안의 가구를 바라보았다. 두 침대 이외에 정열적으로 굴곡된 푹신푹신한 소파가 하나 있었고, 흰 곰가죽 위에 젊은 여자가 앉아서 분홍빛 애기하고 놀고 있는 추악한 빛깔이 프린트되어 있는 대리석판이 놓인 세면대가 있었고 그 이외에도 잘 열리지 않는 거울문이 달린 옷장이 있었다.

코르넬리아는 지금 어디에 있을까, 하고 그는 생각하고는 또다시 놀라고 있는 벌거벗은 여점원에게 달려들었다.

"당신은 무서워요." 그후에 그 여자는 속삭였다. "나를 죽이고 싶으세요? 그렇지만 말할 수 없이 좋아요." 여자는 그의 옆에 무릎을 꿇고 앉아서 눈을 크게 뜨고 그의 냉담한 얼굴을 바라보고 그에게 키스했다.

그는 여자가 피로에 지쳐서 잠든 후에도, 언제까지나 혼자 남의 방에 깨어 있으면서 어둠 속을 뚫어지게 바라보며 생각했다. '코르넬리아, 우리는 서로 무슨 짓을 한 거지?'

17

힘줄 없는 송아지 간(肝)

그는 의견을 말했다

여행자는 참을성을 잃었다

"내가 거짓말을 했어요." 다음날 아침 그 여자는 말했다.

"나는 가게에 나가지 않아요. 그리고 이 집은 내 집이에요. 그리고 우리는 지금 단둘이만 있어요. 부엌으로 오세요."

여자는 커피를 따르고, 빵에 버터를 바르고, 그의 뺨을 부드럽게 치고, 앞치마를 벗고, 테이블에 그와 마주 앉았다.

"맛있어요?" 여자는 그가 아무것도 먹지 않는데도 불구하고 명랑하게 물었다.

"안색이 창백하세요. 그럴 수밖에……. 많이 잡수세요. 다시 크고 강해지시게……."

여자는 머리를 그의 어깨에 대고 마치 계집아이처럼 입술을 뾰족하게 내밀었다.

"내가 소파를 훔쳐가거나 배를 찔러 죽일까 봐 겁이 났어?" 파비안이 물었다. "그리고 왜 침실에 침대가 두 개 있어?"

"저 결혼했어요" 하고 여자가 말했다.

"남편은 어떤 트리코트 대리점 외판원으로 여행하고 있어요. 지금 그는 라인란트에 있어요. 적어도 열흘은 더 여행할 거예요. 그때까지 머물러 계시겠어요?"

그는 커피를 마시고 아무 대답도 하지 않았다.

"나는 누군가가 필요해요." 여자는 마치 누가 반대라도 할 것같이 급하게 말했다.

"그는 언제나 없어요. 어쩌다가 있어도 별수가 없어요. 열흘 동안 여기 계세요. 편히 지내세요. 나는 요리를 잘해요. 돈도 있어요. 오늘 점심에는 무엇을 잡수시겠어요?"

여자는 집안일을 하기 시작했고, 근심스러운 표정으로 그를 바라보았다.

"송아지 간하고 볶은 감자 좋아하세요? 왜 통 대답을 않으세요?"

"전화 있어?" 그는 물었다.

"없어요." 여자는 말했다.

"가시려고 그러세요? 더 계세요. 참 좋아요. 한번도 그렇게 좋았던 일은 없어요."

여자는 손을 닦고 나서 그의 머리를 쓸었다.

"더 있겠어" 하고 그는 말을 이었다. "그렇지만 전화를 걸어야 돼."

여자는 전화를 라리쉬라는 고깃집에서 걸 수가 있는데, 가거든 반 파운드의 신선한 송아지 간 —— 힘줄은 없는 것으로 —— 을 사다줄 수 없느냐고 물었다. 그러고 나서 돈을 꺼내주고는 문을 조심스럽게 열고 계단에 아무도 없었으므로 그에게 나가도 좋다고 말했다.

"송아지 간 반 파운드. 힘줄이 없는 걸로" 하고 그는 고깃간에서 말했다. 그것을 싸주는 동안에 그는 차하리아스에게 전화를 걸었다. 전화기에는 기름기가 묻어 있었다.

"아니오" 하고 차하리아스는 말했다. "아무 묘안도 떠오르지 않았습니다. 그렇지만 나는 희망을 안 버립니다. 그건 어리석은 일이니까요. 내일 다시 한번 오십시오. 일이 빨리 되는 수도 있습니다. 안 되더라도 얘기나 좀 하지요 뭐. 좋습니까? 내일 봅시다."

파비안은 송아지 간을 받았다. 종이에서 피가 흘렀다. 그는 돈을 내고 나서 그것을 조심스럽게 집에 들고 갔다. 옆집 여자가 마침 문고리를 닦고 있었기에 그는 4층까지 올라갔었다. 몇 분 후에 그는 다시 내려왔다. 그와 함께 밤을 보냈던 여자는 그가 벨을 누르기도 전에 문을 열고 방 안으로 끌어들였다.

"다행이었어요" 하고 여자는 속삭였다. "그 수다쟁이한테 우리가 들킬까 봐 걱정했어요. 안방에 앉아 계세요. 신문을 읽으시겠어요? 그 동안에 요리를 하겠어요."

그는 거스름 돈을 책상 위에 놓고 안방에 앉아서 신문을 읽었다. 그는 여자가 노래부르는 것을 들었다.

얼마 후에 여자는 그에게 담배와 술을 갖다주고 어깨 너머로 그가 읽는 것을 들여다보았다.

"한 시에는 식사를 하시게 될 거예요" 하고 여자는 말했다. "즐겁게 느끼시면 다행인데."

그러고는 여자는 다시 사라지고, 밖에서 계속해서 노래불렀다. 그는 라이니켄도르프 가에서의 소동에 관한 경찰의 보고를 읽었다. 칼침을 맞았던 경위는 병원에서 사망했다고 했다. 데모대들 중에서는 세 명의 중상자가 났다. 그 외의 몇 명은 체포되었다. 사설에는 늘 실직자들을 선동하는 무책임한 분자에 관해서와 경찰의 중대 임무에 관해서 씌어 있었다. 보안경찰의 상태를 추락시키려는 어떤 부류 사람들의 시도가 시작되어서는 안 된다는 내용이었다. 즉 어제와 같은 사건이 그렇게 바로 눈앞에서 일어난다는 것을 예방적으로 생각하고 행동하는 것이 필요하다는 것이다.

파비안은 조그만 방을 둘러보았다. 가구들은 지나치게 장식된 채로 제자리에 놓여 있었다. 장식 선반 위에는 세 개의 장부꽂이가 세워져 있었고 테이블 위에는 파도치고 있는 요란한 색채의 유리접시가 여봐라고 놓여 있었고, 그 속에는 그림 엽서가 담겨져 있었다. 파비안은 맨 위의 엽서를 집었다. 그것은 쾰른 성당이 그려져 있는 것이었다. 그는 담배 광고가 생각났다. '사랑하는 무키(애칭)'라고 적혀 있었다. '잘 있어? 돈은 충분하고? 나는 일을 아주 잘하고 있어. 내일은 뒤셀도르프로 갈 예정이야. 인사와 키스를 보내며, 쿠르트가.' 그는 엽서를 다시 놓아두고 버찌주(酒)를 한 잔 마셨다.

점심 때 그는 무키를 실망시키지 않기 위해서 접시를 깨끗이 비웠다. 그 여자는 마치 강아지가 그릇을 깨끗이 비우고 다 먹은 것 같은 그것에 만족해했다. 그 뒤에는 커피가 나왔다.

"당신에 관해서는 아무 얘기도 않겠어요, 여보?" 하고 여자는 말했다.

"싫어" 하고 말하고 그는 안방으로 갔다. 여자는 그를 쫓아갔다. 그는 창가에 서 있었다.

"소파로 오세요." 여자가 부탁했다. "누가 볼지도 모르니까요. 그리고 성내지는 말아주세요."

그는 소파에 앉았다.

여자는 커피를 가지고 돌아와서 파비안 곁에 앉더니 블라우스의 단추를 끌렀다.

"이제는 디저트 차례예요" 하고 그 여자는 말했다. "그렇지만 다시 묻지는 마세요."

세 시쯤에 그는 집을 나왔다.

"꼭 다시 와주시겠어요?" 여자는 그 앞에 서서 양말과 치마를 바로 여미면서, 애원하듯이 그를 바라보았다.

"꼭 다시 온다고 맹세해 주세요."

"아마 올 것이지만 약속은 못 해." 그는 대답했다.

"저녁 먹지 않고 기다리겠어요" 하고 말하면서 여자는 문을 열었다.

"빨리!" 하고 여자는 속삭였다. "아무도 없어요."

그는 계단을 뛰어내려갔다. '아무도 없다' 하고 그는 생각하고, 그가 떠난 집에 대해서 혐오를 느꼈다. 그는 그로센 슈테른까지 쭉 걸어 전차를 타고 동물원을 지나서 브란덴부르크 문까지 가 벤치 틈으로 사라졌다가, 지게스알레에 들어갔다. 호엔졸레른 왕실의 가게와 조각가 베가스의 가게는 불후의 견고성이 엿보였다.

쇼텐하멜 다방 앞에서 그는 돌아섰다. 여기서 더 얘기할 것이 무엇이란 말인가. 이야기를 하기에는 이미 늦었다. 그는 계속 포츠담 가로 나와서 포츠담 광장 위에서 망설이고 서 있다가 벨비 가를 올라가서 다시 그 다방 앞으로 왔다. 이번에는 그는 들어갔다. 코르넬리아는 마치 몇 년 동안이나 기다린 것처럼 앉아 있었다. 그 여자는 약간 손짓해 보였다.

그는 앉았다. 그 여자는 그의 손을 잡았다.

"당신이 오실 줄은 몰랐어요." 그 여자는 수줍게 말했다. 그는 잠 자코 그 여자 너머로 허공을 바라보았다.

"내가 한 일은 옳지 않지요?" 그 여자는 작은 목소리로 말하고, 고 개를 숙였다. 눈물이 커피 위에 떨어졌다. 그 여자는 찻잔을 옆으로 밀 고 눈물을 닦았다. 그는 테이블에서 시선을 떼었다. 2층으로 가는 바 로크식으로 장식된 두 계단 사이의 담벽에는 많은 색색의 앵무새와 방 울새가 무더기로 모여 있었다. 새들은 유리로 만들어져 있었다. 유리 새들은 리아네[열대식물]와 나뭇가지 위에서, 부서질 것같이 연약한 밀 림을 비추기 시작한 등불이 켜질 밤이 오기를 기다리고 있었다.

코르넬리아는 속삭였다. "왜 나를 보지 않으세요?" 그러고는 손수 건을 입에 눌렀다. 그 여자의 울음소리는 마치 아주 먼 곳에서 나는 절 망에 빠져 있는 어린아이의 흐느낌같이 들렸다. 다방은 비어 있었다. 손님들은 밖의 커다란 붉은 우산 밑에 앉아 있었다. 다만 한 명의 급사 가 그들 근처에 서 있었다. 파비안은 그 여자의 얼굴을 바라보았다. 그 여자의 눈은 흥분에 떨리고 있었다.

"한마디라도 말을 좀 하세요." 그 여자는 거친 목소리로 말했다.

그의 입에선 침이 말랐고 목구멍은 막혔다. 그는 애써 침을 삼켰다.

"나는 어떻게 될까요?" 그 여자는 마치 아무도 없는 방에서 혼자 말하듯이 중얼거렸다. "나는 어떻게 될까?"

"잘 사는 불행한 여자가⋯⋯." 그는 지나치게 큰 목소리로 말했다. "그게 뜻밖이야? 당신이 베를린에 온 것은 그 때문이 아니었어? 여기는 교환하는 곳이야. 누구나 무엇을 갖고 싶으면 자기가 가진 것과 교환해야 해."

그는 한참 동안 기다렸으나 그 여자는 잠자코 있었다. 그 여자는 핸드백에서 콤팩트를 꺼냈으나 열지도 않고 놓아두었다. 그는 자제력을 다시 얻었다. 그의 피곤하기 쉬운 감정은 진정되고, 질서를 만들려는 욕망에 복종했다. 그는 일어난 사건을 마치 어지럽혀진 방처럼 바라보고, 싸늘하고 자세하게 처리하기 시작했다.

"당신이 이곳에 온 목적이 당신이 원했던 것보다 더 속히 실현되었어. 당신의 경제력을 책임질 만한 힘이 있는 남자를 발견했어. 그는 당신을 금전적으로 도울 뿐 아니라 당신에게 기회를 주는 남자야. 나는 당신의 성공을 믿어. 그러한 성공으로 그는 말하자면 당신에게 투자했던 돈을 다시 찾게 되는 것이고, 당신도 돈을 벌게 되어서 언젠가는, 여보세요, 우리는 서로 빚진 것도, 빌린 것도 없어요, 하고 말할 수 있게 될 거야."

파비안은 놀랐다. 그는 놀라서 생각해 보았다. 이 말에는 다만 내가 피리어드를 붙이는 것만이 빠져 있을 뿐이다, 라고⋯⋯.

코르넬리아는 마치 그를 처음 보는 것같이 바라보더니 콤팩트를 열고 작고 둥근 거울을 들여다보고, 분첩으로 눈물 자국이 있는 어린애같이 놀란 얼굴을 두드렸다. 그 여자는 그에게 계속하라고 끄덕였다.

"그 다음에 어떻게 될 것인가는……" 하고 그는 말을 이었다. "당신이 마카르트를 더 이상 필요로 하지 않게 되었을 때 어떻게 될 것인가는 예언할 수 없고 또 그건 지금 문제가 되지도 않아. 당신은 일할 것이고, 그렇게 되면 여자로는 마지막이지. 성공은 커지고 공명심도 커질 거야. 높이 올라가면 올라갈수록 추락의 위험도 커지지. 당신이 몸을 내던져야 할 사람은 마카르트 씨만이 아닐 거야. 여자의 길을 막아놓고, 그 장애를 넘기 위해서는 여자가 함께 자야만 하는 남자란 언제나 있는 것이니까. 당신은 그것이 습관화될 거야. 실례는 이미 어제 치르셨구."

"울어버린 사람을 계속해서 두들겨대는 꼴이군요." 그 여자는 놀라움을 금치 못했다.

"그렇지만 미래는 나의 테마가 아냐." 그는 말하면서 마치 생각을 끊어버리려는 듯이 무엇을 끝맺는 손짓을 했다.

"과거만이 이야기할 여지가 있어. 어제 떠나갈 때 당신은 나에게 묻지 않았지. 왜 지금 갑자기 내 대답에 흥미를 갖는 거지? 내가 당신이 귀찮아져서 당신과 떨어지고 싶었다는 것은 당신이 잘 알고 있지 않아? 내가 갖고 있지 않은 돈을 다른 남자의 침대에서 벌어들여오는 애인을 내가 갖고 싶어서 안달한 것도 당신이 잘 알지 않아? 당신이 옳다면 나는 무뢰한이고 만약 내가 무뢰한이 아니라면 당신이 행한 모든 것은 잘못인 거야."

"네! 모든 것은 잘못이었어요." 그 여자는 말하고 일어섰다. "아듀! 파비안."

그는 그 여자를 따라가면서 내심으로 자기 자신이 불만스러웠다.

그는 그 여자를 모욕했다. 왜냐하면 그럴 권리가 그에게 있었으니까 —— 그러나 그것이 적당한 이유가 될 것인가? 티어가르텐 가에서 그는 그 여자를 따라갔다. 그들은 잠자코 가면서 서로가 속으로 미안하다고 생각했다. 그는 아직도 생각했다. '만약 이 여자가 지금 당신께 돌아가도 좋아요, 하고 묻는다면 나는 어떻게 대답해야 할까? 주머니에 5, 6마르크밖에 안 남았는데.'

"그 남자는 어젯밤에 몹시 끔찍했어요" 하고 그 여자는 갑자기 말했다.

"그는 구역질나는 사람이에요! 당신이 나를 이제는 더 사랑하지 않는다면 나는 어떻게 될까요? 우리는 이제 근심 없이 살 수 있는데 근심이 전보다 더 커졌어요. 당신이 나를 만나기 싫다는 것을 내가 안다면 나는 어떻게 될까요?"

그는 그 여자의 팔을 잡았다. "무엇보다도 우선 마음을 가다듬고 진정해. 이 처방은 오래됐지만 쓸 만하니까……. 당신은 스스로 머리를 잘라버렸으니까. 그것이 헛일이 되지 않도록 조심해야 해. 아까 모욕한 것을 용서해 주고……."

"네, 네." 그 여자는 아직도 슬픔에 차 있었으나 벌써 기뻐하려고 했다. "그럼 내일 오후에 당신한테 가도 좋아요?"

"좋아."

그러자 그 여자는 그를 한길 한복판에서 포용하고 키스하고는 속삭였다. "감사해요." 그러고는 흐느껴 울면서 뛰어 달아났다.

그는 선 채로 있었다. 산보하던 어떤 사람이 소리질렀다. "웃으시오!"

파비안은 손으로 입술을 닦고 구토를 느꼈다. 코르넬리아의 입술은 그 동안에 무엇에 닿았었을까? 그 여자가 이를 닦은 것이 그에게 무슨 도움이 된단 말인가? 그의 혐오는 위생에 의해서 눌러질 수가 있는가?

그는 길을 건너서 공원으로 들어갔다. 도덕이야말로 최선의 신체 위생이었다. 옥시풀로 양치질하는 것만으로는 족하지 않았다.

그리고 이제서야 그는 자기가 어젯밤에 어디에 가 있었던가 생각났다.

그는 뮐러 가에 가고 싶지 않았다. 그러나 그의 방, 홀펠트 부인의 호기심, 코르넬리아의 빈 방, 코르넬리아가 그를 두 번째 배반하고 있는 동안에 그가 가질 길고 고독한 밤…… 에 대한 생각이 그를 북쪽 거리로 걸어가게 하고 뮐러 가로, 그 집으로, 그가 다시는 보고 싶지 않은 여자에게로 그를 몰았다. 그 여자는 얼굴을 빛냈다. 그 여자는 그가 다시 온 것이 자랑스러웠고, 그를 다시 가질 수 있는 것을 기뻐했다.

"마침 잘됐어요" 하고 여자는 인사말 대신 말했다. "시장하시지요?" 여자는 안방에 식탁을 차려놓았었다. "우리는 보통 부엌에서 먹어요. 그렇지만 그러면 방이 세 개나 있는 집에 사는 맛이 안 나지 않아요?" 하고 그 여자는 말했다.

식사는 소시지와 햄과 치즈였다. 갑자기 여자는 칼과 포크를 밀어 놓고 중얼거렸다. "마술!" 그러고는 여자는 한 병의 모젤 포도주를 보였다. 술이 따라지고 그들은 잔을 서로 부딪쳤다. "우리들의 아이를

215

위해서!" 여자는 큰 소리로 말했다. "당신과 꼭 같이 생길 것을! 그리고 아들이 아니면 당신은 벌을 서야 돼요!" 하고 여자는 잔을 한 모금에 비웠다. 그러고는 다시 잔에 술을 붓고 눈을 반짝거렸다. "당신을 만나서 행복해요" 하고는 또 마셨다. "술이 나를 무섭게 자극해요." 여자는 그의 목에 매달렸다.

그때 밖에서 열쇠 소리가 나더니 발소리가 복도 가까이 들려왔다. 문이 열렸다. 중간쯤 되는 키를 한, 옆으로 좀 퍼진 남자가 들어왔다. 여자는 뛰어 일어났다. 그의 얼굴은 어두워졌다.

"많이 잡숫기를 바랍니다" 하고 말하면서 그는 여자에게 다가갔다.

여자는 뒷걸음질쳐 뒤로 물러나면서 그가 잡기 전에 침실 문을 열고 뛰어들어가서 문을 쾅 닫고 열쇠로 잠갔다. 그 남자는 소리질렀다. "엉덩이를 실컷 두들겨줄 테니 그리 알아!"

당혹한 얼굴로 일어선 파비안 쪽으로 몸을 돌리고 그는 말했다. "그대로 앉아 계십시오. 내가 남편입니다."

그들은 얼마 동안 말없이 마주 앉아 있었다. 이윽고 남편은 모젤병을 들고 상표를 자세히 관찰하더니 한 잔 가득 따랐다. 그는 마시고 나서 말했다. "요즈음은 기차가 몹시 만원입니다."

파비안은 긍정의 뜻으로 고개를 끄덕였다.

"그런데 이 술은 좋은데. 맛있습니까?" 남편이 물었다.

"나는 백포도주를 별로 좋아하지 않습니다" 하고 말하면서 파비안은 일어섰다.

남편이 따라 일어섰다. "벌써 가시렵니까?" 그는 물었다.

"더 이상 방해하고 싶지 않습니다." 파비안은 대답했다.

여행자가 갑자기 파비안에게 뛰어 달려와서 목을 졸랐다. 파비안은 그의 이에 한 대 먹였다. 남편은 그를 놓아주고 뺨을 손으로 감쌌다.

"부디 용서해 주십시오" 하고 파비안은 슬프게 말했다.

남편은 손을 저어 보이고 손수건에 피를 뱉느라고 바빴다. 파비안은 그 집을 떠났다. 이제는 어디로 더 가야 할 것인가? 그는 집으로 갔다.

18

그는 절망한 끝에 집으로 간다
경찰이 무엇하러 왔을까?
슬픈 광경

파비안이 아주 가만히 문을 열었음에도 불구하고 홀펠트 부인이 복도에서 그를 맞았다. 저녁 때이기 때문에 그 여자는 가운을 입고 있었고, 몹시도 흥분해 있었다.

"당신이 오시는 것을 보려고 내 방문을 열어놓고 있었어요" 하고 여자는 말했다. "형사가 왔었어요. 당신을 데려가려고요……."

"형사라고요?" 그는 의아하다는 얼굴로 물었다.

"언제 왔었나요?"

"세 시간 전에 왔었고 한 시간 전에 다시 왔었어요. 당신은 곧 연락하셔야 해요. 나는 물론 당신이 어젯밤 집에 안 들어오셨다는 것과 바텐베르크 양이 어제 한마디의 말도 없이 방을 치우고 사라져버린 것을 말했어요."

과부는 한 발 가까이 오려고 하다가 그 대신 한 발 물러섰다.

"무서운 일이에요." 그 여자는 감동한 목소리로 말했다.

"사랑하는 홀펠트 부인." 그는 말했다.

"당신의 환상은 좀먹었습니다. 치명적인 결과를 낳은 작은 연애극이라면 당신 취미에 맞겠단 말이지요? 상복을 입은 증인 홀펠트 부인, 당신의 두 하숙인이 온갖 신문에 사진이 나고 살인자 파비안은 피고석에 앉고……. 제발 헛된 희망은 품고 있지 마시기를."

"글쎄요" 하고 그 여자는 말했다. "내가 알 바는 아니지만."

그의 냉담은 그 여자의 기분을 몹시 상하게 했다. 이 남자는 2년 동안이나 그녀의 집에서 살았고, 그녀는 이 남자를 자신의 아들처럼 기르고 시중하지 않았던가? 그런데 이제 그는 자기 마음을 툭 털어놓는 것을 불필요한 일로 알고 있는 것이다.

"어디로 오랍디까?" 하고 그는 물었다. 그 여자는 쪽지를 한 장 꺼내주었다. 그는 주소를 읽었다.

"이제는 다 알았어요?" 그 여자는 승리에 찬 얼굴로 말했다. "왜 그렇게 창백해지세요?"

그는 문을 열고 계단을 뛰어내려갔다. 뉘른베르크 광장에서 그는 자동차를 세우고 주소를 말하고는 "가능한 한 빨리 가주세요!" 하고 외쳤다. 그 자동차는 낡았고 부서질 것 같은 고물이어서 아스팔트 위에서까지 털털거렸다. 파비안은 중간 창을 열었다. "더 빨리 가주세요!" 그는 외쳤다. 그러고 나서 담배를 피우려고 했으나 손이 떨렸고, 바람이 성냥불을 꺼버렸다. 그는 뒤에 기대 앉아서 눈을 감았다. 때때로 그는 눈을 뜨고 어디에 와 있는가를 보았다. 동물원, 동물원, 브란덴부르크 문, 보리수 아래. 온갖 길목마다 그들은 멈추어야 했다. 그들이 지나가기 직전에 온갖 신호등에 빨간불이 켜졌다. 그에게는 마치 자기들이 질기고 두꺼운 아교풀 속을 가고 있는 것같이 느껴졌다. 프리드리히 가를 지나서부터는 좀 나아졌다. 대학과 국립 오페라와 성당과 성이 드디어 그들의 등뒤에 놓였다. 자동차는 오른쪽으로 돌고 나서 멎었다. 파비안은 요금을 지불하고 나서 집 안으로 뛰어들어갔다. 낯선 남자가 문을 열었다. 파비안은 이름을 말했다.

"드디어 오셨군요." 그 남자는 말했다.

"형사반장 도나트입니다. 당신이 안 계셔서 해결이 안 났습니다."

첫번 방에는 다섯 명의 젊은 여자가 앉아 있었고 한 경관이 그 옆에 서 있었다. 파비안은 셀로우와 조각가가 있는 것을 보았다. "드디어……" 하고 셀로우가 말했다. 방 안은 난장판이었고 술잔과 술병이 방바닥에 놓여 있었다.

다음 방에는 한 젊은이가 책상 앞에 일어나 있었다.

"내 조수입니다." 형사반장이 말했다. 파비안은 주위를 돌아다보고 놀랐다. 소파 위에 백묵같이 흰 얼굴을 하고 눈을 감은 라부데가 누워 있었기 때문이다. 라부데의 옆 머리에는 구멍이 뚫려 있었고, 흘러나온 피가 머리카락에 묻어 있었다.

"슈테판!" 파비안은 낮은 목소리로 부르고 시체 옆에 앉았다. 그는 친구의 얼음 같은 손에 자기 손을 얹고 고개를 흔들었다.

"슈테판!" 그는 또 불렀다. "이런 짓은 하지 않는 거야."

두 명의 경관은 창가로 물러갔다.

"라부데 박사가 당신께 편지를 남겼습니다." 형사반장이 보고를 했다.

"이 편지를 읽으시고 그 내용에 관해서 우리가 알아야 할 것 같은 내용을 이야기해 주시기 바랍니다. 자살일 것이라는 당신의 추측에 우리도 동의합니다. 그리고 우리가 임시로 이곳에 붙잡아둔 다섯 명의 젊은 여자는 총소리가 났을 때 옆방에 있었다고 주장하고 있습니다. 그러나 이 사건은 완전히 해명되지는 못했습니다. 보시다시피 옆방이 어질러져 있으니까요. 그것이 이 사건과 어떤 관련이 있을까요?"

형사반장은 파비안에게 편지봉투를 내밀었다.

"이 편지를 읽어주시기 바랍니다. 이 여자들은 저 방은 개인적인 의견 충돌에 의한 언쟁 때문에 어질러졌다고 말하고 있습니다. 라부데 박사는 그것과는 아무 관계가 없다고 말합니다. 라부데 박사는 그 일과는 전혀 관계가 없으며 그는 그 방에 있지도 않았다고 합니다. 편지를 쓰겠다고 말하고, 이 방으로 왔었다니까요."

"저 여자들은 짐작건대 서로 어느 정도 미묘한 관계를 갖고 있는 사이 같습니다. 그들 사이에 아마 치정 싸움이 벌어졌던 것도 같습니다." 형사반장이 설명했다. "그리고 그들이 곧 경찰에 연락을 했다는 것과, 또 달아나지 않고 우리를 여기서 기다렸다는 것도 그들의 구체적인 공범성을 반증하고 있습니다. 이제는 편지를 읽으실까요?"

파비안은 봉투를 열고 접혀진 편지를 꺼냈다. 그때 지폐 뭉치가 그 속에서 떨어졌다. 조수가 그것을 집어서 소파 위에 올려놓았다.

"우리는 옆방에서 기다리겠습니다." 형사반장이 눈치 빠르게 말하고는 물러갔다.

파비안은 일어나서 전등을 켰다. 그러고는 다시 앉아서 죽은 친구의 피로에 얼어붙은 노란 얼굴이 바로 전등 밑에 놓여 있는 것을 바라보았다. 입은 약간 열려 있었고, 아래턱이 뒤로 가 있었다. 파비안은 편지를 펴고 읽었다.

사랑하는 야콥!

내가 또 한번 들어보려고 오늘 낮에 학교에 갔더니 고문관은 또 나가고 없었고, 그의 조수 웨크헤르린이 있었어. 그가 말하기를 나의 교수 자격 시험 논문은 고문관에게 거부당했다더군. 그 논문이 완전히 형편없다고 판정하고 그걸 대학에 넘겨주는 것은 쓸데없고 귀찮은 일밖에는 안 된다고 하더래. 그뿐 아니라 그는 이 창피를 공표할 필요성을 느끼지 않는다고 하더래. 그 글을 쓰는 데 5년이라는 세월을 보냈어. 그러니까 이것은 사람들이 자비심에 의해서 될 수 있는 대로 퍼뜨리지 않고 파묻어버리려고 하는 창피를 위한 5년 간의 노작인 셈이지.

난 자네한테 전화를 걸까 생각했지만 부끄러웠어. 나는 남의 위안을 받는 재능이 없는 인간이거든. 이 점에서도 나는 재능이 없는 것이지. 우리가 며칠 전에 했던 레다에 관한 이야기도 나에게 그 확증을 주었어. 네가 내 논문에 극히 미소한 의미를 부여했다 해도 나는 너에게 형식적으로만 옳다고 동의했었을 것이야.

내 논문의 거부는 사실에 있어서도, 또 심리적으로도…… 주로 심리적으로 나의 파멸이야. 레다가 나를 거부했고 대학도 나를 거부했어. 나는 온갖 방면에서부터 부족하다는 점수밖에 안 받았어. 그것으로 내 공명심은 더 참을 수가 없었지. 그것은 내 머리의 가운데를 찢고 내 심장의 명점을 찢어버렸어. 야콥, 얼마나 많은 위대한 남자들이 성적 나쁜 학생이었고 불행한 애인이 있었는가를 말해 주는 역사적 통계도 나에게는 아무런 도움이 안 돼.

프랑크푸르트에의 나의 정치적인 여행은 타기(唾棄)할 만한 것이었네. 마지막에 우리는 서로 때리기까지 했었지. 어제 돌아와 보니 셀로우는 조각가하고 내 침대에 들어가 있었어. 그리고 지금 내가 이것을 쓰고 있는 동안에 그들은 옆방에서 유리잔과 화분을 던지고 있어. 나의 현상을 관찰해 볼 때 나는 지금 이 모든 방향이 나에게 맞지 않는다고 말할 수밖에 없어. 내가 지금 속해 있는 지대에서 나를 받아들이려는 곳에는 내가 가고 싶지 않아. 나쁘게 생각하지 말게. 나는 달아나겠어. 유럽은 내가 없더라도 계속해서 살거나 또는 몰락할 거야. 유럽은 나를 필요로 하지 않아. 우리는 경제적인 타협이 아무것도 변경할 수 없고 다만 파괴를 좀 연기하거나 또는 촉진하기만 하는 시대 속에 살고 있어. 우리는 드문 역사적 전환기에 놓여 있어. 새로운 세계관이 재구성되어야만 하고 그 이외의 모든 것은 불필요하지. 나는 이미 그들의 작은 수단으로 유럽 대륙을 죽도록 치료하고 있는 정치 전문가들에게 더 조소당할 만한 용기를 갖고 있지 않아. 나는 내 생각이 옳다는 것을 알지만 지금은 그것만으로는 부족한 것 같아. 나는 우스꽝스러운 인물이 되고 말았어. 사랑과 직업에 낙제한 인간 열등생이지. 이 자식을 죽도록 내버려둬. 얼마 전에 마르크 박물관에서 공산주의자로부터 빼앗았던 권총이 새 영광을 보게 되는군. 나는 불행이 일어나지 않도록 하기 위해서 이 권총을 빼앗았었지. 나는 초등학교 선생이 되었어야 했어. 어린애들만이 이상을 받아들이기에 충분히 원숙해 있거든.

그럼 야콥! 잘 있어. 나는 지금 정말로 덧붙여 쓸 뻔했어. 나는 자주 너를 생각하겠다고……. 그렇지만 그건 이제는 그만이지. 내가 우리를 이렇게 실망시킨 것을 원망하지 말아줘. 너는 내가 잘 알고 있으면서도 사랑했던 유일한 인간이었어. 내 부모에게 안부 전하고 무엇보다도 자네의 어머니께 인사 여쭈어줘. 레다를 우연히 만나는 일이 있거든 그 여자의 배신이 나를 얼마나 깊이 상처냈는가를 말하지 마. 내가 다만 좀 기분이 상했을 뿐이라고 그 여자가 생각하도록 해줘. 누구나가 모든 것을 다 알 필요는 없으니까.

내 뒷일을 돌보아달라고 너에게 부탁할 것이지만 돌볼 일이 없어. 제2주택은 내 부모보고 해결하고 가구는 마음대로 처분하라고 말해 줘. 내 책은 너에게 줄게. 아까 책상 서랍에서 2천 마르크를 발견했어. 이 돈을 가져줘. 많지는 않지만 가벼운 여행을 할 만큼은 될 거야.

잘 있어! 내 벗. 나보다 잘 살아야 해. 잘해!

슈테판

파비안은 시체의 이마를 조심스럽게 쓰다듬었다. 아래턱은 더 깊게 빠졌다. 입이 열렸다. "사람이 사는 것은 우연이고 사람이 죽는 것은 필연이다." 파비안은 속삭이고 마치 지금이라도 위안을 주려는 듯이 친구를 향해서 미소지어 보였다.

형사반장이 조용히 문을 열었다.

"또 방해하는 것을 용서해 주십시오."

파비안은 그에게 편지를 주었다. 경관은 읽고 나더니 말했다. "그럼 저 여자들을 집으로 보낼 수 있겠습니다." 그는 편지를 돌려주고 옆방으로 갔다.

"일은 해결되었습니다. 더 이상 당신들을 잡아두지 않겠습니다." 하고 그는 큰 소리로 말했다.

"잠깐만." 여자 목소리가 말했다. "나는 시체 보는 것을 좋아해요." 다섯 명의 여자들은 문으로 들어와서 소파 앞에 잠자코 섰다.

"그의 턱을 높이 매야 해요." 이윽고 파비안이 모르는 여자가 말했다. 조각가가 옆방에 가서 냅킨을 들고 돌아왔다. 그 여자는 라부데의 아래턱을 높이 묶고, 입이 닫히게 하고는 냅킨 끝으로 머리카락을 상투처럼 맸다.

"이를 앓고 있는 시체" 하고 셀로우가 악의에 차서 말했다.

루트 라이터가 말했다.

"이건 수치야. 내 아틀리에에는 윌헬미가 앉아서 매일매일 더 건강해져 가고 있으니 말이야. 의사는 온갖 희망을 포기했다는데도. 그런데 이 튼튼한 젊은 녀석은 구석에서 죽다니!"

조수가 여자들을 방에서 내보냈다. 경관은 테이블 앞에 앉아서 보고서를 작성했다. 조수가 돌아왔다.

"자동차를 불러서 시체를 부모의 별장으로 옮기는 것이 좋지 않을까요?" 하고 그는 물었다. 그리고 그는 허리를 굽혔다. 돈이 소파에서

225

떨어져 방바닥 위에 놓여 있었다. 조수는 그것을 주워서 파비안의 주머니에 넣었다.

"부모에게는 벌써 연락이 되었습니까?" 파비안이 물었다.

"라부데 법률 고문관은 여행중인데 집안 사람들은 자세한 것을 모르겠다고 하고, 어머니는 루가노에 가 있는데 전보를 쳤습니다."

"좋습니다." 파비안이 말했다. "그를 집으로 데려갑시다."

조수는 제일 가까운 소방서에서 전화를 했다. 그러고는 셋이서 묵묵히 차가 올 때까지 기다렸다. 위생관이 라부데를 들것에 얹어서 계단을 운반해 내려갔다. 집 앞에는 근방에서 모인 구경꾼들이 서 있었다. 들것은 차 안에 올려지고 파비안은 사지를 뻗고 있는 친구 옆에 앉았다. 경관은 헤어져 갔다. 파비안은 그들과 악수했다. 위생관은 층층대를 올리고 문을 닫았다. 파비안과 라부데는 베를린 시를 마지막으로 함께 달렸다.

창 밖으로 성당의 탑이 보였다. 다음에는 풍경이 바뀌었다. 쉰켈의 초병이 보였고 대학과 국립도서관이 보였다. 그들이 함께 자동차를 탔던 것이 얼마 전이었던가?

그날 밤에 그들은 마르크 박물관에서 두 명의 싸움패로부터 권총을 빼앗았다. 지금 라부데는 들것 위에 누워서 브란덴부르크 문을 지나면서 아무것도 모른다. 딱딱한 두 끈이 그를 꽉 붙들고 있다. 머리가 천천히 비스듬히 미끄러졌다. "회고하고 있어?" 하고 파비안은 낮은 목소리로 물으면서 라부데의 머리를 베개 위에 바로 놓고 거기에 손을 놓았다. "이를 앓는 시체" 하고 셀로우가 말했었다.

앰뷸런스가 그루네발트의 별장 앞에 섰을 때 하인들이 문간에 나와

226

있는 것이 보였다. 가정부가 흐느껴 울었다. 하인들은 위엄 있게 위생관들 앞을 왔다갔다했고, 하녀들이 그 뒤를 따랐다. 그들의 발걸음은 엄숙한 시간에 맞게 움직이고 있었다. 라부데는 자기 방으로 운반되어 소파 위에 눕혀졌다. 하인은 유리창을 활짝 열었다. 시체 닦는 여자는 내일 아침에 온다고 가정부가 말했고, 이제는 하녀들까지도 흐느껴 울었다. 파비안은 위생관에게 돈을 주었다. 그들은 군대식으로 인사하고 가버렸다.

"법률 고문관께서는 아직 안 돌아오셨습니다." 하인이 말했다.

"법률 고문관께서 어디에 계신가는 전혀 알 수가 없습니다. 그렇지만 신문을 보실 테니까······."

"벌써 신문에 나왔습니까?" 파비안이 물었다.

"그럼요." 하인이 대답했다.

"마님께는 연락을 취했습니다. 만약 여행을 하실 수 있다면 내일 정오에 베를린에 도착하실 것입니다. 급행 열차가 지금 바로 벨린조나에 닿았습니다."

"가서 주무십시오." 파비안이 말했다. "나는 여기서 밤을 새우겠습니다."

그는 의자를 한 개 소파 옆으로 끌어당겼다. 다른 사람들은 그 방을 떠났다. 파비안은 혼자 남았다. 라부데의 어머니는 지금 벨린조나에 있다고? 파비안은 친구 옆에 앉아서 생각했다. '나쁜 어머니에게 이보다 더한 형벌이 있을까?'

19

파비안은 친구를 변호한다

레싱 초상화가 둘로 쪼개진다

할렌제의 고독

라부데의 얼굴은 냅킨 덕택에 외관상으로는 그대로 있었지만 점점 변했다. 마치 살이 진한 용액이 되어 신체 내부로 들어가는 것처럼 광대뼈가 튀어나왔다. 눈은 검은 구멍으로 움푹 꺼졌고 코의 살이 빠져서 찡그리고 있는 것같이 보였다.

파비안은 몸을 구부리고 생각했다. '왜 너는 변해 가는 거지? 이별을 쉽게 해주려고 그러는 거야? 네가 말을 할 수 있었으면 좋겠다. 물어볼 것이 많다. 이제는 기분 좋아? 너는 지금 죽은 뒤에도 네가 죽은 것에 만족해? 아니면 네가 한 것을 후회하니? 그리고 일어나버린 일을 영원히 취소하고 싶어? 전에 나는 내가 사랑하는 사람의 시체를 보고 그가 죽었다는 것을 결코 믿을 수가 없으리라고 상상했었어. 사람이 바로 전과 똑같은 와이셔츠와 넥타이와 옷을 입고 누워 있는 것을 보고 어떻게 그가 이미 존재하지 않는다는 것을 이해할 수 있을 것인가, 하고 나는 생각했었지. 한 사람이 다만 숨쉬기를 잊어버렸다고 해서 어떻게 그가 사흘 후에는 아무렇게나 흙 속에 파묻힐 한 줌의 흙으로 변했다는 것을 믿을 수가 있을까, 하고 나는 생각했었다. 땅에 묻는 것을 볼 때 우리는, 살려주시오! 그는 질식합니다 하고 외치지 않을까, 하고 생각했었어. 그렇지만 나는 너에게 지금 말해야겠다, 슈테판. 사람들이 죽음과 그 효력을 믿을 수 없으리라는 내 공포는 지금은 사라져버렸어. 너는 죽었다, 내 벗이여, 너는 지금 마치 눈에 보이게 퇴색해 가는 잘못 찍힌 네 사진같이 여기 놓여 있다. 사람들은 네 사진을 화장장이라고 불리는 아궁이 속에 던질 거야. 너는 탈 것이고 아무도 살려달라고 외치지 않을 것이고 나도 조용히 있을 것이다.'

파비안은 책상으로 가서 몇 년 전부터 거기 놓여 있던 노란 갑에서 담배를 하나 꺼냈다. 동판화가 벽에 걸려 있었다. 그것은 레싱의 초상화였다.

"당신에게 죄가 있습니다." 파비안은 라부데를 손가락질하면서 머리를 뚫은 남자의 그림을 보고 말했다. 그러나 고트홀트 에프라임 레싱은 그의 사후 1백 50년 후에 듣는 비난을 간과하고 귀에 담지 않았다. 그는 심각하고 매우 개성 있게 똑바로 앞을 바라보고 있었다. 그의 넓고 농부 같은 얼굴은 조금도 변하지 않았다.

"좋습니다." 파비안은 말하고, 그 그림에서 돌아서 친구 옆에 앉았다.

"저건 남자였네." 그는 라부데에게 말하면서 엄지손가락으로 등뒤를 가리켰다. "저 남자는 물어뜯고 투쟁하고, 마치 펜을 칼처럼 휘둘렀어. 그는 싸우기 위해서 나온 남자였고 너는 그렇지 않아. 그는 자기

를 위해서 살지는 않았고 개인적으로도 그는 존재하지 않았고 자기 혼
자를 위해서 살지 않았어. 그러나 그가 그때도 다시 고려해서 운명에
게 마누라와 아이를 요구했을 때 온갖 것이 그에게 덮이고 그를 파묻
어버렸어. 그것은 당연한 일이었지. 다른 사람을 위해서 살려는 사람
은 자기 자신과는 멀어져야만 하니까. 그는 마치 대합실에 낮이나 밤
이나 사람이 꽉 차 있는 병원을 가진 의사와 같아야만 해. 결코 자기
차례가 오지 않고 또 그것을 불평하지 않는 한 사람이 그 속에 앉아 있
어야만 하지. 그것이 그 자신이야. 너는 그와 같이 살고 싶었니?"

파비안은 친구의 무릎을 쓰다듬고 머리를 저었다.

"너의 행복을 빈다. 너는 죽었으니까. 너는 선량한 인간이었고, 양
심적인 남자였고, 나의 친구였지만, 네가 다른 무엇보다도 되고 싶었
던 바로 그 인간은 아니었어. 너의 성격은 너의 상상 속에만 존재했고
그 상상이 파괴되었을 때 남은 것은 한 개의 권총과 소파 위에 지금 놓
여 있는 것밖에는 없었다. 두고 봐, 얼마 안 있어서 굉장한 싸움이 벌
어질 테니. 우선 빵과 버터 때문에 싸울 것이고, 다음에는 푹신한 소파
를 가지려고 싸울 것이다. 한편에서는 가진 것을 유지하려고 하고, 또
한편에서는 없는 것을 정복해 가지려고 할 것이다. 그래서 그들은 걸
인들처럼 서로 때리고 마지막에는 아무것도 갖지 못하게 하기 위해서
소파를 쪼개버릴 것이다. 지도자들 가운데는 자랑스러운 모토를 발견
하고 자기 자신의 고함 소리에 스스로 도취하는, 시장에서 소리를 지
르는 사람 같은 자들이 양쪽에 다 생겨날 것이다. 아마 둘이나 세 명쯤
의 참된 인간이 그 중에 있을 수 있다. 그러나 그들이 두 번만 연속적
으로 진리를 말한다면 사람들은 그들을 교수대에 매달 것이고, 또 만

약 두 번 계속해서 거짓말을 한다면 역시 그들은 교수대에 오르게 될 것이다. 너는 사람들이 교수대에까지 보내지도 않고 다만 비웃었을 것이다. 죽을 때까지……. 너는 개혁자가 아니었다. 혁명가가 아니었다. 그것을 유감으로 여기지 마."

라부데는 마치 알아듣는 것처럼 거기 누워 있었다. 그러나 그는 다만 시늉을 하고 있을 뿐이었다. 파비안의 말은 공허하게 울렸고 그는 피로했다.

'아름다운 것을 아름답다고 발견하는 것으로 너는 왜 만족할 수 없었지?' 하고 그는 생각했다.

'그랬더라면 레싱과의 너의 불운이 이다지도 너를 상처입히지 않았을 텐데. 그랬더라면 너는 아마 여기에 누워 있는 대신 지금 파리에 가 있을 텐데. 그랬더라면 너는 지금 눈을 뜨고 행복스럽게 사크레 쾨르에서 반짝거리는 부르보아르를 내려다보고 있을 것인데, 그 위에서 공기가 끓고 있는……. 아니면 우리는 둘이서 베를린 시내를 산보할 텐데. 가로수는 새로 칠해지고 하늘은 금이 입혀지고 여자들은 욕망을 일으키게 준비되어 있다. 그리고 한 여자가 영화 제작가 곁에서 밤을 보낸다면 보다 나은 다른 여자를 골라내면 되는 것이다. 나의 늙은 발명가는 삶을 사랑했었지! 그가 내 방의 옷장 속에서 있었던 이야기도 너에게 아직 못했어. 그는 옷장 속에서도 비가 올까 봐 두렵다는 듯이 모자를 쓰고 우산을 들고 서 있었지.'

파비안은 잠시 잠이 들었다가 놀라서 깼다. 그는 밖에서 말소리가 들려오는 것을 듣고 창가로 갔다. 자동차가 문간에 멈춰 서고 하인이 나가서 자동차 문을 열었다. 법률 고문관이 내려서 신문을 하인에게 내밀어 보였다. 하인은 고개를 끄덕이고, 파비안이 기다리고 있는 유리창을 손가락질했다. 한 여자가 자동차에서 내리려고 했으나, 법률 고문관이 그 여자를 밀쳐서 도로 앉게 했다. 자동차가 떠나갔다. 그 여자는 자동차가 그 여자를 싣고 가는 동안에 얼굴을 창에 꽉 대고 있었다. 법률 고문관은 집으로 들어왔다. 하인은 그의 뒤를 따라가면서 만약 필요할 때에는 그를 부축하려는 듯이 팔을 올리고 있었다.

파비안은 아버지가 아들이 누워 있는 것을 볼 때, 같이 있고 싶지 않아서 복도로 나왔다. 법률 고문관은 계단을 올라왔다. 그는 난간에 꽉 매달려 그것을 붙잡고 올라왔고 늙은 하인은 보호하려는 듯이 팔을 내밀고 있었으나 그는 쓰러지지 않았다. 그는 파비안을 보지도 않고 불빛이 있는 방으로 들어갔다. 하인은 문을 닫고 그가 필요한가를 알기 위해서 고개를 갸웃하고 있었다. 파비안과 하인은 움직이지 않고 그 앞에 서서, 각자 긴장하여 방 안에 귀를 기울이고 있었다. 그들의 동정의 준비심은 탄성이나 그 비슷한 것을 기다리고 있었다. 그러나 그들은 아무것도 들을 수 없었다. 문 뒤의 장면은 상상할 수가 없었다.

그때 종소리가 났다. 하인은 방 안으로 들어갔다가 다시 복도로 나왔다. "법률 고문관께서 당신을 만나겠다고 합니다." 파비안은 방으로 들어갔다. 라부데 씨는 책상 앞에 앉아서 두 손으로 머리를 받치고 있었다. 잠시 후에 그는 몸을 일으키고 자기 아들의 친구에게 인사하기 위해 일어나 부자연스럽게 웃었다.

"나는 비극적인 일과는 아무 관련이 없지." 그는 짜내는 것같이 말했다. "내 이기주의가 허용하는 약간의 동정은 내가 행한 수많은 변호

연설과 수속적인 숙련에 의해서 약간 진실한 광채를 띠었고, 그 속에는 참된 동정 이외의 모든 것이 반영되어 있었어."

그는 돌아서서 마치 용서를 빌려는 듯이 아들을 바라보았다.

"자기 자신을 책망하는 것은 아무 소용이 없는 일이야." 그는 계속해서 말했다. "나는 아들을 위해서 사는 아버지는 아니었지. 나는 삶을 사랑하는 늙은 쾌락추구자였어. 그리고 인생은 이 사실에 의해서 추호도 가치를 잃지 않아." 그는 팔을 벌리고 시체를 가리켰다. "저 아이는 자기가 행할 때 그것을 알고 있었어. 그리고 그가 그것을 보다 현명한 일이라고 생각했다면 다른 사람들은 그를 위해서 울 필요가 없는 거야."

"그렇게 냉정하게 이야기하시는 만큼 당신께서 스스로를 책망하고 있다는 것이 짐작됩니다." 파비안은 말했다. "그렇지만 그것은 부당합니다. 슈테판의 자살 이유는 우리의 권외에 놓여 있으니까요."

"그것에 관해서 무얼 알지? 그애가 너한테 편지를 남겼니?" 법률 고문관이 물었다.

파비안은 편지에 관해서는 말하지 않았다. "짧은 메모에서 알았습니다. 교육 고문관이 슈테판의 교수 자격 논문을 불충분하다고 거절했답니다."

"나는 그 논문을 안 읽었어. 시간이 어디 있어야지. 논문이 그렇게 나쁜가?" 하고 법률 고문관이 물었다.

"제가 지금까지 읽은 것 중에서 가장 우수하고 가장 독특한 문화사적 논문이었습니다." 파비안이 대답했다. "여기 있습니다" 하면서 그는 책장에서 논문의 사본을 꺼내어 책상 위에 놓았다.

법률 고문관은 그것을 뒤적거리더니 벨을 눌러 전화번호부를 가져오게 하고, 거기서 전화번호 하나를 찾아냈다.

"매우 늦기는 했지만⋯⋯" 하면서 그는 전화기로 갔다. "그래도 할 수 없지."

그때 전화가 통했다.

"고문관을 바꾸어주십시오." 그가 말했다.

"그럼 부인을 바꿔주십시오. 네, 주무시더라도 불러주십시오. 저는 라부데 법률 고문관입니다." 그는 기다렸다.

"방해해서 죄송합니다. 고문관께서는 여행중이시라고요? 아, 그래요? 셰익스피어 협회의 회의에 참가하러 바이마르에 가셨습니까? 언제 돌아오시지요? 그러면 실례지만 내일 학교에 찾아가 뵙겠습니다. 고문관께서 내 아들의 교수 자격 논문을 읽으셨는지 혹시 모르십니까?"

그는 오랫동안 듣고 있다가 작별 인사를 하고 전화기를 놓고는 파비안 쪽으로 돌아서서 물었다.

"이게 무슨 뜻인지를 설명해 줄 수 있나? 고문관은 최근에 식사하면서 레싱에 관한 논문은 지극히 흥미 있다고 말하고, 결론이 즉 논문의 마지막이 매우 읽고 싶다고 기다리고 있었다는군. 슈테판의 죽음에 관해서는 아무것도 모르는 것 같아. 이제는 나를 혼자 있게 해주겠어? 나는 내 아들 옆에서 그애가 쓴 논문을 읽어봐야겠어. 그애는 5년 간이나 그걸 쓰고 앉아 있었잖아?"

파비안은 고개를 끄덕이고 그와 악수했다.

"사망 원인이 저기 걸려 있군" 하고 라부데 씨가 말하면서 레싱의 초상화를 손가락질했다. 그는 그 그림을 벽에서 떼어서 바라보다가 아무 흥분도 보이지 않고 갑자기 책상 모퉁이에 던져 깨뜨려버렸다. 그러고는 벨을 눌렀다. 하인이 나타났다.

"저 쓰레기를 쓸어내고 반창고를 가져와" 하고 법률 고문관은 명령했다.

그의 오른손에서는 피가 흘렀다. 파비안은 죽은 벗을 또 한번 바라보았다. 그러고는 그들 둘만을 남겨두고 방을 나왔다.

그는 잠자기에는 너무 피곤했고, 또한 그날이 그로부터 요구하는 슬픈 감정을 일으키기에도 너무 피곤했다. 뮐러 가의 헤처라든가 하는 이름의 트리코트 행상은 지금 볼을 쥐고 있을 것이고, 그의 마누라는 불만스럽게 침대에 누워 있을 것이고, 코르넬리아는 마카르트와 두 번째 밤을 가졌을 것이다. 파비안은 그 모든 사건을 마치 기억의 지평선 저 멀리에 있는 제3의 차원이 없는 생생한 그림같이 보았다. 그리고 라부데가 멀리 교외의 어떤 별장에서 소파 위에 죽어서 누워 있다는 사실도 지금은 그에게 다만 한 생각으로밖에는 느껴지지 않았다. 고통은 마치 성냥개비같이 타내려가서 꺼져버린 것이다. 그는 비슷한 상태가 어렸을 때에도 있었던 일을 기억해 냈다. 어린 시절 그가 그에게 거대하고 다시 고칠 수 없게 보인 고민 때문에 오랫동안 울고 나면 고통이 솟아나는 원천이 비어버렸고, 감정이 메말랐다. 마치 후에 심장이 경련할 때마다 생기가 그의 손에서 죽었던 것과 마찬가지로 그의 마음속에 꽉 차 있는 슬픔은 무감각했고, 그의 고통은 차가웠다.

파비안은 쾨니히잘레를 따라 걸어갔다. 그는 라테나우 아이히 옆을 지났다. 두 개의 화환이 나무에 걸려 있었다. 이 길 모퉁이에서 어떤 현명한 남자가 암살당했다. "라테나우는 마땅히 죽어야만 했다"고 어떤 나치 작가가 언젠가 그에 관해서 말한 일이 있었다. "건방졌다는 것이 그의 죄다. 그는 유태인이었는데도 불구하고 독일 외무부 장관이 되려고 했던 것이다. 상상해 보라. 만일 프랑스에서 식민지의 흑인이 캐에 도르세〔파리의 외무부〕에 입후보한다면 마찬가지로 불가능한 일이었을 것이다."

정치와 사랑, 공명심과 우정, 생과 사…… 이 모든 것이 조금도 그를 감동시키지 않았다. 그는 완전히 혼자서 자기 자신과 함께 길을 걸어내려갔다. 유원지 위의 하늘에는 불꽃놀이가 벌어졌고 색색의 불이 실타래로 되어서 땅으로 떨어졌다. 도중에 그 실타래는 풀려서 자취도 없이 사라지고 이어서 새로운 폭죽이 소리를 내고 하늘에서 터졌다. 공원 입구에는 푯말이 붙어 있었다. "페르난도, 장시간 계속 춤추는 세계적인 선수가 자기 자신의 기록을 깨뜨려 보입니다. 그는 2백 시간 춤출 예정입니다. 울음을 강요하지 않음."

파비안은 할렌제에서 오는 철로의 바로 옆에 있는 맥주집에 들어가 앉았다. 주위에 앉아 있는 사람들의 대화는 완전히 무의미하게 들렸다. '트룸프 초콜라데'라고 빛을 발하는 글자가 쓰여 있는, 불을 켠 작은 비행선이 사람들의 머리 위에서 도시를 향해 날아왔다. 유리창 불빛이 밝은 기차가 다리 밑으로 달려 지나갔다. 버스와 전차가 긴 쇠사슬을 이루고 시내를 지나갔다. 옆 테이블에서 모가지가 와이셔츠 깃 위로 늘어진 남자가 우스운 말을 하고 있었고, 그의 옆에 앉아 있는 몇 명의 여자가 마치 치마 밑에 쥐가 들어 있기나 한 것처럼 웃어댔다.

'이게 다 뭐란 말이야?' 하는 생각과 함께 그는 빨리 돈을 치르고는 집으로 갔다. 책상 위에는 몇 통의 편지가 놓여 있었다. 취직원서가 되돌아온 것이다. 아무 데도 빈 자리는 없다고 경의에 찬 유감을 표시하고 있었다. 파비안은 세수를 했다. 그러고는 수건으로 얼굴을 닦는 것도 잊은 채 소파에 앉아서 수건 너머로 카펫을 응시하고 있는 자기 자신을 발견했다. 그는 얼굴을 닦고 수건을 던지고 드러누워서 잠이 들었다. 전등은 밤새 켜져 있었다.

20

자가용을 탄 코르넬리아
교육 고문관은 아무것도 모른다
라부데 부인은 기절한다

다음날 아침 잠에서 깨어 전등이 켜진 채로 있는 것을 보았을 때 그는 전날의 사건들이 현실같이 느껴지지 않았다. 그는 마음이 무겁고 비참하게 느껴졌으나 왜 그런지 알 수가 없었다. 그는 눈을 감았다. 그제서야 아주 서서히 그의 괴로움이 구체화되었다. 모든 일이 마치 누가 밖에서 유리창에 돌을 던진 것같이 그의 마음에 떠올랐다. 그는 피로 때문에 잊었던 것을 다시 상기했다. 기억이 의식 속에 깊이 빠져서 여러 개의 함정으로 자라나고 변화해서는 다시 그것은 독특한 무게로 늘어나 마치 돌을 던진 것처럼 그의 심장으로 굴러왔다. 그는 벽으로 돌아서서 두 귀를 막았다.

조반을 날라온 홀펠트 부인은, 불이 켜져 있고 그가 침대에서 자지 않고 소파에서 잤음에도 불구하고 소동을 일으키지 않았다. 그 여자는 쟁반을 책상 위에 놓고 불을 끄고 온갖 병원에서 행해지는 행동을 그

238

대로 모방해서 했다.

"정말로 안됐습니다." 그 여자가 말했다. "나는 아까 신문을 보고 알았어요. 얼마나 충격을 받으셨겠어요. 그리고 부모도."

어조와 목소리는 선의에서 나온 것이었고, 정직한 동정이었다.

그는 더 이상 참을 수가 없었다. 그는 자기를 억제하고 중얼거렸다. "고맙습니다."

그는 누워 있다가 그 여자가 방에서 나가자마자 일어서서 옷을 껴입었다. 그는 교육 고문관을 만나야만 했다. 어젯밤부터 어떤 의심이 그를 괴롭혔고 아무것도 않고 있으면 더욱 괴로워질 것 같았다. 그는 대학으로 가야만 했다. 그가 집에서 나왔을 때 커다란 자가용 차가 문앞에 와서 멎었다.

"파비안!" 누가 불렀다. 코르넬리아였다. 그 여자는 자동차에 앉아서 손을 흔들었다. 그가 가까이 가는 동안 그 여자는 차에서 내렸다.

"가엾은 파비안!" 하고 그 여자는 말하고 그의 손을 쓰다듬었다.

"점심 때까지 참을 수 없었어요. 그가 차를 빌려주었어요. 내가 방해가 되는 건 아니죠?" 그러고 나서 그 여자는 목소리를 낮추었다. "운전수가 지키고 있어요." 그리고 더 큰 목소리로 그 여자는 물었다. "어디로 가세요?"

"대학으로. 그는 자기 논문이 거부당해서 자살했어. 교육 고문관을 만나야 해."

"데려다 드리겠어요. 괜찮죠?" 하고 그 여자는 물었다.

"우리를 대학으로 데려다 주세요." 그 여자는 운전수에게 말했다. 그들은 차에 탔고 차는 시내를 향해서 달렸다.

"어제는 어떻게 지냈어?" 파비안이 물었다.

"그 얘기는 하지 마세요." 그 여자가 빌듯이 말했다.

"당신에게 무슨 불행이 닥쳐올 것 같은 예감이 언제나 있었어요. 마카르트는 내가 연기할 역할에 관해서 이야기했지만, 나에겐 거의 들리지 않았어요. 그만큼이나 예감이 나를 억눌렀어요. 마치 폭풍 전야 같았어요."

"어떤 역할이야?" 그는 코르넬리아의 예감을 알려고 하지 않았다. 미래를 마치 이불같이 들추려는 습관을 그는 증오했었고, 그보다 더 증오한 것은 벌써 미리 자기 생각이 맞았다는 나중의 새삼스러운 자랑이었다. 그것은 얼마나 야비하게 친근스러운 운명과의 접촉이냐? 그의 반감은 예감이 가능한지 불가능한지와는 아무 관계가 없었다. 그는 아직 정체도 드러나지 않은 것과 제법 친숙한 체하는 것을 뻔뻔스럽다고 느꼈다. 그가 아무리 수동적인 인간이기는 해도 불가피한 것의 복종과 그것은 아무 관계가 없는 것이었다.

"아주 이상한 역할이에요." 그 여자는 말했다.

"생각해 보세요. 나는 영화 속에서 자기의 이상한 환상을 만족시키기 위해서 내가 끊임없이 변화할 것을 요구하는 남자의 아내 노릇을 해야 해요. 그는 병적인 남자로 나에게 때로는 아무 경험도 없는 소녀가 되고, 또 곧 악독한 여자가 되고, 또 이상한 여자가 되었다가는 다시 두뇌가 없는 의아한 사치 여성이 될 것을 요구한대요. 그런데 그 남자와 관중에게는 먼저, 그리고 나에게는 나중에 드러나는 것은, 내가 내 자신이 생각하는 것과는 완전히 다른 인간이라는 것이래요. 그와 나는 둘이 모두 놀랄 것이래요. 왜냐하면, 나는 끊임없이, 그리고 나중

240

에는 그의 뜻에 어긋나게 변해서 비로소 내가 언제나 그러했던 내 본래의 모습으로 변화한대요. 내가 근본적으로 보아서 비열하고 지배적이라는 것이 드러나고 그의 명령이 만들어낼 분쟁에 그는 파멸하고 만대요."

"그건 마카르트의 착상이야? 조심해, 코르넬리아! 그 남자는 위험하다니까. 그는 당신에게 이 변모를 단순히 연기만 시킬 것이지만 암암리에 그는 당신이 정말로 그렇게 변화할까 안 할까를 혼자서 걸어보고 있는 것이니까."

"그건 불행한 일이 아니에요, 파비안. 그런 남자들은 자기 위를 타고 지나가는 것을 원하니까요. 영화가 인생의 개인 강습소가 될 거예요."

그는 호주머니를 뒤지고 돈뭉치를 찾아내어 1천 마르크를 세어서 코르넬리아에게 주었다.

"여기 있어. 라부데가 나에게 돈을 남기고 갔어. 절반을 가져줘. 내가 안심하게."

"사흘 전에 이천 마르크가 있었다면" 하고 여자는 말했다. 파비안은 작고 움푹 파진 백미러 속을 끊임없이 들여다보며 그들을 감시하고 있는 운전수를 발견했다.

"당신의 관리자가 우리를 나무에 부딪치게 할 것 같군. 앞쪽에 음악이 있어" 하고 그는 소리질렀고, 운전수는 잠깐 동안 그들에게서 시선을 떼었다.

"오늘 오후에는 혼자서 갈 수 있어요." 그 여자는 말했다.

"집에 있을지 모르겠어." 그는 대답했다.

그 여자는 잠깐 수줍은 듯이 그에게 기대었다.

"무슨 일이 있어도 나는 가겠어요. 내가 필요하실지도 모르니까
요."

대학 앞에 이르자, 그는 차에서 내렸다. 그 여자는 자기의 간수와
함께 그대로 달려갔다.

학교 급사가 문을 열었다. 고문관은 아직 안 오셨지만 이제 곧 여
행에서 돌아오실 거라고 그는 말했다. 조수가 있느냐고 파비안은 물었
다. 있다는 대답이었다. 대합실에서는 법률 고문관 라부데와 부인이
앉아 있었다. 그 여자는 매우 늙어보였다. 파비안이 인사했더니 그녀
는 울면서 말했다. "우리는 그를 돌보지 않았어."

"그런 책망은 소용없는 일입니다." 파비안이 대답했다.

"그는 다 큰 성인이 아니었소?" 하고 법률 고문관이 말했다. 그의
부인은 큰소리를 내며 흐느꼈다. 법률 고문관은 이마를 찌푸렸다. "나
는 어젯밤 슈테판의 논문을 읽었지." 그는 말했다. "전문 분야를 이해
할 수는 없지만, 그리고 그 연구의 기초가 맞았는지 모르겠지만, 결론
이 영리하고 날카롭다는 것에 의심의 여지가 없더군."

"연구의 기초도 또한 옳습니다." 파비안이 말했다. "논문은 걸작입
니다. 고문관이 어서 오기만 하면 좋겠는데!"

라부데 부인은 혼자서 울었다. "그애가 죽은 지금, 왜 죽은 원인을
그애한테서 뺏으려고들 해요?" 부인은 말했다. "가요. 여기서 떠납시
다." 부인은 일어서서 두 남자를 붙들었다. "그애를 내버려두세요!"

그러나 법률 고문관은 말했다. "앉아요, 루이제."

그때 교육 고문관이 왔다. 그는 늙은 아버지 같은 우아한 모습을 하고 있고 눈이 심하게 튀어나온 사람이었다.

"무서운 일입니다." 고문관은 이야기하면서 고개를 옆으로 기울이고 라부데의 부모에게로 갔다. 그와 악수하면서 라부데의 어머니는 큰 소리로 울었고, 교육 고문관도 눈시울을 붉혔다.

"우리는 아는 사이군요." 늙은 문학사가 파비안을 보고 말했다. "당신은 그의 친구였지요." 그는 자기 방의 열쇠를 열고 가까이 들어오라고 말했다. 그러고는 잠깐 실례한다고 말하고서 마치 진찰하기 전의 의사처럼 손을 씻었고, 다른 사람들은 책상에 둘러앉아 잠자코 있었다.

수건으로 얼굴을 닦으면서 교육 고문관은 말했다. "누가 와도 면회를 사절하시오."

비서는 물러갔고 교육 고문관은 의자에 앉았다. "나는 오늘 아침에 나움부르크에서 신문을 샀습니다. 그리고 내가 맨 먼저 읽은 것은 당신 아들의 비극적인 운명에 관한 기사였습니다. 당신들에게 이런 직접적인 질문을 하는 것이 지나친 실례가 될까요? 다름이 아니라 도대체 무슨 이유로 당신의 아들이 이런 일을 저지른 것입니까?"

법률 고문관은 책상 위에 얹었던 손을 오므렸다.

"당신은 모릅니까?"

교육 고문관은 고개를 저었다.

"조금도 상상이 안 됩니다."

라부데의 어머니는 두 손을 쳐들고 공중에서 맞잡았다. 그 부인은 시선으로 두 남자에게 진정할 것을 애원했다.

그러나 라부데의 아버지는 계속했다. "내 아들은 당신이 그애의 논문을 거부한 까닭에 자살한 것입니다."

교육 교문관은 호주머니에서 명주 수건을 꺼내어 이마를 닦았다. "무엇이라고요?" 그는 아무 억양도 없는 목소리로 물었다. 그는 마치 그들이 모두 정신병자나 아닌가 의심하듯이 일어서 속삭였다. "아니, 그건 있을 수 없는 일입니다."

"왜요. 가능하지요!" 법률 고문관이 외쳤다. "외투를 입고 같이 가 봅시다. 가서 내 아이를 보십시오! 그애는 죽어서 소파에 누워 있습니다. 틀림없이."

라부데 부인은 움직이지 않는 눈을 크게 뜨고 말했다. "당신은 그 아이를 두 번째 죽이고 있어요."

"이건 무서운 일이다." 교육 고문관이 중얼거렸다. 갑자기 그는 법률 고문관의 팔을 붙들었다. "내가 그 논문을 거절했다고요? 누가 그런 말을 했습니까?" 그는 외쳤다. "나는 그 논문을 최근에 얻은 가장 원숙한 작품이라고 부기해서 대학으로 돌렸습니다. 나는 내 의견서에 슈테판 라부데 박사는 이 논문에 의하여 전문 분야에서 가장 큰 주목을 받게 될 것이라고 썼습니다. 나는 계몽에 대한 이 기여(寄與)에 의해서 라부데 박사는 현대 학문에 막대한 공헌을 하고 있다고 썼습니다. 나는 아직까지 제자 중에서 이와 같이 큰 의미를 가진 논문을 쓴 사람을 본 일이 없다고 썼고, 이 논문을 대학 총서의 특호로서 출판하라고 명했습니다. 이 논문을 내가 거절했다고 누가 말했습니까?"

라부데의 부모는 꼼짝도 않고 앉아 있었다.

파비안이 일어났다. 그는 전신을 떨고 있었다. "잠깐만 기다리십시오." 그는 쉰 목소리로 말했다. "내가 그놈을 데려오겠으니" 하고는 그는 뛰어나가 층계를 내려가서 도서목록실로 갔다. 대학의 조수인 웨크헤르린은 도서목록 함 위에 몸을 굽히고 도서관에 새로 구입된 책의 목록을 정리하고 있었다. 그는 불필요하게 고개를 높이 들고 근시인 눈을 좁혔다.

"교육 고문관께서 곧 오시랍니다." 파비안이 말했다. 웨크헤르린이 일어날 생각은 하지 않고 그저 고개를 끄덕이고 계속해서 목록을 정리하는 것을 보고 파비안은 그의 멱살을 잡고 의자에서 끌어내려 문밖으로 떠밀었다.

"이게 무슨 짓이오?" 그는 항의했다. 그러나 파비안은 대답 대신에 주먹으로 얼굴을 때렸다. 웨크헤르린은 막으려고 팔을 올리더니 더 이상 반항하지 않고 계단을 비실거리면서 올라갔다. 교육 고문관의 방 문 앞에서 그는 또 주저했으나 파비안이 문을 열었다. 교육 고문관과 라부데의 부모는 깜짝 놀랐다. 조수의 코에서 피가 흐르고 있었기 때문이었다.

"당신의 면전에서 이 남자에게 몇 마디 질문을 하겠습니다." 파비안이 말했다. "웨크헤르린 박사, 당신은 어제 점심 때 내 친구 라부데에게 그의 논문이 거절당했다고 말했지요? 이 논문을 학교에 돌리는 것은 교수를 쓸데없이 귀찮게 할 뿐이라고 교육 고문관이 말했다고 당신은 말했지요? 교육 고문관이 이 논문을 내밀하게 사적으로 거절함으로써 공공연한 창피를 면하게 해주겠다는 것이라고 당신은 말하지 않았습니까?"

라부데 부인은 신음을 하더니 의식을 잃고 의자에서 굴러떨어졌다.

그러나 아무도 그 부인을 돌보지 않았다. 웨크헤르린은 문간으로 물러갔다. 나머지 셋은 그의 대답을 기다렸다.

웨크헤르린과 교육 고문관은 속삭이고 의자에 무겁게 기댔다. 조수는 마치 미소지으려는 듯이 넓적하고 창백한 얼굴을 찡그렸다. 그는 몇 번이나 입을 달싹거렸다.

"빨리 대답하시오." 법률 고문관이 위협했다.

웨크헤르린은 손을 문고리에 놓고 말했다. "그건 다만 농담이었어요!"

그때 파비안이 뭐라고 형언할 수 없는 소리로 외쳤다. 그것은 마치 짐승의 비명 같았다. 그 다음 순간에 그는 조수에게 달려들어 두 주먹으로 어디가 어딘지도 분간 못하게 마구 때렸다. 무의식적으로 마치 자동 망치처럼 그는 계속해 때렸다. "이 자식!" 하고 소리지르면서 그는 조수의 얼굴 한복판을 갈겼다. 웨크헤르린은 마치 용서를 빌려는 듯이 그저 웃고 있었다. 그는 자기의 손이 손잡이 위에 놓여 있고 자기가 이 방에서 달아나려고 생각했던 것을 잊고 있었다. 그는 매를 맞고 얼떨떨하여 잠시 동안 무릎을 꿇고 있었다. 그는 손잡이를 돌렸다. 그제서야 그는 자기의 계획이 생각나서 문으로 빠져나가 복도로 나갔다. 파비안도 쫓아갔다. 한 사람은 때리고 또 한 사람은 피를 흘리면서 그들은 한 발씩 아래층으로 가는 층계 쪽으로 갔다.

계단 밑에는 떠들썩한 소리에 모여든 학생들이 서 있었다. 그들은 마치 저 위에서 일어나는 일이 정당하다는 것을 느끼는 것같이 묵묵히 쳐다보면서 서 있었다.

"이 개새끼!" 파비안은 조수의 턱 밑을 때렸다. 웨크헤르린은 뒤로 넘어져서 머리를 계단에 부딪치고 소리를 내면서 굴러떨어졌다. 파비안은 그 뒤를 따라내려가 또 달려들려고 했다. 그때 몇 명의 학생이 그를 막아서서 꽉 붙들었다. "놔!" 그는 마치 미치광이같이 그를 붙잡고 있는 팔을 뿌리쳤다. 누가 그의 입을 막았다.

대학의 급사가 조수 곁에 무릎을 꿇고 있었다. 조수는 일어나려고 해보다가 다시 쓰러졌다. 사람들은 그를 도서목록실로 끌고 갔다. 이 층에서는 계단 바로 위에 교육 고문관과 라부데의 아버지가 서 있었다. 열린 방문에서 길게 흐느끼는 울음소리가 들려왔다. 라부데의 어머니가 기절했다가 다시 깨어난 것이다.

"웨크헤르린 박사는 해고되었습니다." 교육 고문관은 마치 무슨 결론을 얻은 것같이 힘있게 말했다. 학생들은 파비안을 놓아주었다. 파비안은 고개를 수그리더니(아마 작별 인사로) 학교에서 나갔다.

21

여류 법학자가 영화배우가 된다

옛 친구

어머니는 물비누를 판다

그건 다만 농담이었다!

웨크헤르린 씨는 어리석은 농담을 했고, 라부데는 그 때문에 죽었다. 그러니까 이것은 다만 외관상으로는 자살이었다. 중세 독일어를 쓰는 한 말단 관리가 그의 벗을 죽인 것이다. 그는 마치 유리잔에 비상을 넣는 것같이 독기에 찬 말을 벗의 귀에 한 방울씩 떨어뜨려 부었던 것이다. 그는 장난으로 라부데에게 총을 겨누고 쏘았으며, 총알 없는 총에서 치명적인 총성이 난 것이다.

프리드리히 가를 달리는 동안 파비안은 웨크헤르린의 비겁하게 웃는 얼굴 모습이 눈앞에 어른거렸다. 그리고 그는 새삼스럽게 놀라 중얼거렸다. '나는 왜 마치 모든 것이 파괴되어야 하는 것같이 그 자식을 두들겼던가? 그 자식에 대한 내 분노는 왜 라부데의 무의미한 죽음에 대한 슬픔보다 더 컸던 것인가? 그 자식과 같이 무의식으로 그런 불행을 빚어낸 인간은 증오보다는 오히려 동정을 받을 만하지 않을까? 그는 다시는 편안히 잠잘 수 없지 않을까?'

점차로 파비안은 자기의 본능을 이해했다. 웨크헤르린은 결코 무의식적으로 하지 않았던 것이다. 그는 라부데를 향해서 겨눈 것이다. 죽이려고 한 것은 아니지만 상처를 입히려고 한 것이었다. 재능 없는 경영자가 재능 있는 사람에게 보복한 것이다. 그의 거짓말은 하나의 폭발물이었다. 그는 그것을 라부데에게 던지고 달아났던 것이다. 먼 곳에서 폭발을 바라보기 위해.

웨크헤르린은 파면당했다. 매를 맞기까지도 했다. 그렇지만 그가 직업을 잃지 않고 매를 안 맞았던 편이 낫지 않을까? 라부데가 이미 죽은 바에야 웨크헤르린의 거짓이 계속해 살아 있던 편이 낫지 않았을까? 친구의 죽음이 이제는 그를 슬픔으로 채웠으나 오늘은 불만으로 채운다. 진실은 드러났으나 그것이 누구에게 도움이 되었던 말인가? 자기 아들이 파렴치한의 희생이 된 것을 라부데의 양친이 드디어 알게 된 것이 그 공적이란 말인가? 그들이 진실을 알게 되기 이전까지는 거짓이란 존재하지 않았던 것이다. 이제는 정의가 이겼고 자살은 새삼스럽게 비극적인 위트가 되어버렸다. 파비안은 라부데의 장례식을 생각하고 소름이 끼쳤다. 그는 조의객 틈에 끼어 있는 자기를 눈앞에 그렸다. 관(棺) 곁에는 라부데의 부모가 서 있고, 교육 고문관도 근방에 있는 것이 보였다. 라부데의 어머니는 큰 소리로 울 것이다. 그 부인은 검은 베일을 검은 모자에서 쥐어뜯고 울면서 사라질 것이다.

"정신 차려!" 누가 성난 목소리로 말했다. 누가 파비안을 밀쳤고, 그는 멈추어 섰다. 그는 웨크헤르린과의 사건을 들추어내는 대신 감추어버려야 하지 않았던가? 왜 라부데는 마지막 편지에서까지 그처럼 근본적이고 그처럼 질서정연했던가? 왜 그는 자기의 자살 동기까지 말해야만 했던가? 파비안은 계속해서 걸었다. 그는 라이프치히 가로 들어갔다. 때는 마침 정오였다. 사무실의 직원들이 정류장으로 몰려왔고, 버스에 달려들었다. 점심 시간이 짧기 때문이다.

이 웨크헤르린이라는 자가 중간에 뛰어들지 않았던들, 그래서 라부데가 자기의 눈문이 사실에 있어서 어떻게 평가되고 있는가를 알았다면 그는 지금 죽어 있지 않을 것이다. 아니 그뿐 아니라 성공이 그를 격려해서 레다와의 실연을 잊게 하고 정치적 야심을 버리게 했을 것이다. 그가 이 논문을 위해서 5년 간이나 애쓴 것은 무엇 때문인가? 그는 자기가 유능하다는 것을 자기 자신에게 증명하고자 했던 것이다. 그는 그의 성공을 믿었고 그것이 발전해 나가는 동안에 심리적인 계산을 했었고, 그 계산은 맞았던 것이다. 그런데도 불구하고 그는 자기 자신의 신념보다는 웨크헤르린의 거짓말을 더 믿었던 것이다.

싫다. 파비안은 사람들이 그의 친구들이 그의 친구를 저 세상으로 보낼 때, 같이 보고 있고 싶지 않았다. 그는 이 도시를 떠나야만 했다. 그는 지나가는 자동차를 응시했다. 저기 저 뚱뚱보 옆에 앉은 것은 코르넬리아가 아닌가? 그의 심장은 멎었다. 코르넬리아는 아니었다. 그는 떠나야만 했다.

급행 열차는 한 시간 이내에 들어올 예정이었다. 파비안은 그 기차표를 샀고 일간 신문을 몇 개 사고 대합실에 앉아서 신문을 훑어보았다.

어떤 경제회의에서는 커다란 형식의 국제적 협약을 요구하고 있었다. 이러한 것은 다만 미사여구에 불과한 것인가? 또는 사람들은 점차로 누구나 다 아는 사실을 이해하게 된 것일까? 즉, 사람들은 이성이 가장 이성적이라는 것을 인정하게 된 것일까? 라부데의 말은 옳았던 것이 아닌가? 타락한 인류의 도덕을 끌어올리는 것을 기다리는 것이 필요하지 않았던 것일까? 파비안도 그 중의 하나인 도덕가들의 목표는 사실상으로 경제적인 처리에 의해서 도달되는 것이 아니었을까? 도덕적인 요구는 다만 무의미한 까닭에 실현 불가능한 것이 아니었을까? 세계 질서의 문제는 사무 질서의 문제에 불과한 것이 아니었을까?

라부데는 죽었다. 그런 것에 감격했을 라부데는 죽어버렸다. 파비안은 대합실에 앉아서 친구의 사상을 생각하고 무감각하게 앉아 있었다. 그는 생활상태의 개선을 원했던 것일까? 그는 인간의 개선을 원했던 것이다. 그는 모든 사람의 냄비 속에 하루에 열 마리의 닭이 삶아지길 원했고, 모든 사람의 화장실에까지 확성기 시설을 원했고, 모든 사람이 일주일의 매일마다 다른 차를 탈 수 있도록 일곱 대의 자동차를 가질 수 있기를 원했다. 그러나 그럼으로 해서 아무것도 그 외의 것을 얻을 수 없다면 그것으로 우리가 얻은 것은 무엇일까? 사람이 잘살게 되면 선량해진다는 것을 증명해 보려고 했던 것일까? 그렇다면 유전과 탄광의 지배자들은 천사 그 자체여야 할 것이다.

그는 라부데에게 말하지 않았던가? "네가 꿈꾸는 천국에서까지도 인간들은 서로의 음식을 빼앗을 것이다"라고. 한 야만인에게 2천 마르크의 월급이 나오는 천국은 인간에게 적합한 해결인 것일까?

251

파비안은 그 시세 연구가에 대해서 자기의 도덕적인 태도를 변호하면서 앉아 있는 동안에 오랫동안 그의 마음속에 벌레처럼 꿈틀거리고 있던 의심이 다시 고개를 드는 것을 느꼈다. 그가 소망하고 있는 인도적이고 올바른 사람들은 사실에 있어서도 소망할 만한 가치가 있는 것일까? 도달할 수 있건 없건 간에 이 지상의 천국은 이미 생각 속에서만도 지옥 같은 것이 아닌가? 그처럼 숭고함을 가지고 도금된 시대란 참을 수 있을 것인가? 미친 편이 훨씬 더 견디기 쉽지 않을까? 분쟁 없는 소유욕을 위한 계획 경제가 오히려 더 실현 가능할 뿐 아니라 더 참기 쉬운 이상적 상태가 아닐까? 그의 유토피아는 다만 규범적인 가치에 있을 뿐이고 현실에 있어서는 실현 불가능일 뿐 아니라 소망하는 것조차도 가당치 않은 것이 아닐까? 그는 마치 인류를 향해서, 애인을 향해서와 같이 '그대에게 하늘의 별을 따다주겠습니다' 하고 말하는 것과 같지 않은가? 이 약속은 칭찬할 만하지만 그것을 실행한다면 끔찍한 일이다. 그가 정말로 별을 따다가 준다면, 동정할 만한 애인은 그것을 가지고 무엇을 할 수 있단 말인가? 라부데는 사실의 토대 위에 서서 행진하려고 하다가 쓰러져버렸다. 파비안은 무게가 모자랐으므로 공간에 떠돌았고 살기를 계속한 것이다. 왜 살아야 하는지를 모르면서 왜 아직도 살고 있는 것일까? 그 '왜'를 알고 있었던 친구는 왜 이미 살고 있지 않은 것일까? 살아야 할 사람은 죽고 죽어야 할 사람은 살고 있다.

일간 신문의 4면에서 그는 코르넬리아를 다시 보았다. '법학자가 영화배우가 되었다'라고 사진 밑에 크게 씌어 있었다. '법학 박사 코르넬리아 바텐베르크 양은 유명한 영화 제작자 에드윈 마카르트에 의해서 발탁되었고, 수일 내에 'Z부인의 가면'이라는 영화의 촬영을 시작할 것이다."

"행운을 빈다." 파비안은 속삭이고 그 사진에 고개를 끄덕였다. 다른 신문에서도 그는 그 여자를 또 보았다. 코르넬리아는 멋진 여름용 외투를 입고 파비안도 본 일이 있는 자동차의 운전대에 앉아 있었다. 그 여자 옆에는 아마 발탁자인 것 같은 크고 뚱뚱한 남자가 앉아 있었다. 밑의 이름을 보니 그의 추측은 맞았다. 그 남자는 야만스럽고 음흉하게 생긴 것이 꼭 고등학교 교육도 받지 못한 악마같이 보였다.

"요술지팡이를 가진 남자, 에드윈 마카르트는 코르넬리아 바텐베르크라는 이름을 최근 발견"이라고 기사에는 씌어 있었다. 코르넬리아 양은 사법과 시보였던 여자로서 새로 유행되는 타입, 즉——지성적인 독일 여자를 대표한다고도 씌어 있었다.

"행운을 빈다." 파비안은 또 한번 말하고 사진을 응시했다. 얼마나 오랜 일인가? 그것은 이미! 그는 마치 무덤을 바라보듯이 그 사진을 바라보았다. 눈에 안 보이는 유령 같은 가위가 파비안을 이 도시에 묶었던 온갖 끈을 한꺼번에 잘라버린 것 같았다. 직업을 잃었고 친구도 죽었고 코르넬리아는 남의 수중에 있다. 그는 여기서 무엇을 더 찾으려는 것인가?

그는 두 개의 사진을 신문에서 조심스럽게 찢어내어 메모 공책 갈피에 끼우고 신문은 내버렸다. 그를 붙드는 것은 아무것도 없었다. 그는 자기가 왔던 곳으로 다시 갈 욕망밖에는 없었다. 그의 고향으로 그의 어머니에게로 갈 욕망밖에는! 그는 아직도 역에 앉아 있었으나 이미 베를린에 있지 않은 지 오래된 것 같았다. 그가 다시 올 때가 있을 것인가? 그는 개찰구를 지나서 출발의 벨이 울릴 것을 기다리면서 기차 안에 들어가 앉았다.

"여기를 떠나야만 한다." 역 시계의 바늘은 앞으로 갔다. 그저 떠나야 한다!

파비안은 창가에 앉아서 밖을 내다보았다. 들판과 풀밭이 마치 회전대에서 보는 것같이 뛰어 지나갔다. 전신주가 무릎을 꿇고 절했다. 때때로 맨발의 어린 소년들이 춤추고 있는 들판 가운데 서서 기계적으로 손을 흔들었다. 풀밭에서 말이 풀을 뜯고 있었다. 한 마리의 망아지가 담벽을 따라 뛰어다니며 고개를 흔들었다. 이어서 기차는 어두운 소나무 숲속으로 들어갔다. 나무에는 흰색 이끼가 돋아 있었다. 나무는 마치 사람들이 그 숲을 떠나는 것을 금지한 나병환자같이 거기 서 있었다.

그는 마치 누가 자기를 응시하고 있는 것같이 느껴져 뒤를 돌아다보았다. 무감각하게 앉아 있는 무감각한 여행자들은 자기 자신의 일에 바빴다. 누가 그를 본 것일까? 그는 복도에 이레네 몰 부인이 있는 것을 발견했다. 그 여자는 담배를 피우면서 그에게 미소를 보냈다. 그가 그냥 앉아 있었더니, 그 여자는 나오라고 손짓을 했다.

그는 밖으로 나갔다.

"우리는 창피할 정도로 서로를 쫓아다니고 있군" 하고 그 여자는 말했다. "어디 가는 거야?"

"집으로 갑니다."

"예의 있게 나보고도 어디 가느냐고 좀 물어보아!"

"어디로 가십니까?"

그 여자는 그에게 몸을 기대고 속삭였다. "나는 달아나는 거야. 소년들 중의 하나가 내 사업을 밀고했어. 내가 월급의 두 배를 주고 있었던 한 경관이 오늘 아침에 나한테 그걸 말해 주었어. 같이 가지 않겠어?"

"싫습니다." 그는 말했다.

"나는 지금 십만 마르크를 가지고 있어. 우리는 부다페스트로 갈 필요가 없어. 프라하를 경유해서 파리로 갈까? 우리는 클라리지 호텔에서 묵을 거야. 아니면 폰텐블로로 가서 작은 별장을 빌리든지."

"싫습니다." 그는 말했다. "나는 집으로 가겠습니다."

"같이 가." 그 여자는 졸랐다. "나는 보석도 가지고 있어. 돈이 떨어지면 내 집에서 재웠던 늙은 여자들을 협박하면 되고 —— 나는 재미있는 일들을 자세히 알고 있으니까. 들여다보는 구멍도 때로는 요긴하거든. 오늘 이탈리아로 가는 편이 좋을까? 벨라지오가 어때?"

"싫어요. 나는 어머니한테 갑니다."

"이 몹쓸 놈의 바보 같은 녀석!" 그 여자는 성난 목소리로 속삭였다. "네 앞에 무릎을 꿇고 사랑의 고백을 해야 한단 말이야? 나한테 무슨 반감이 있어? 내가 너무 잘 알고 있다고? 너는 바보 같은 계집이 더 낫단 말이지? 나는 아무나 그저 바지 입은 놈을 붙잡는 것에 이제는 정말로 싫증이 났어. 너는 내 마음에 들어. 우리는 자꾸만 부딪치고, 이건 절대로 우연이 아니야." 그 여자는 그의 손을 잡고 손가락을 애무했다. "제발 같이 가!"

"싫습니다." 그는 말했다. "같이 안 갑니다. 여행을 잘하시길!" 그는 다시 자기 찻간으로 돌아가려고 했다.

그 여자는 그를 붙잡았다. "아깝군. 아주 유감이야. 그럼 다음 기회에 또 한번……" 하고 그 여자는 핸드백을 열고 "돈 필요해?" 하더니 몇 장의 지폐를 그의 손에 쥐어주려고 했다.

그는 손을 움켜쥐고 고개를 흔들고는 자기 찻간으로 돌아갔다.

그 여자는 얼마 동안 그의 찻간 앞에 서서 그를 바라보았다. 그는 유리창 밖을 내다보았다. 기차는 마을 가운데를 지나갔다.

그가 도착한 것은 저녁 여섯 시경이었다. 그는 역에서 나와서 삼여왕 성당을 바라보았다. 그는 마치 성당이 그를 위해 내려다보면서 "왜 오늘은 아무도 너를 마중나오지 않지? 그리고 왜 너는 트렁크 하나도 안 들었어?" 하고 말하고 있는 것 같았다. 그는 제방을 지나서 낡은 육교를 지나갔다. 전에 샹체 선생이 살았던 집은 새로 페인트 칠이 되어 있었다. 다른 집들은 그가 어린 시절부터 보아온 대로 회색 대열을 짓고 서 있었다. 슈뢰더라는 산파가 살고 있던 구석 집에는 새로 가게가 생겼다. 정육점이었다. 쇼윈도에는 아직도 개점 축하의 꽃이 놓여 있었다.

그는 천천히 자신이 태어난 집으로 가까이 갔다. 이 길은 얼마나 그에게 낯익었던가? 그에게는 집의 정면과 마당과 창고와 길의 전부가 낯익었다. 그러나 집에 드나드는 사람들은 낯이 설었다.

'비누가게'라고 씌어 있는 한 상점 앞에 왔을 때 그는 걸음을 멈추었다. 유리창에는 쪽지 하나가 붙어 있었다. 그는 읽어보았다. "이제는 화장 비누의 값도 내렸습니다. 라벤다 비누가 22페니히에서 20페니히로. 토르페도 비누가 28페니히에서 25페니히로."

그는 문 앞으로 갔다. 파비안의 어머니는 가게의 계산대 뒤에 서 있었고, 두 명의 부인네가 그 앞에 서 있었다. 마침 어머니는 몸을 굽히고 가루비누를 한 갑 계산대 위에 올려놓고 비누를 둘로 나누었다. 그리고는 한 장의 봉투를 들고 나무 숟가락으로 물비누를 통에서 퍼서 붓고는 종이로 쌌다. 그는 비누 냄새가 길가에까지 나는 것을 맡았다.

그는 가게 문을 열었다. 종소리가 났다. 늙은 어머니가 고개를 들었다가 놀라서 팔을 떨어뜨렸다.

그는 어머니한테 가서 떨리는 목소리로 말했다. "어머니, 라부데가 권총으로 자살했어요."

갑자기 그의 눈에서는 두 줄기 눈물이 흘렀다. 그는 뒷방으로 가는 문을 열고 들어가서 다시 닫고는 창가에 앉았다. 그는 마당을 내다보다가 머리를 창틀에 얹고 울었다.

22

소년병 숙소를 방문하다

마당에서의 구주희(九柱戲)놀이

과거가 모퉁이를 돌아갔다

"저애가 왜 그러는 거요?" 아버지가 다음날 아침에 물었다.

"일자리를 잃었대요." 어머니가 말했다. "그리고 친구가 자살했대요. 라부데라는 친구 말이에요. 왜 그애가 전에 하이델베르크에서 공부할 때 사귀었던……."

"나는 그애한테 친구가 있다는 것도 몰랐소" 하고 아버지가 말했다. "어디 무슨 말을 했어야지."

"당신은 안 들으시면서" 하고 어머니는 말했다. 그때 가게에서 종소리가 났다. 파비안 부인이 다시 방 안으로 들어왔을 때 남편은 신문을 읽고 있었다.

"그뿐 아니라 그애는 어떤 여자한테 실연당했어요" 하고 부인은 말을 계속했다. "그렇지만 그애는 그 말을 자세히 하지 않아요. 법학을 공부한 여잔데 영화배우가 됐대요."

"공부하느라고 들인 돈이 아깝군." 남편이 대답했다.

"예쁜 여자인데, 영화 제작자라는 구역질나게 생긴 뚱뚱보하고 같이 산대요" 하고 파비안의 어머니는 말했다.

"여기에 오래 있을 작정이라고 합디까?"

어머니는 어깨를 추켜 보이고는 커피를 따랐다.

"그애가 나한테 천 마르크를 주었어요. 라부데가 남겨주고 갔대요. 잘 간수했다 주겠어요. 그애는 지금 앓고 있어서 아무도 도와줄 수가 없어요. 그것은 라부데나 영화배우와는 아무 관계가 없는 병이에요. 그것은 그애가 신을 믿지 않는 것과 관련이 있는 것 같아요. 그애한테는 정신의 안정을 주는 중심이 부족한 것 같아요."

"내가 그애 나이만할 때는 벌써 십 년이나 결혼 생활을 했었는데" 하고 아버지가 말했다.

파비안은 헤르 가를 따라 수비병 성당과 병영을 지나서 갔다. 성당 앞의 둥근 자갈이 깔린 광장에는 아무도 없었다. 그가 긴 바지를 입고 철모를 쓰고, 독일의 신이 그의 군대에게 말하는 것을 들을 의욕에 넘친 열일곱 살짜리로서, 수천 명 틈에 낀 병정으로서 여기에 서 있던 것은 언제였던가? 그는 전에 포병 숙사였던 건물의 문간에 서서 쇠 난간에 기대 섰다. 점호, 사격실습, 야간근무, 전쟁부채에 관한 강연, 월급…… 이 황량한 마당에서 일어났던 온갖 일들! 노병들이 세 번째 네 번째의 일선으로 가기 전에 누가 제일 먼저 돌아올 것인가에 대해서 점심밥을 거는 것을 듣지 않았던가? 그리고 그들은 일 주일 후에 진짜 브뤼셀 산의 임질을 몸에 지니고 초라한 군복을 입고, 정말 다시 돌아오지 않았던가.

파비안은 난간에서 손을 떼고 삐기고 있는 것같이 보이는 낡은 척탄병과 보병 숙사 옆을 지나갔다.

아직도 그 큰 회색 건물은 마치 지붕 밑까지 어린아이의 근심으로 차 있는 것 같은 비스듬히 깔린 뾰족한 탑을 받들고 서 있었다. 소장 관사의 창은 아직도 흰 커튼에 덮여 있어서, 생도의 잠자는 방과 옷장과 교실의 아무 장식도 없이 검은 창과 대조를 이루고 있었다. 그는 전에는 언제나 이 거대한 건물은 소장 관사 쪽으로 기울어져야 한다고 생각했었다. 유리창에 커튼이 있다는 사실이 그에게는 그처럼 무겁게 느껴졌었기 때문이다. 그는 문으로 들어가서 층계를 올라갔다.

교실에서는 어두운 목소리와 밝은 목소리가 섞여 들렸다. 빈 복도는 그 목소리로 꽉 차 있었다. 2층에서는 합창 소리와 피아노 소리가 울렸다. 파비안은 넓은 바깥의 계단을 피하고 측면에 있는 좁은 계단을 올라갔다. 두 명의 어린 생도가 그를 향해서 내려오고 있었다.

"하인리히!" 하고 그 중의 하나가 불렀다. "곧 건달한테 오래! 공책을 가지러……"

"좀 기다리라지 뭐!" 하인리히는 말하고, 경련할 정도로 천천히 유리문을 향해서 걸어갔다.

'건달!' 파비안은 생각했다. '아무것도 변하지 않았다. 똑같은 선생들이고 똑같은 별명이다. 다만 생도들만 바뀐다. 한 세대씩 한 세대씩 교육되고 훈련된다. 새벽에 문지기가 종을 치면 사냥이 시작된다. 침실, 세면실, 옷장, 거실, 식당……. 제일 어린 생도가 밥상을 차리고 냉장고에서 버터를 꺼내오고 에나멜 칠을 한 커피 주전자를 승강기에서 끌어낸다. 사냥이 계속된다. 거실의 먼지 털기, 교실의 공부, 식당의 제일 어린 생도가 점심상을 차린다. 사냥은 계속된다. 자유시간, 정원 근무, 축구, 거실, 숙제, 교실, 식당, 제일 어린 생도들이 저녁상을 차린다. 사냥은 계속된다. 거실, 숙제, 세면실, 침실, 최고 학년 학생은 두 시간 늦게 자는 것이 허락되어 있었고, 마당에서 담배를 피운다. 아무것도 변하지 않았다. 다만 연대(年代)만이 변했다.'

파비안은 3층에 서서 강당으로 나가는 문을 열었다. 아침 기도, 밤 기도, 오르간 치기, 황제의 생일, 세단의 승리 축하제, 탄넨베르크 전투, 탑에 꽂히는 국기, 부활절 시험, 소집된 자들의 제대, 전쟁 참가자를 위한 강의록, 언제나 반복되는 경건과 위엄에 찬 오르간 소리와 축하 연설. 통일성과 권리와 자유가 이 분위기를 꽉 물고 있었다. 아직도 옛날처럼 선생이 지나갈 때면 차려를 해야 하는가? 외출 허가가 박탈된 생도들은 아직도 신문을 가위로 베어서 변소에 갖다 놓도록 명령당하고 있을까?

그렇지만 또한 때로는 좋은 때도 있지 않을까? 그는 언제나 다만 이곳을 돌고 있는 거짓과, 전 어린아이의 세대로부터 복종적인 국가 관리와 우매한 시민을 만들어내려는 악하고 음험한 힘만을 느꼈던 것일까? 때로는 좋은 일이 그래도 있었다. 그렇지만 어디까지나 그것은 '그래도'였다.

그는 강당에서 나와 세면실과 침실로 가는 어두운 옥외의 계단을 올라갔다. 쇠침대가 길게 줄을 지어 서 있었고, 벽에는 잠옷이 군대식으로 걸려 있었다. 질서는 유지되어야 하기 때문이다. 밤에는 최고 학년생들이 마당에서 올라와, 놀라는 5학년생이나 4학년생의 침대로 들어갔다. 어린 생도들은 침묵을 지켰다. 질서는 유지되어야 하기 때문이다. 그는 창가로 갔다. 밑에 보이는 계곡에는 도시의 낡은 탑과 테라스가 반짝거리고 있었다. 그는 다른 생도들이 잘 때에 얼마나 종종 여기에 몰래 와서 도시를 내다보고 어머니가 앓고 누워 계시는 집을 찾았던가? 얼마나 자주 그는 유리창에 머리를 대고 울음을 참았던 것인가? 감옥 속도 억누른 울음도 그에게 해가 될 수 없었다. 그 당시에는 사람들이 그를 굴복시키지 못했다. 몇 명은 총을 쏘고 죽었다. 그들의 수는 많지 않았다. 전쟁 때는 더 많은 사람들이 죽음을 더욱 신뢰하지 않을 수 없었다. 후에는 더 많은 사람들이 죽었다. 그래서 지금은 그의 동창의 반 수는 전사했다. 그는 계단을 내려가 그 건물에서 나와 마당으로 갔다. 학생들이 거대한 빗자루와 삽과 뾰족한 꼬챙이를 들고 손수레 뒤를 뛰어다니면서 낙엽을 쓸어모으고 여기저기 놓여 있는 종이를 꼬챙이로 꿰어 담았다. 마당은 꽤 넓었고 작은 시내로 내려가고 있었다.

　파비안은 낯익은 낡은 길을 걸어가서 벤치에 앉아 나뭇가지를 바라보다가 다시 걷기를 계속하면서 그가 보는 모든 것이 옛 모습으로 돌아오려는 것을 억지로 막았다. 그를 에워싸고 있는 강당과 방과 나무와 화단은 현실이 아니라 추억이었다. 이곳에 그는 그의 유년시절을 남겨두었고 이제 그는 그것을 다시 찾았다. 추억은 나뭇가지와 담벽과 탑에서 그에게로 내려와 그를 눌렀다. 그는 이 우울한 마력 속으로 점점 더 깊이 걸어들어갔다. 그는 구주희(九柱戲)를 굴리는 길로 갔다. 구주희 막대기를 던질 의욕이 생겨났다. 그는 구주희를 두리번거리고 아무도 없는 것을 보고 함에서 막대기를 꺼내어 뛰어가 막대기를 길

위에 굴렀다. 막대기는 한번 뛰어올랐다. 길은 아직도 평탄하지 않았기 때문이다. 여섯 개의 막대기가 소리를 내고 쓰러졌다.

"이게 무슨 짓이오?" 누가 성난 목소리로 말했다. "외부인은 출입 금지요."

소장이었다. 그는 거의 변하지 않았다. 그의 앗시리아 사람 같은 수염이 더 희어졌을 뿐이었다.

"용서하십시오." 파비안은 말하고 모자를 벗고 가버리려고 했다.

"잠깐 기다리시오" 하고 소장이 외쳤다. 파비안은 그를 향해서 돌아섰다.

"당신은 전에 우리 학교의 학생이 아니었습니까?" 그 남자는 물었다. 그러고는 악수를 청하면서 말했다.

"그렇고말고! 야콥 파비안! 대환영입니다. 반갑군요. 옛 학교가 그리워졌던 모양이군요?"

그들은 서로 인사했다.

"나쁜 시대입니다." 소장이 말했다. "신이 없는 시대입니다. 정의의 사람들은 많은 고통을 받고 있습니다."

"누가 정의의 사람입니까?" 하고 파비안은 물었다. "그들의 주소를 주십시오."

"당신은 옛날과 꼭 같군." 소장은 말했다.

"당신은 가장 우수한 학생이었고 동시에 가장 뻔뻔스러운 학생이었습니다. 그래 그 재주로 얼마 만큼 성공했소?"

"우리 국가는 마침 나에게 작은 연금을 주려고 하는 참입니다." 파비안이 말했다.

"무직이로군?" 소장이 엄격하게 물었다. "나는 당신에게 좀더 기대했었는데."

파비안은 웃었다. "정의의 사람들은 많이 고생해야 하니까요"라고 그는 설명했다.

"당신이 그때 국가 시험을 보았다면 지금 무직은 아닐 텐데." 소장이 말했다.

"나는 어쨌든 간에 무직일 것입니다." 파비안은 흥분해서 말했다. "내가 직업을 가졌다 하더라도 무직입니다. 당신에게 말해 두겠는데 인류는 목사와 교육가를 제외하고는 자기의 머리가 어디 붙어 있는지도 모르고 있는 것입니다. 컴퍼스는 고장났는데 이 집에서는 아무도 발견 못하고 있습니다. 그들은 전이나 지금이나 저학년부터 고학년까지 승강기를 타고 올라가고 내려오고 합니다. 그런데 컴퍼스를 그들이 왜 필요로 하겠습니까?"

소장은 손을 프록코트의 꽁지 밑에 넣고 말했다.

"기가 막힙니다. 당신은 아무 할 일이 없습니까? 가서 당신의 성격을 고치십시오. 역사는 무엇하러 배우고 고전은 무엇하러 읽었습니까? 당신의 인격을 닦으시오."

파비안은 자기 만족에 찬 그 기름진 남자를 바라보고 미소지었다. 그러고 나서, "닳아빠진 인격의 소유자!" 하고 말하고는 와버렸다.

길에서 그는 에바 켄들러를 만났다. 그 여자는 두 아이를 데리고 걸어왔고 꽤 뚱뚱해져 있었다. 그는 자기가 그 여자를 알아본 것에 놀랐다.

"야콥!" 그 여자는 외치고 얼굴을 붉혔다. "조금도 변하지 않았네요. 얘들아, 아저씨한테 인사하거라!" 애들은 그와 악수하고 한쪽 무릎을 꺾어 인사를 했다. 두 계집애였다. 그 아이들은 지금의 어머니보다도 훨씬 전의 어머니와 비슷했다.

"십 년 넘어 못 만난 것 같군요." 그는 말했다. "어떻게 지내십니까? 언제 결혼하셨습니까?"

"내 남편은 카롤라 병원의 이등 군의관이에요." 그 여자는 말했다.

"별 수가 없어요. 직접 병원을 열 돈은 없어요. 아마 완츠 벡 교수와 같이 일본에 가게 될지도 몰라요. 괜찮다면 나도 애들을 데리고 따라갈 거예요."

그는 고개를 끄덕이고 두 소녀를 바라보았다.

"옛날은 지금보다 좋았어요." 그 여자는 낮은 목소리로 말했다. "부모님이 여행가셨을 때 일을 아직도 기억하세요? 그때 나는 열일곱이었어요. 정말 세월은 빨라요."

그 여자는 한숨을 쉬고 작은 딸의 스웨터 깃을 펴주었다.

"자기 자신의 생활을 살게 되기도 전에 벌써 자기 아이를 위해서 책임을 져야 하게 됐어요. 올 여름에는 우리는 해안에도 못 가요."

"그것 참 안됐군요." 그는 말했다.

"네. 자, 이제는 가보아야 하겠어요. 안녕히 가세요, 야콥."

"안녕히 가십시오!"

"아저씨께 인사해라."

작은 소녀들은 무릎을 꺾어 인사를 하고는 어머니에게 달려가서 셋이 같이 가버렸다. 파비안은 잠시 동안 서 있었다. 과거는 골목의 모퉁이를 돌아갔다. 거의 알아보지도 못하게 낯설어진 과거는 두 아이의 팔을 잡고 모퉁이를 돌아가 버렸다. "당신은 조금도 달라지지 않았어요" 하고 과거는 그에게 말했었다.

"그래 어떻더냐?" 어머니가 물었다. 어머니는 점심을 먹은 뒤에 가게에서 표백분이 든 상자를 풀고 있었다.

"병정 숙사에 갔었어요. 학교에도 갔었구요. 그리고 에바를 만났어요. 두 아이를 데리고 가더군요. 남편은 의사래요."

어머니는 선반에 올려놓은 봉지를 세웠다.

"에바를? 그애는 전에 예뻤지. 어떻게 됐었지? 너는 그때 이틀이나 집에 안 돌아왔지 않았니."

"에바의 부모는 여행갔었고, 나는 수일 간에 걸친 계몽 강좌를 해야만 했어요. 그 여자는 처음이었기 때문에 나는 내 과제를 매우 양심적으로 그리고 진지한 도덕적 엄숙함을 가지고 이해했지요."

"난 그때 걱정했다." 어머니가 말했다.

"내가 전보를 보냈었는데도요?"

"전보는 불길한 거란다" 하고 어머니는 말했다. "삼십 분 간이나 펴보지를 못하고 앉아 있었단다." 그는 어머니한테 상자 꾸러미를 주고 어머니는 그것을 선반에 쌓아올렸다.

"네가 여기서 직장을 갖는 것이 낫지 않니?" 어머니가 물었다.

"집이 맘에 들지 않니? 안방에 있으면 된다. 여자들도 여기 여자들이 더 착하고 덜 돌았단다. 아마 애인을 찾을 수 있을 게다."

"어떻게 할지 모르겠습니다." 그는 말했다. "여기 있게 될지도 모릅니다. 나는 일을 하고 싶어요. 행동에 의해서 나 자신을 증명하고 싶어요. 이제는 정말로 어떤 목표를 눈앞에 갖고 싶어요. 아무 목표도 발견 못하거든 발명이라도 하겠어요. 그냥 이대로는 더 계속할 수 없으니까요."

"우리들 시대에는 그런 일이 없었다." 어머니가 말했다. "그때는 돈 버는 것과 결혼과 아이들 갖는 것이 목표였다."

"아마 나도 그것에 친숙하게 될 것입니다. 왜 늘 말하지 않았어요?" 그는 말했다.

어머니는 봉투를 그냥 쥐고 힘을 주어 말했다.

"인간은 습관의 동물이다."

23

필스너 맥주와 애국심

터키식 비더마이어

파비안이 무료로 취급된다

저녁 때쯤 파비안은 고시(古市)로 건너갔다. 그는 그가 사고하기 시작한 이래 알아온 저 세계적으로 유명한 건물 —— 옛 성과 옛 왕실, 오페라와 옛 궁정 성당을 바라보았다. 여기에 있는 것은 다 놀라웠고 다 옛것이었다. 달이 마치 얼음 위를 미끄러져 가듯이 성탑의 꼭대기에서 성당의 탑 꼭대기로 옮겨갔다. 하안으로 내려가 있는 대지는 고목과 위엄 있는 박물관으로 꽉 덮여 있었다. 이 도시의 생명과 문화는 퇴보 상태에 들어가 있었다. 이 파노라마는 마치 성대한 장례식과도 같이 보였다. 옛 시장에서 그는 웬츠카트를 만났다.

"다음 금요일에 시청 구내식당에서 동창회가 있어" 하고 웬츠카트가 말했다. "그때까지 여기 있을 거야?"

"그러고 싶어." 파비안이 말했다.

"가능한 대로 나가겠어."

그는 빨리 가버리려고 했으나 웬츠카트는 그를 초대했다. 마누라가 이 주일째 온천에 가 있다는 것이었다. 그들은 가스마이어에 가서 필스너 맥주를 마셨다. 세 번째 잔을 마시고 나더니 웬츠카트는 정치적으로 되었다.

"이대로 계속할 수는 없어" 하면서 그는 욕을 했다. "나는 철모를 쓰고 있어. 계급장은 달지 않았지만 그건 마찬가지야. 내 직업은 군인이 아니니까, 공적으로 달고 다닐 수는 없단 말이야. 그래도 그건 마찬가지야. 지금은 절망적인 전쟁의 시대니까."

"자네들이 시작한다면 전쟁이 되지 않을걸." 파비안이 말했다. "그저 절망이지."

"아마 자네 말이 맞겠지" 하고 소리지르면서 웬츠카트는 테이블을 쳤다. "그러면 다같이 멸망하고 말겠군! 곧!"

"글쎄, 멸망하기를 온 민족이 다 원하고 있는지는 알 수가 없는데" 하고 파비안은 말했다. "자네들이 자존심을 상처받은 칠면조 같은 명예심을 가지고 싸우기를 좋아한다는 이유 하나 때문에 육십억 인간의 멸망을 시인하는 뻔뻔스러움은 도대체 어디서 나온 건가?"

"인생의 역사는 언제나 그랬으니까." 웬츠카트는 결정적으로 말하고 맥주잔을 비웠다.

"그리고 세계사는 지금도 앞에서부터 뒤까지 그렇게 보인다!" 하고 파비안이 외쳤다.

"읽기조차 부끄럽다, 그런 것은……. 아이들한테 그런 걸 가르친다는 것은 수치스러운 일이야. 왜 언제나 일어났던 것과 똑같은 일이 일어나야만 하지?"

"너는 비애국자야." 웬츠카트가 말했다.

"그보다 더 유감스럽게도 너는 바보야!" 파비안은 소리질렀다.

그러고 나서 그들은 또 한 잔씩 맥주를 마시고 조심스럽게 화제를 바꾸었다.

"아주 좋은 생각이 떠올랐는데." 웬츠카트가 말했다. "'유곽'에 좀 가볼까?"

"그런 게 아직도 있나? 법률로 금지되어 있는 줄만 알았는데."

"물론이지." 웬츠카트가 말했다. "금지되어 있기는 하지만 아직도 있기는 있지. 그것과 이것과는 관계가 없단 말이야. 재미있는 데야."

"가고 싶지 않은데." 파비안이 말했다.

"계집애들하고 샴페인을 마시자. 그 다음 일은 마음 내키는 대로 하고. 그러지 말고 같이 가서 나를 좀 감독해 줘. 마누라한테 걱정을 끼치지 않도록 말이야."

그 집은 좁은 골목 안에 있었다. 그 집 앞에 섰을 때 파비안은 수비병 숙소의 장교들이 그 집에서 난잡한 연회를 하던 일이 생각났다. 그것은 20년 전의 일이었다. 그 집은 그 전 그대로였다. 아마 모든 일이 잘 되었다면 그때 있던 여자들이 아직도 그 집에 있을 것 같았다.

웬츠카트가 벨을 눌렀다. 집 안에서 발소리가 나더니 한 개의 눈이 작은 구멍을 통해서 밖을 응시했다. 문이 열렸다. 웬츠카트는 조심스럽게 주위를 두리번거리다가 골목에 아무도 없는 것을 보고 안으로 들어갔다. 그들은 인사말을 중얼거리는 할멈의 곁을 지나서 좁은 나무 층계를 올라갔다. 그 집의 여주인이 나와서 인사했다.

270

"안녕하셨수, 구스타프. 우리 집엘 다 오시다니 웬일이세요?"

"샴페인을 가져와!" 웬츠카트가 소리질렀다. "릴리는 아직 있어?"

"없어요. 그렇지만 로테가 있어요. 그애 엉덩이는 굉장히 넓으니까 염려 마시고 앉으세요!"

그들이 인도된 방은 육각형이었고, 터키식 비더마이어〔19세기 독일의 건축양식〕로 장식되어 있었다. 등불은 새빨갰다. 벽은 나무로 덮여 있었고, 나무 모자이크와 나부(裸婦)의 그림으로 장식되어 있었다. 벽의 양쪽에는 이불이 깔려 있었다. 그들은 앉았다.

"별로 손님이 없는 모양이군." 파비안이 말했다.

"아무도 돈이 없어." 웬츠카트가 말했다. "그뿐 아니라 이 직업은 벌써 시대에 뒤떨어졌거든."

그때 세 명의 젊은 여자가 방 안에 들어와서 단골 손님에게 인사했다.

파비안은 구석에 앉아서 그 광경을 바라보고 있었다. 집주인이 통을 들고 오더니 샴페인을 꺼내서 잔에 따르고 "건배!" 하고 소리질렀다. 모두 같이 마셨다.

"로테!" 하고 웬츠카트가 불렀다. "다들 옷을 벗어!"

로테는 재미있게 생긴 눈을 가진 뚱뚱한 여자였다. "좋아" 하고 대답하더니 그 여자는 다른 여자들과 같이 방에서 나갔다가 발가벗고 다시 들어와서 손님 사이에 앉았다.

웬츠카트는 뛰어 일어나면서 손바닥으로 로테의 엉덩이를 쳤다.

그 여자는 킥킥거리고 키스하더니 그에게 달려들어 사랑의 말을 중얼거리면서 방에서 나갔다. 그들은 사라져버렸다. 파비안은 집주인과 두 명의 벗은 여자와 같이 테이블 앞에 앉아서 샴페인을 마시고 이야기를 주고받았다.

"여기는 언제나 이렇게 시들한가?" 하고 그는 물었다.

"얼마 전에 가수 대회 때에는 손님이 많았어." 금발 여자가 말하면서 생각에 잠겨 젖꼭지를 만지고 있었다.

"그때 나는 하루에 열여덟 명의 손님을 받았었어. 그렇지만 그 이외엔 심심해서 죽을 지경이야."

"마치 수녀원 같애."

검은 머리를 가진 작은 여자가 들릴락말락하게 말하고 가까이 다가왔다.

"술을 한 병 더 가져오리까?" 집주인이 재촉했다.

"필요없소."

"나는 이 마르크쯤밖에 주머니에 없으니까요."

"아이 그만둬!" 금발이 소리질렀다. "구스타프는 돈이 얼마든지 있어. 그뿐 아니라 그이는 여기서 외상 거래도 되고."

집주인은 두 병째 샴페인을 가지러 밖으로 나갔다.

"나하고 같이 위로 갈까?" 금발이 물었다.

"아까도 말했지만 돈이 한 푼도 없어" 하고 말하면서 그는 거짓말을 안 해도 되는 것이 기뻤다.

"기가 막혀서!" 금발이 외쳤다. "내가 뭐 부자가 되려고 '유곽'에 들어왔는 줄 아니? 돈은 다음에 갖다줘도 좋아!"

파비안은 거절했다.

얼마 안 있어서 웬츠카트가 다시 방 안에 들어와서 금발 옆에 앉았다.

"지금 내 곁에 앉을 필요는 없어." 그 여자는 모욕당한 얼굴을 하고 말했다.

로테도 나타났다. 그 여자는 두 손으로 엉덩이를 쥐고 있었다. "개자식!" 하고 그 여자는 욕했다. "언제나 이렇게 두들겨대니! 또 사흘 동안은 앉지도 못하겠어!"

"자, 십 마르크 더 주지." 웬츠카트가 말했다. 그 여자는 돈을 신속에 넣었다. 그 여자가 몸을 굽히고 있는 동안에 그는 또 엉덩이를 때렸다. 그 여자는 눈을 흘기더니 덤벼들려고 했다.

"앉아!" 하고 그는 명령했다. 그러고 나서 그는 금발의 엉덩이에게 팔을 감고 물었다. "자, 생각 있어?"

그 여자는 그를 시험하는 것처럼 관찰하고 나서 말했다.

"그렇지만 나는 못 때려. 나는 정상적인 방법을 택하니까."

그는 고개를 끄덕였다. 그 여자는 일어나서 나체를 흔들면서 앞장섰다.

"자네를 감독하라고 하지 않았던가" 하고 파비안이 말했다.

"그게 무슨 소리야!" 하고 그는 대답했다. "근심 있는 자는 술을 마셔야 하느니라." 그러고는 그는 여자의 뒤를 따랐다.

집주인이 두 병째 샴페인을 가져와서 따랐다. 로테는 웬츠카트의 욕을 하면서 맞은 자국을 보였다. 작은 흑발이 파비안의 팔소매를 잡아당기면서 속삭였다.

"내 방에 같이 가."

그는 그 여자를 보았다. 그 여자는 눈을 크게 뜨고 심각하게 그를 바라보고 있었다.

"보여줄 게 있어" 하고 그 여자는 조용하게 말했다. 그들은 같이 방을 나갔다.

발가벗은 조그마한 여자의 방은 그들이 나온 응접실과 꼭 마찬가지로 저질스럽게 장식되어 있었다. 침구는 수많은 꽃무늬로 덮였고 레이스가 수없이 많이 달려 있었다. 벽에 걸린 그림은 매우 우스꽝스러웠다. 전기 난로가 방 안을 따뜻하게 했다. 유리창은 열려 있었고, 그 앞에는 세 개의 화분이 놓여 있었다.

그 여자는 창문을 닫고 파비안에게 가서 그를 껴안고 얼굴을 쓰다듬었다.

"무얼 보여주려고 했어?" 그가 물었다. 그 여자는 아무것도 안 보여주고 아무 말도 않고 다만 그를 바라보았다.

그는 그 여자의 등을 친절하게 툭툭 두드렸다. "나는 돈이 없다니까." 그는 말했다.

그 여자는 고개를 젓고 그의 웃옷을 벗기더니 침대에 누워 꼼짝도 않고 기다리듯이 그를 바라보았다. 그는 어깨를 추키고 나서 옷을 벗고 그 여자 곁에 누웠다. 여자는 한숨을 쉬고 그를 받아들였다.

그 여자는 아주 조심스럽게 몸을 맡겼고, 그 여자의 눈은 그에게서 떠나지 않았다. 그는 마치 처녀에게 장난을 권한 남자같이 무안스러웠다. 그 여자는 침묵을 지켰다. 얼마 후에는 그 여자의 입이 열리고 신음했으나 그것조차도 아주 조심스럽게 했다. 나중에 그 여자는 물을 떠오고 두 개의 병에서 약품을 꺼내어 물 속에 떨어뜨리더니, 손수건

274

을 들고 기다렸다.

웬츠카트는 두 여자 사이에 앉아 있다가 파비안을 보더니 고개를 끄덕이고 피곤하다고 했다. 그들은 그 술병을 다 비우고는 그 집과 작별했다. 파비안은 작은 흑발의 손에 2마르크를 쥐어주었다. "지금은 이것밖에 없어." 그는 낮은 목소리로 말했다. 그녀는 그를 심각한 얼굴로 보았다.

다같이 계단을 내려갔다. 웬츠카트는 술에 취해서 떠들어댔다. 갑자기 파비안은 호주머니 속에 손이 들어온 것을 느꼈다. 거리에 나왔을 때 그는 호주머니를 뒤져보고 자기의 2마르크짜리를 다시 발견했다.

"이런 일도 있을 수 있나?" 하고 그는 웬츠카트에게 물었다. "아까 그 여자한테 이 마르크를 주었는데, 그걸 다시 집어넣어줬으니 말이야."

웬츠카트는 하품을 하고 말했다. "사랑이 솟아난 게로군. 아마 필요했던 모양이지. 그런데 야콥, 동창회에 나가서는 아무 말도 말아. 금요일 저녁 때 시청 식당이야. 잊지 말게." 그는 가버렸다.

파비안은 얼마 동안 산보했다. 거리에는 아무도 없었다. 빈 전차가 차고로 가고 있었다. 그는 다리 위에 서서 강물을 내려다보았다. 가느다란 달 모양의 가로등이 물 속에 떨리면서 비치었다. 마치 물 속에 빠진 무수한 달의 조각같이 보였다. 강은 넓었다. 산에는 비가 온 것 같았다. 도시를 에워싸고 있는 언덕에는 깜박거리는 무수한 등불이 불타고 있었다.

그가 여기 서 있는 동안에 라부데는 그루네발트 별장의 관 속에 누워 있다. 코르넬리아는 마카르트 씨와 함께 천개(天蓋)가 달린 침대에 누워 있을 것이다. 둘이 다 아주 멀다. 파비안은 다른 하늘 밑에 있다. 독일도 여기는 열이 없었다. 여기는 저온(低溫)이었다.

24

크노르 씨의 발에는 티눈이 박혀 있다
《타게스포스트》지는 유능한 사람을 구한다
수영을 배워라!

다음 다음 날에 그는 빵집에 가서 웬츠카트에게 전화를 걸었다. 그는 시간이 없다고 했다. 그는 재판소에 가야 한다는 것이었다. 혹시 사무실의 일자리가 비어 있는 데가 있는지 물었더니, "홀츠아펠한테 가보지" 하고 그는 말했다. "《타게스포스트》지에 있으니까."

"거기서 그 사람이 무얼 하고 있나?"

"그는 첫째 스포츠 기자이고, 둘째로는 음악 비평을 쓰고 있어. 아마 자네를 도와줄 수 있을지도 모르지. 그리고 금요일 저녁에 나오라고 일러주기 바라네. 그럼 또……."

파비안은 집으로 가서 《타게스포스트》지의 기자 홀츠아펠을 만나러 고시(古市)까지 가보겠다고 말했다. 아마 그를 도와줄 수 있는 사람인지도 모른다고.

어머니는 가게에 서서 손님을 기다리고 있었다.

"그것 참 잘됐구나, 얘야" 하고 어머니는 말했다. "하느님의 보호를 받고 가보거라."

전차 속에서 커브를 도는 바람에 그는 나무같이 커다란 남자하고 부딪쳤다. 그들은 서로 불쾌한 얼굴로 쳐다보았다. "우리는 서로 아는 사이로군요" 하면서 그 신사는 악수를 청하려고 손을 내밀었다. 그는 크노르라는 이름의 예비역 중위였다. 그는 파비안이 속해 있던 초년병 부대의 교육을 맡았던 사람이었다. 그는 마치 죽음과 악마로부터 이익 배당을 받고 있기나 한 것같이 열일곱 살짜리들을 학대하고 괴롭혔다.

"빨리 손을 다시 집어넣으시오." 파비안이 말했다. "그렇지 않으면 그 위에 침을 뱉겠으니."

본래 직업이 운송업자인 크노르 씨는 그 진심으로 말한 충고에 따르면서 무안한 듯이 웃었다. 왜냐하면 전차 안에는 그들만이 있는 것이 아니었기 때문이다.

"내가 당신한테 무슨 죄를 저질렀습니까?" 하고 그는 뻔히 알고 있으면서도 일부러 물었다.

"당신의 키가 그렇게 크지만 않더라도 지금 벌써 한 대 갈겼을 텐데" 하고 파비안은 말했다.

"내 키가 당신의 존경할 만한 뺨에까지도 닿지 않으니까, 다른 방도를 취하여야겠습니다" 하고 나서 그가 크노르 씨의 티눈을 지독하게 밟아주었기 때문에 그는 얼굴이 파래지고 입술을 깨물어야 했을 정도였다. 주위에 서서 보던 사람들이 웃었다. 파비안은 전차에서 내려서 나머지 길을 걸어갔다.

옛날의 동급생인 홀츠아펠은 많이 성장한 듯 보였고, 맥주를 병째로 마시고 있었다.

"앉게, 야콥" 하고 그는 말했다.

"경마의 예상 기사를 수정해야 하고, 피아노 콘서트의 종합 보도를 써야겠어. 오래 못 만났는데 어디 있었어? 베를린? 나도 가보고 싶어, 한번. 그런데 어디 가게 돼야지. 할 일이 언제나 너무나 많고 또 언제나 맥주만 마시고 있으니까 뇌가 굳어지고 허리가 굳어지고 애들은 점점 늘어가고 여자 친구는 점점 젊어가고, 만약 폐병만 없다면."

그는 그렇게 혼자서 헛소리를 중얼거리면서도 교정을 보며 맥주를 계속해서 마셨다. "코펠은 이혼했어. 마누라가 두 남자하고 간통한 것을 알았거든. 그는 언제나 수학을 잘했으니까. 브레트슈나이더는 약국을 팔고 밭을 샀지. 밀하고 감자를 심고 있어. 누구나 자기 돈으로 자기 멋대로 할 수 있는 것이니까. 자, 이건 끝났고, 피아노 콘서트는 좀 기다릴 수 있을 테지."

그는 벨을 누르고 급사를 불러서 경마 예상이 실린 교정지를 조판부로 보냈다. 파비안은 그가 직장을 구한다는 말을 하고 마지막 직업은 광고문 만드는 사람이었다고 했다. 그러나 무슨 일이라도 마찬가지고 다만 이 도시에서 일거리를 찾을 수만 있으면 좋겠다고 말했다.

"음악을 모르고 권투도 모르지, 자네는……" 하고 홀츠아펠은 말하고 나서, 이어 말했다. "혹시 잡문란이나 제2극평이나 뭐 그런 데서 자네를 쓸 수 있을지도 모르지."

그는 전화를 걸고 지배인과 이야기했다.

"그놈한테 한번 가봐. 아주 자기 도취에 빠져 있는 놈이지만 배우기를 좋아하는 놈이니까."

파비안은 고맙다는 인사를 하고 동창회가 있는 것을 알려주고는 한 케 지배인에게로 갔다.

"홀츠아펠 박사하고 동창이라고요?" 지배인이 물었다. "문학사를 공부하셨다고? 현재는 빈 자리가 없습니다만 그건 상관없습니다. 당신이 유능하기만 하다면 유능한 사람이란 항상 필요하니까요. 십사 일 동안 무보수로 일해 보십시오. 잡문란의 부장한테 소개해 드리겠습니다. 그 분이 당신의 글을 거절한다면 그만이지만, 그렇지 않다면 당신은 외부의 협력자로서 대환영입니다."

그는 벨을 누르려고 했다.

"잠깐만 기다리십시오." 파비안이 말했다. "기회를 주신 것에 감사드립니다. 그런데 나는 광고인으로 일하는 편을 택하고 싶습니다. 예를 들면 광고를 내는 사람들에게 효과적인 텍스트를 제안하고 경우에 따라서는 선전전(宣傳戰)을 조직하는 상담소를 설치할 수 있습니다. 교묘하고 조직적인 광고로 신문 부수를 올릴 수가 있습니다. 대광고주들과 짜서 수지 맞는 현상 문제의 해답을 모집할 수도 있고, 월간 구독자를 위해 권투의 밤이나 기타의 축제를 베풀 수도 있습니다."

지배인은 조심스럽게 듣고 나서 말했다.

"우리 신문의 대주주들은 베를린식 방법에는 찬성하지 않습니다."

"그렇지만 그분들은 신문의 부수가 올라가는 데는 찬성이겠지요."

"그렇지만 거짓말에 의하지 않아야만 합니다." 지배인은 말했다.

"아무튼 광고부장하고 한번 의논해 보겠습니다. 우리가 언제까지나 그것 없이 있을 수는 없으니 그 방법을 극히 미소하게 사용해 보기 시작해야 할지도 모르니까요. 내일 열한 시에 다시 오십시오. 어떻게 될지 어디 봅시다. 내일 당신의 작품도 몇 개 가져오시고, 혹시 증명서 같은 게 있거든 가져와 보십시오."

파비안은 일어나서 그의 호의에 감사를 표했다.

"당신을 채용하게 된다 해도……" 하고 지배인은 말했다. "많은 보수를 기대해서는 안 됩니다. 이백 마르크는 오늘날 큰 돈이니까요."

"직원들에게 말입니까?" 파비안은 호기심이 나서 물었다.

"아니오" 하고 지배인이 말했다. "주주들에게 말입니다."

파비안은 림베르크 다방에 앉아서 코냑을 마시고 생각에 잠겼다. 그가 계획하고 있는 것은 전에 들은 일이었다. 사람들이 그를 받아들여주는 은혜를 베푼다면 그는 우익 신문을 도우려 하는 것이다. 그는 어떤 목적을 위해서든지 그저 광고라는 것 자체에 아주 흥미를 느끼고 있다고 자기 자신을 설득하려는 것이었을까? 그렇게 자신을 기만하려고 한 것일까? 그는 한 달에 2백 마르크를 받으려고 그의 양심을 매일매일 마취하려는 것이었을까? 지폐 제조자는 그와 동류였던가?

어머니는 기뻐하실 것이다. 어머니는 그가 사회의 유익한 일원이 되기를 바라고 있다. 이 사회, 이 주식회사의 일원이! 그것은 불가능했다. 그는 아직 그렇게까지 지쳐버리지는 않았던 것이다. 돈벌이란 그에게는 아직도 제일 중요한 일은 아니었다.

그는 《타게스포스트》에 기어들어갈 수 있게 된 것을 양친에게는 말하지 않기로 결심했다. 그는 기어들어가고 싶지 않았다. 천만에! 그는 지지 않을 것이었다. 그는 지배인에게 거절하려는 결심을 하자 기분이 나아졌다. 그는 라부데의 1천 마르크를 들고 높은 산 속에 가서 조용한 집에서 살 수가 있을 것이었다. 그 돈으로 반 년이나 또는 조금 더 살 수 있을 것이다. 그는 아픈 심장이 허락하는 대로 돌아다닐 수 있을 것이다. 그는 산맥의 첩첩이 솟은 산봉우리와 그 사이의 도시들을 수학여행 다녀온 후 잘 알고 있었다. 그는 숲과 산 위의 잔디밭과 호수와 억압되어 있는 불쌍한 마을을 알고 있었다. 다른 사람들은 남쪽 바다로 여행하기 때문에 산이 덜 비싸다. 어쩌면 그는 그 꼭대기에서 자기를 찾을는지도 모를 일이었다. 그 위에서 그는 아마 남자 비슷한 무엇이 될지도 모를 일이었다. 아마 그는 외로운 숲속의 길에서 값있는 목표를 발견할지도 몰랐다. 아마 5백 마르크로 지낼 수 있을지도 모른다. 나머지는 어머니한테 맡겨둘 수 있을 것이다.

자, 가자! 자연의 품으로! 전진! 전진! 파비안이 다시 돌아왔을 때는 세계는 한 발 앞섰거나 두 발 뒷걸음질쳐 있을 것이다. 어디를 돌아다보거나 다른 위치는 현재의 위치보다는 올바르게 보였다. 그것이 투쟁이든 일이든 간에 다른 모든 상태가 보다 유망해 보였다. 그는 이미 진흙탕 곁에 있는 어린애같이 그냥 옆에 서서 보고 있을 수는 없었다. 그는 아직 달려들고 돕고 할 수는 없었다. 무엇에 달려들고 누구와 동맹을 맺어야 한단 말인가? 그는 그에게 해당되는, 그리고 그와 비슷한 사람들에게 해당되는 출발 호각 소리가 들리는 것을 산 속의 시간의 고요 속에서 기다릴 작정이었다.

그는 다방에서 나왔다. 그렇지만 그가 계획하고 있는 것은 도피가 아닐까? 행동하려고 생각하는 사람에게는 언제나, 또 어디에나, 행동의 장소가 있는 것이 아닐까? 몇 해 동안이나 그는 도대체 무엇을 기다린 것일까? 그가 아직도 믿고 있듯이 그는 세계극장의 배우로 태어난 것이 아니라 관객으로 태어난 것이라는 인식을 기다리고 있는 것이 아닐까?

그는 가게 앞에 서서 옷과 모자와 반지를 보았으나 아무것도 보이지 않았다. 어떤 코르셋 가게 앞에서 그는 다시 자기 자신으로 돌아왔다. 모든 것에도 불구하고 인생은 역시 가장 흥미있는 사업이었다. 슐로스 가의 바로크 건물은 아직도 서 있었다. 건축자와 처음에 세든 사람은 벌써 죽은 지 오래된다. 그것이 반대가 아닌 게 다행이었다.

파비안은 다리 위를 지나갔다.

갑자기 그는 한 작은 소년이 다리의 돌 난간 위에 한 발로 서 있는 것을 보았다.

파비안은 걸음을 재촉했다. 그는 뛰었다.

그때 소년은 비틀하더니 요란한 비명을 지르고 무릎을 꿇더니 팔을 공중에 펼치고 난간에서 강으로 떨어졌다.

비명을 들은 몇 명의 통행인들이 돌아다보았다. 파비안은 넓은 난간에서 고개를 숙이고 내려다보았다. 그는 어린아이의 머리와 물 속을 헤치고 있는 두 손을 보았다. 그때 그는 웃옷을 벗고 어린아이를 살리려고 물 속에 뛰어들었다. 두 대의 전차가 멈춰 섰다. 전차에 탔던 사람들은 차에서 내려 무슨 일이 일어났는지를 구경했다. 하안(河岸)에는 흥분한 사람들이 이리저리 뛰어다녔다.

어린 소년은 울면서 하안으로 헤엄쳐 왔다.

파비안은 물에 빠져 죽었다. 유감스럽게도 그는 헤엄칠 줄을 몰랐던 것이다.

작품 해설

　에리히 케스트너(Erich Kästner, 1899~1974)는 독일의 드레스덴에서 태어났다. 현대 독일 문단의 대표 작가의 한 사람이며 펜클럽 회장이기도 했다. 베를린과 라이프치히에서 공부를 하고 학위를 얻은 후 케스트너는 1927년 이래 문인으로 베를린에서 살았다. 1933년에 나치는 그의 책을 '파괴적이고 부도덕한 정신상태'라는 이유로 소각시키고 금지했다. 나치를 그와 같이 격분시킨 것은, 그의 어떤 저서에서도 풍기는, 가까운 파멸의 고지(告知)와 자조적인 위트와 그 이상 더 날카로울 수 없이 날카로운 풍자를 가지고 쓴 시대와 정치에 대한 비판이었다.

　《파비안―어느 도덕주의자의 이야기》는 그의 대표작이며 이 작품에서 그는 동요와 불안에 찼던 1930년대의 베를린을 적나라하게 묘사하고, 평범한 한 회사원(종종 실직자)인 주인공 파비안으로 하여금 그 속의 온갖 것을 체험하게 하고, 과연 그가 그럼에도 불구하고 도덕가일 수 있었을까를 시험해 보고 있다. 인간에게서 영혼을 뽑아버리고, 다만 작용하는 기계로 만들어 소모해 버리는 대도시의 마물성과, 인간이 그 속에서 아무리 헤쳐나오려고 해도 점점 더 깊이 빠지게 되는 대

도시의 밀림성, 그리고 그 속을 지나가는 인간의 영혼의 피닉스 같은 불가변성이 이 소설의 테마이다. 온갖 방향에서 부패와 부도덕과 악(惡)과 몰락이 제단의 향연(香煙)처럼 끊임없이 피어오르고 있는 마지막 도시에서 도덕가(영혼을 가진 사람) 파비안은 체념적 방관자로서 이 대도시의 미친 놀음 속을 이리저리 헤매다가 결국은 한 소년을 익사에서 구하려다 자기가 도리어 죽고 만다.

이 책은 독자에게 충격을 주는 책이지 결코 즐거움이나 안이한 속임수의 환상이나 안면(安眠)을 주는 책은 아니다. 너무나 진실한, 마치 한낮 햇빛의 직사(直射)와도 같은 눈부시게 강렬한 진실의 빛에 독자는 충격——많은 독자는 불쾌한 충격까지를 느낄 것이다. 그러나 이 추악과 부패와 온갖 층을 지나온 파비안의 주위를 감돌고 있는 청결한 공기의 층은 누구에게나 느껴질 것이다. 모든 것에도 불구하고, 왜 파비안은 소위 도덕가보다 더 도덕적인가? 여기에 문제는 있는 것이다. 파비안의 감각과 정신과 심장의 끝에까지 가 있는 의식이 파비안에게 생의 어떤 순간에도 어떤 행위의 한가운데서도 그에게 순수성을 주고 있다.

그는 한번도 자기를 잊거나 의식하지 않고 행동한 일이 없다. 즉 그는 깨어 있는 것이다. 의식하고 산다는 것, 심장과 정신이 게으른 잠 속에 빠져 있지 않다는 것, 따라서 자기를 속이지 않는다는 것…… 이것이 파비안의 본질적 요소이므로 일견 무질서해 보이는 온갖 행위에도 불구하고 파비안은 사실은 누구보다도 도덕가였다는 것을 독자는 시인할 것이다.

'도덕가는 자기 시대에, 거울이 아니라 깨어진 거울을 제시해 보이는 것이 보통이다. 합법적인 표현 방법인 캐리커처를 그리는 것이 그가 할 수 있는 가장 극단적인 것이다'라고 케스트너는 말하고 있다.

번역의 텍스트로는 Erich Kästner, *Fabian ― Die Geschichte eines Moralisten* (Urbanbucherei 102)을 사용하였다.

옮긴이

옮긴이 **전혜린**

1934년 1월 1일 평안남도 순천 출생으로 서울대학교 법대 대학 중 뮌헨대학교로
유학을 떠나 독문학을 공부했다. 서울대학교와 이화여자대학교에서 강의했고,
성균관대학교 교수로 재직했다. 1965년, 32세의 나이로 영면했다. 루이제 린저의
《생의 한가운데》, 프랑수아즈 사강의《어떤 미소》등의 작품을 우리말로 옮겼다.

파비안

1판 1쇄 발행 1972년 10월 30일
3판 1쇄 발행 2025년 3월 20일

지은이 에리히 케스트너 | 옮긴이 전혜린
펴낸곳 (주)문예출판사 | 펴낸이 전준배
출판등록 2004. 02. 11. 제 2013-000357호 (1966. 12. 2. 제 1-134호)
주소 03992 서울시 마포구 월드컵북로 21
전화 02-393-5681 | 팩스 02-393-5685
홈페이지 www.moonye.com | 블로그 blog.naver.com/imoonye
페이스북 www.facebook.com/moonyepublishing | 이메일 info@moonye.com

ISBN 978-89-310-2464-7 04800
ISBN 978-89-310-2365-7 (세트)

• 잘못 만든 책은 구입하신 서점에서 바꿔드립니다.

▲문예출판사® 상표등록 제 40-0833187호, 제 41-0200044호

■ 문예세계문학선

★ 서울대, 연세대, 고려대 필독 권장 도서　▲ 미국대학위원회 추천 도서
● 《타임》 선정 현대 100대 영문 소설　▽ 《뉴스위크》 선정 세계 100대 명저

(뒷면 계속)